DEUTSCHE AUSGABE

DEAD GIRL BLUES

»Dunkel und kalt wie die Rückseite des Monds, aber mit einer Prosa, so schlank wie ein Model, ist *Dead Girl Blues* wie eine Leiche, von der man den Blick nicht abwenden kann. Ich konnte das Buch nicht mehr weglegen – und wollte es auch nicht. Ein düsteres Meisterwerk der Erzählkunst.«

—Joe R. Lansdale

»Das Buch ist so düster, dass es ins Ultraviolette dreht. Aber es ist auch furchtlos und tut, was Kunst tun soll. Wenn Sie bereit sind, sich von dem, was Sie sehen, und von den Augen, durch die Sie es sehen, schockieren zu lassen, wird Ihnen Lawrence Block vielleicht den *Dead Girl Blues* singen.«

—Warren Moore

»*Dead Girl Blues* lässt mich nicht los. Es ist wie eine Retardtablette, die mich unwiderruflich in die Schuhe eines anderen hat schlüpfen lassen und mir bis zum Schluss den Magen umgedreht hat. Vielleicht Lawrence Blocks bestes Buch – was einiges heißen will.«

—Tom Straw

»Es ist lange her, dass ich etwas so Schockierendes und zum Nachdenken Zwingendes gelesen habe. *Dead Girl Blues* ist waghalsig originell, schockierend und großartig erzählt.«

—David Morrell

»Manchen Lesern wird *Dead Girl Blues* bestimmt sauer aufstoßen, aber ich finde das Buch großartig. Es ist meisterhaft geschrieben, perfekt im Ton, gleichzeitig tröstlich und verstörend. Wenn Sie Noir-Fan sind, ist dieses Buch genau richtig für Sie.«

—Lee Goldberg

»Ein erstaunliches Buch, die tiefgründigste Untersuchung und Aus-
weidung von Identität, die mir seit Jahrzehnten untergekommen ist.
Ein atemberaubendes und zutiefst beunruhigendes Buch.«

—Barry N. Malzberg

»Diese Innenschau über finstere Impulse und den Versuch, mit ihnen zu leben, wird mich noch lange verfolgen. Einige Leute haben
Dead Girl Blues bereits als eines von Blocks besten Büchern bezeich-
net, und zu ihnen können Sie auch mich zählen.«

—Kemper's Book Blog

»Als sich das Buch zu der seltsam beschaulichen und versöhnli-
chen Geschichte eines Mannes entwickelte, der möglicherweise mit
Schlimmerem als einem Mord davonkommen wird, hat mich das
zugegebenermaßen überrascht. Ich hätte nicht gedacht, dass eine
solche Wandlung so überzeugend sein könnte – und derart span-
nend. Es ist dieses beklemmende Nichtvorhersehenkönnen, das die
Qualität dieses höchst ungewöhnlichen Buchs ausmacht. Kommen
Sie wegen der Gewalt. Bleiben Sie wegen des Ausgangs der Geschichte.«

—Kevin Quigley

»Lawrence Blocks erster veröffentlichter Roman kam 1958 in die
Buchhandlungen. Das heißt, der Autor hat über acht Jahrzehnte
hinweg Bücher herausgebracht. Lassen Sie das eine Minute auf sich
einwirken. Und was noch erstaunlicher ist: Die Qualität seiner Wer-
ke hat nicht im Geringsten nachgelassen. Er hat es immer noch voll
drauf.«

—Tom Simon @ Paperback Warrior

»Ich glaube, es war Ed Gorman, der gesagt hat, dass Block die besten Sätze in der Branche schreibt. Das trifft immer noch zu. *Dead
Girl Blues* ist ein Buch, das vielleicht nicht nach jedermanns Ge-

schmack ist, weil es einen stellenweise innerlich zusammenzucken lässt. Zugleich ist es auf seine schräge Art seltsam herzerwärmend. Mir hat es richtig gut gefallen.«

—James Reasoner @ Rough Edges

»Es ist insofern ein entsetzliches Buch, als es (zumindest in diesem Leser) Entsetzen hervorgerufen hat. Und es ist absolut großartig. Block macht aus *Dead Girl Blues* etwas, das einen abwechselnd frösteln lässt, das Herz erwärmt und verstörend erotisch ist. Es ist ein Buch über das Monster in uns allen und darüber, was passiert, wenn dieses Monster losgelassen wird. Und es ist, glaube ich, auch ein Buch darüber, wie man lernt, mit diesem Monster und den Folgen unserer Taten zu leben. Eins der besten Bücher, die er je geschrieben hat.«

—Derek Farrel @ Do Some Damage

»Eins der intensivsten und beängstigendsten Bücher, die Block geschrieben hat. Der beängstigende Teil befasst sich damit, wie der Soziopath, der ein schreckliches Verbrechen begeht, sich die Fassade der Sozialtauglichkeit zulegt, die es ihm ermöglicht, eine Säule seiner Gemeinde zu werden. Und sein Porträt ist sehr überzeugend. Ich habe zwei soziopathische Verwandte, und die Persönlichkeitsstruktur von Blocks Hauptfigur weist deutliche Parallelen zu ihrem Verhalten auf.«

—Deb Wunder @ Goodreads

»Ich habe mich dabei ertappt, wie ich manchmal tatsächlich mit diesem Kerl mitgefiebert habe, aber dann habe ich mir vor Augen gehalten, wer und was er eigentlich ist, und das hat mich wieder auf den Boden der Tatsachen zurückgeholt. Was für eine erstaunliche Leistung! *Dead Girl Blues* kann durchaus das interessanteste Buch werden, das ich 2020 gelesen habe.«

—Brandon Sears @ Every Good Read

Das ist für PAUL VLACHOS

A LAWRENCE BLOCK PRODUCTION

DEUTSCHE AUSGABE

DEAD GIRL BLUES

LAWRENCE BLOCK

Aus dem Amerikanischen von Sepp Leeb

EIN MANN KOMMT in eine Bar.

So geht es doch normalerweise los. Allerdings suggeriert das Wort eine urbane Atmosphäre. Man denkt an eine Bar um die Ecke, eine Säuferbar, eine Innenstadtbar. Eine schicke Hotelbar. Eine Flughafenbar, um die Flugangst einzudämmen. Eine Pendlerbar, praktischerweise gleich gegenüber vom Bahnhof gelegen.

In diesem Fall war es jedoch eher eine Raststätte etwa eine Meile außerhalb von Bakersfield. Das ist in Kalifornien, oder zumindest war dieses Bakersfield dort. Es kann durchaus noch andere Bakersfields in anderen Bundesstaaten geben.

Wer möchte, kann es gern nachsehen.

STELLEN SIE SICH einen klotzigen Betonsteinbau auf einem 5000-qm-Grundstück vor. Jede Menge Parkmöglichkeiten. Jede Menge Neon, aber ich könnte nicht sagen, was es alles anpries.

In der Musikbox Countrymusik. Typen mit Stetsons, Frauen mit mächtig auftoupierten Haaren. Alle in Stiefeln.

Ich ging rein, und mein Puls ging schneller. Keinen Hut auf dem Kopf, keine Stiefel an den Füßen, aber ich sah aus, als gehörte ich dazu. Immer noch in meinen Arbeitsklamotten – dunkelblaue Hose, gleichfarbiges Hemd, mein Name in Gelb auf die Brusttasche gestickt.

1

Ziemlich schlampig übrigens, der Name war kaum zu lesen, aber wenn man genauer hinschaute, war zu erkennen, dass da *Buddy* stand. Nicht mein Name, auch nannte mich niemand so, außer vielleicht hin und wieder mal ein Fremder, der mich mehr oder weniger freundlich dazu aufforderte, meine Karre von der Stelle zu bewegen. Das Hemd hatte der Mann zurückgelassen, der vor mir den Job auf der Sunoco-Tankstelle gehabt hatte. Störte mich aber nicht. Es passte mir, und wenn ich jemand das Auto auftankte, war mir egal, ob er mich mit Buddy oder mit meinem richtigen Namen ansprach.

Ich ging an die Bar und bestellte ein Bier. Normalerweise trinke ich Miller's, Miller's High Life, aber ich glaube, ich habe es auf keinem der Zapfhähne gesehen und deshalb was anderes bestellt. Ein Lone Star? Vielleicht.

Egal, welches, der Barmann zapfte es mir. Nahm mein Geld, legte das Wechselgeld auf den Tresen. War schon eine Weile her, dass jemand meinen Ausweis sehen wollte. Ich war – wie alt? – fünfundzwanzig? Sechsundzwanzig?

Wahrscheinlich nahm ich erst mal einen Schluck Bier. Dann schaute ich mich um. Sie stach mir sofort ins Auge.

Die einzige Person, die mir auffiel. Ob zum Beispiel der Barmann jung oder alt, dick oder dünn war, könnte ich nicht sagen. Ich könnte nicht mal sagen, ob es ein Typ oder eine Frau war. Aber wahrscheinlich war es ein Mann. Sonst würde ich mich daran erinnern.

2

Aber vielleicht auch nicht.

Aber zurück zu der Frau. Ihr Haar, mittelbraun, mit blonden Strähnen, war das Größte an ihr. Sie war klein und zierlich und trug eine Bluse mit Rundausschnitt, die sie nicht besonders ausfüllte. Enge Jeans. Hochhackige Stiefel, mit denen sie es vielleicht auf eins sechzig brachte.

Betrunken.

»Darf ich dir noch einen spendieren?«

Sie sah mir ins Gesicht und versuchte herauszufinden, ob sie mich kannte. Dann schaute sie mit zusammengekniffenen Augen auf meine Brusttasche. »Ah, Buddy.«

———

Wer bin ich, und warum erzähle ich Ihnen das alles?

Ich bin ein Mann, der an einem Laptop sitzt und beim Tippen nach den richtigen Worten sucht, während er seine Erinnerungen festzuhalten versucht. Ich bin sowohl der Mann in der Gegenwart, der beobachtet und sich erinnert, als auch der Mann in der Vergangenheit, der die Hauptrolle in meinem kleinen Drama spielt.

Wer also? Und warum?

Wenn ich mit meinem Vorhaben weitermache – ob ich das tun werde, kann ich Ihnen allerdings nicht versprechen –, werden diese Fragen im Lauf der Erzählung beantwortet.

———

EIGENTLICH HÄTTE ICH ihr keinen Drink spendieren sollen, und der Barkeeper hätte ihr keinen mehr einschenken sollen. Sie war bereits gut abgefüllt.

Gut abgefüllt. Das trifft es eigentlich ganz gut.

Sie trank ihren Drink. War es ein Glas Wein? Ein Mixgetränk? Ich könnte es Ihnen beim besten Willen nicht sagen. Genauso wenig, wie ich Ihnen sagen könnte, worüber wir uns unterhalten haben oder wie wir zusammen nach draußen gekommen sind. Ich hatte mein Auto in der hintersten Ecke des Parkplatzes abgestellt, und auf einmal standen wir davor und waren mitten in einem Zungenkuss.

Sie hatte Wein getrunken. Rotwein. Jetzt erinnere ich mich wieder. Ihr Mund schmeckte danach.

Ich packte ihren Hintern, drückte ihn. Knackiger, kleiner Arsch. Sie griff nach meinem Hosenlatz, hielt sich fest an dem, was sie dort fand.

Dann waren wir im Auto, küssten uns wieder, und dann startete ich den Motor und fuhr vom Parkplatz.

Wahrscheinlich gab es in der Nähe ein Seufzergässchen, es gab eigentlich immer eins, aber ich war noch zu neu in der Gegend, um zu wissen, wo ich danach suchen sollte. Ich nahm einfach eine Straße und dann die nächste und bog immer dann ab, wenn ich zu einer Straße kam, die schmaler und verlassener war als die, auf der ich gerade war. Und ohne die leiseste Ahnung zu haben, wo ich war, fand ich eine Stelle, um den Wagen abzustellen. Ein grasbewachsener Fleck ein paar Meter neben der Straße, bis auf das as vom Himmel kam, unbeleuchtet.

War der Mond voll oder nur eine Sichel? War der Himmel klar genug, um ihn sehen zu können? Auch das könnten Sie nachschlagen.

Es gibt einiges, woran ich mich nicht erinnere.

Und einiges, woran sie sich nicht erinnern würde. Denn kurz nachdem ich losgefahren war, fielen ihr die Augen zu, und der Wein übernahm das Kommando.

Sie rührte sich ein bisschen, als ich den Motor abstellte, wurde aber nicht wach. Ich holte eine Decke aus dem Kofferraum und breitete sie auf dem Boden aus. Sauber war sie nicht, aber bestimmt bequemer als die blanke Erde.

Wirklich rücksichtsvoll von mir. Ein echter Gentleman.

Keiner von uns hatte sich angeschnallt. Ich öffnete die Tür auf ihrer Seite, packte sie unter den Armen und zog sie aus dem Auto. Ich hatte sie schon fast zur Decke bugsiert, als sie wach wurde, und der Blick, mit dem sie mich ansah, ließ keinen Zweifel daran, dass sie sich nicht erinnern konnte, mich je zuvor gesehen zu haben.

»Wer bist du denn?«, wollte sie wissen.

»Buddy«, könnte ich gesagt haben, aber sicher bin ich nicht. Ihren Namen hatte ich nie erfahren, und sie hatte meinen vergessen, wobei es sowieso nicht mein richtiger war. Außerdem waren mir ihr Name und meiner scheißegal. Ich wollte sie nur auf diese Decke runterkriegen und ficken.

Auf dem Parkplatz der Raststätte hätte ich sie auf den

Asphaltboden stoßen und es ihr auf jede nur erdenkliche Art besorgen können und dann das Ganze noch mal von vorn, und es hätte ihr nichts ausgemacht. Aber dieses Mädchen war weg, und ihren Platz hatte ein übles Miststück mit Haaren auf den Zähnen eingenommen, das sich auf nichts einlassen wollte.

Auch gut, dachte ich mir.

Ich packte sie mit der linken Hand an der rechten Schulter, und mit der rechten machte ich eine Faust und schlug zu, so fest ich konnte, voll in den Bauch, vielleicht zehn Zentimeter über ihrem Bauchnabel, hoch genug, um mich nicht an ihrer riesigen Gürtelschnalle zu verletzen. Ich drosch ihr in den Solarplexus, wie man dazu, glaube ich, sagt.

Das presste ihr den Atem aus der Lunge, und sie sackte vornüber. Ich dachte, sie würde gleich kotzen, was sie aber nicht tat, worauf ich noch mal ausholte. Und diesmal traf sie meine Faust an der Schläfe.

Und jetzt war sie weg.

DAS IST DER Punkt, wo jemand sagen würde: *Und dann wurde alles schwarz.* Vielleicht auch rot, als ob man die Welt durch Blut sähe.

Oder: *Das ist das Letzte, woran ich mich erinnere.*

Vielleicht stimmt das tatsächlich, vielleicht wird für diese Leute alles schwarz, vielleicht ist das wirklich das Letzte, woran sie sich erinnern.

6

Nicht bei mir. Eher könnte man sagen, es ist das Erste, woran ich mich erinnere. Wie ich auf den Parkplatz der Raststätte fahre, das Bier bestelle, ihr einen Drink spendiere – das sind vage Erinnerungen, ergänzt durch meine Vorstellung davon, was passiert sein muss.

Jedenfalls, der Moment, in dem bei ihr die Lichter ausgingen, war der Moment, in dem sie bei mir angingen.

Wer sind Sie, *und warum erzähle ich Ihnen das alles?*

Das ist eindeutig eine etwas andere Frage, oder? Die spontane Reaktion darauf wäre, dass ich es für mich selbst aufschreibe, um dieses Leben für den Mann zu erhellen, der es all die Jahre gelebt hat. Und das ist natürlich völlig richtig.

Aber es ist nicht die ganze Wahrheit, nicht die einzige Wahrheit. Wenn ich die einzige anvisierte Leserschaft wäre, warum dann erzählen und erklären, was ich schon weiß? Warum mit tollen Formulierungen protzen?

Warum mich dabei ertappen, wie ich vor prekären Enthüllungen zögere, nur um mir dann einen Ruck zu geben und sie doch hinzuschreiben?

Und deshalb stelle ich Sie mir vor, lieber Leser, ohne zu viel Energie auf die Frage zu verschwenden, wer Sie sein könnten. Und das scheint mir durchaus berechtigt, weil sehr gut möglich ist, dass das, was ich schreibe, für immer ungelesen bleiben wird. Im Moment ist es lediglich eine Reihe elektronischer Impulse, die irgendwo auf der Fest-

platte des Laptops gespeichert werden, wenn ich für heute Schluss mache und auf Speichern drücke, und die neu aufgerufen werden, wenn ich die Datei das nächste Mal öffne.

Am Ende jeder Session – oder auch mittendrin, sogar jetzt gleich, wenn ich es möchte – habe ich die Möglichkeit, die Datei in den Abfallkorb zu verschieben und in den Pixel-Himmel zu befördern. Wenn ich allerdings die Technologie, die hinter all dem steckt, richtig verstanden habe, trifft Omars Bemerkung über das Schreiben des sich bewegenden Fingers genauso auf alles zu, was jemand auf einem Computer verfasst. »Und all deine Tränen waschen nicht ein Wort davon fort ...« Es ist unauslöschlich.

Trotzdem, ich könne die Festplatte ausbauen und ihr mit einem Hammer zu Leibe rücken. Ich könnte den ganzen Laptop im Fluss versenken.

Aber angenommen, ich tue es nicht, und angenommen, ich schreibe das hier zu Ende und entschließe mich, es jemand lesen zu lassen, wer wird mein Leser sein? Das kann ich wirklich nicht sagen. Jemand, der für so etwas zuständig ist? Jemand, der mich kennt, dem sogar etwas an mir liegt? Jemand, an dem mir etwas liegt?

Und warum, frage ich wieder, erzähle ich Ihnen das alles?

Vielleicht werden wir das gemeinsam beantworten, Sie und ich.

SIE BLIEB NICHT lange bewusstlos. Bis ich sie auf der Decke zurechtgelegt und ihre Bluse aufgeknöpft hatte, waren ihre Augen offen, und sie sah mich an. Sie war wütend, und sie hatte Angst, etwa zu gleichen Teilen.

Ich lag auf ihr, und er stand mir, es war der Wahnsinn. Ich war völlig außer mir und versuchte, ihr die Jeans über die Hüften zu ziehen, aber sie hörte nicht auf, sich zu winden und von mir loszureißen zu versuchen, was zugleich erregend und nervig war.

Ich wollte sie ficken und hatte auch vor, das zu tun, aber eigentlich wollte ich sie umbringen. Mehr als alles andere wollte ich sie umbringen.

Ich legte meine Hände um ihren Hals.

Jetzt riss sie die Augen auf, ganz weit. Ich glaube, sie waren blau, was sie durchaus gewesen sein könnten, aber ich kann mir nicht vorstellen, dass es hell genug war, um das sehen zu können.

Sie wusste, was gleich käme. Sie versuchte zu schreien, aber sie konnte nicht, sie brachte keinen Laut hervor, und ich lag in voller Länge auf ihr und spürte, wie sich ihr winziger Körper unter mir hervorzuwinden versuchte, und ich legte meine Hände fester um ihren Hals und drückte ihr mit aller Kraft die Kehle zu und beobachtete dabei die ganze Zeit ihr Gesicht.

Und ich konnte sehen, wie das Licht in ihren Augen erlosch.

MEIN GOTT, WAS für ein Gefühl!

Es war wie ein Orgasmus im Kopf. Es war ein Gefühl, wie wenn man kommt, aber nicht in den Genitalien. Ich

9

war immer noch so was von hart, ich wollte immer noch in sie eindringen und in ihr abspritzen, aber in meinem Kopf empfand ich bereits etwas wie reine Ekstase.

Und jetzt gehörte sie mir, ich konnte mit ihr tun, was ich wollte. Ich riss ihr die Stiefel von den Füßen. Ich zog ihr die Jeans aus, streifte ihr den Slip über die Beine, schälte sie aus ihrer Bluse und dem BH.

Süße kleine Titten. Ein flacher Bauch, und ich bohrte meine Finger in ihren Solarplexus, da, wo ich ihr den ersten Schlag verpasst hatte, aber sie spürte es schon lange nicht mehr.

Sie spürte überhaupt nichts mehr.

Ich drang in sie ein und fickte sie, und sie hätte nicht geiler und köstlicher sein können, wenn sie am Leben gewesen wäre. Jetzt war es nicht mehr nötig, sie zu bändigen, nicht mehr nötig, sie am Schreien zu hindern. Und ich musste mir auch keine Gedanken mehr machen, was sie über mich dachte.

Alles, was ich tun musste, war, ihren Körper dazu zu benützen, mir Lust zu verschaffen.

ES IST NICHT schwer, mich daran zu erinnern. Wahrscheinlich erinnere ich mich sogar zu gut daran. Immer wieder habe ich es in meinem Kopf ablaufen lassen, es auf der Leinwand meines Gedächtnisses abgespielt wie einen Lieblingsfilm.

Das tue ich aber nicht, weil ich vergessen habe, wie es

ausgeht. Ich tue es, weil die Erinnerung, nicht weniger als das Ereignis selbst, unglaublich erregend ist. Der Vorfall aus der Vergangenheit ist zu einer Fantasie in der Gegenwart geworden, die nach wie vor eine sexuelle Reaktion hervorruft und der man, wie jeder Fantasie, gestattet, sich im Lauf der Zeit zu verändern. Man versucht, sie zu verbessern.

Vielleicht jammert und bettelt sie. Vielleicht erklärt sie sich, um sich dadurch vielleicht zu retten, zu Oralsex bereit; sie ist gut darin, und man zögert, sie damit aufhören zu lassen, aber es ist einfach viel besser, ihr den Hals umzudrehen.

Und so weiter.

Aber um bei der Wahrheit zu bleiben, ich habe ihren toten Körper gefickt, bis ich zu einem Höhepunkt kam, wie ich ihn noch nie erlebt habe. Immer noch in ihr, sank ich, zwei oder zwanzig Minuten lang bewusstlos, auf sie nieder. Und als ich wieder zu mir kam, war ich immer noch in ihr und steif und, ja, Gott steh mir bei, ich habe sie noch mal gefickt.

UND DANN, ENDLICH, wurde mir klar, was ich getan hatte. Ich hatte etwas Lebendiges in etwas Totes verwandelt. Ich hatte dieses Leben genommen, ein unschuldiges Leben – denn was auch immer sie in ihrem Leben erlebt hatte, hatte ihrer grundsätzlichen Unschuld keinen Abbruch getan.

11

Ein Mann kommt in eine Bar, und eine Stunde später ist ein Mädchen tot.

Und jetzt?

Der Selbsterhaltungstrieb verschaffte sich Gehör. Im Kofferraum meines Wagens war eine Schaufel, und in meinen früheren, allesamt unerfüllten Fantasien hatte ich damit manchmal ein Grab geschaufelt. Doch als es mir jetzt in den Sinn kam, schlug ich es mir sofort wieder aus dem Kopf. Es würde Stunden dauern, und so viel Zeit hatte ich nicht. Es war ein verlassenes Straßenstück, aber es lag nicht am Ende der Welt, und während ich auf und in ihr gewesen war, hatte ich ein paar Autos vorbeifahren gehört.

Sie verdiente ein anständiges christliches Begräbnis, und früher oder später würde sie auch eins bekommen, aber nicht jetzt und nicht von mir. Ich stand auf und schaute mich um. Auf der anderen Straßenseite war ein Gehölz. Ich hob sie hoch und warf sie mir über die Schulter, und als ich die Straße überquerte, kamen keine Scheinwerfer aus dem Dunkeln geschossen. Im nächsten Moment war ich auch schon unter den Bäumen, nur für Eulen zu sehen.

Rief eine Eule? Einmal, bei einer der Gelegenheiten, wenn ich es später noch mal in meiner Fantasie durchspielte. Aber nicht, als ich tatsächlich in dem Wäldchen war, mit ihrem Gewicht auf meiner Schulter. Angeblich ist ein menschlicher Körper schwerer, wenn er tot ist, aber ich kann mir nicht vorstellen, warum das so sein

12

sollte. Aber egal, ob tot oder lebendig, sie war klein und zierlich und wog nicht viel. Ich ging zwanzig, dreißig Meter weit in das Gehölz hinein, ließ sie vorsichtig von meiner Schulter gleiten und legte sie auf den Rücken, die Arme an den Seiten, die Beine geschlossen.

Manchmal ist es in meiner Fantasie Herbst, und ich decke sie mit Laub zu. Aber es war Mitte Mai, und die Blätter hingen noch an den Bäumen. Ich hätte die Decke oder die Kleider holen können, die ich ihr vom Leib gerissen hatte. Aber konnte die Decke vielleicht auf mich zurückverfolgt werden? Und enthielten ihre Sachen vielleicht einen Hinweis? Und wollte ich wirklich noch mal über die Straße gehen und wieder zurück?

Ich ließ sie so liegen, wie sie war. Aber ich drückte ihr die Augen zu, wie ich das Ärzte in Filmen tun gesehen hatte, und ich legte ihre Hände so auf ihren Bauch, dass die eine die andere bedeckte. Auf den Solarplexus – vielleicht war es Zufall, vielleicht nicht.

Ich ging zum Auto zurück. Die Decke wanderte mit ihrer Handtasche und allem, was sie angehabt hatte, in den Kofferraum, und ich vertat ein paar Momente damit, ihre Klamotten unter die Decke zu stopfen, als ob sie ein Polizist bei einer Kontrolle deswegen nicht bemerkt hätte.

Sinnlos. Außer ich bezweckte damit, dass ich selbst sie nicht sehen konnte – aber auch dann war es sinnlos. Denn wie hätte ich vergessen sollen, dass sie da waren?

Ich wendete und machte lang genug die Scheinwerfer

an, um mir die Stelle genau ansehen zu können. Die Stelle, wo sie gestorben war, die Stelle, wo ich sie gefickt und umgebracht hatte.

Oder genauer: umgebracht und gefickt.

DA IST ETWAS, was Sie vielleicht nicht wissen. Auch ich habe es damals nicht gewusst, und nehmen Sie es mir bitte nicht übel, wenn ich nicht von vorneherein ausschließe, dass Sie genauso ahnungslos sind wie ich damals.

Jedenfalls: Auch wenn Vergewaltigung und Mord häufig gemeinsam auftreten, finden sie nicht immer in dieser Reihenfolge statt.

Womit ich nichts weiter sagen will, als dass ich weder der erste noch der letzte Mann war, der ein Mädchen zuerst umgebracht und dann gefickt hat. Wenn Sie das nicht gewusst haben, sind wahrscheinlich die Medien daran schuld; weil es für den allgemeinen Geschmack etwas zu drastisch und krass ist, berichten sie nur selten darüber.

Dazu muss ich Ihnen noch mehr erzählen, aber das hat Zeit.

MEINE SCHEINWERFER ZEIGTEN mir nicht viel. Wenn irgendwelche Spuren von dem zu sehen waren, was ich ihr angetan hatte, konnte ich sie jedenfalls nicht erkennen. Was ich allerdings feststellte, war, dass sie zwar durchaus der erste Mensch hätte sein können, der an dieser Stelle umgebracht wurde, dass aber sie und ich auf keinen Fall die ersten waren, die dort Sex miteinander gehabt hatten. Ich zählte fünf Kondome, gebraucht und weggeworfen, darunter eines, das unter der Decke gelegen haben musste, als ich mit ihr zugange war.

Es versteht sich vermutlich von selbst, dass keins der Kondome von mir war. Ich habe mir keine Sorgen gemacht, dass ich ein totes Mädchen schwängern könnte.

ICH FAND VON der Stelle weg, indem ich die Methode, mit der ich sie ursprünglich gefunden hatte, einfach umgekehrt anwendete. Ich wusste zwar nicht, wo ich war, aber ich fuhr so lange auf dieser Schotterstraße, bis ich zu einer asphaltierten kam, und auf der fuhr ich dann bis zu einer stärker befahrenen Straße. Und so weiter.

Ich war während der sieben Tage in einem billigen Motel mit günstigen Wochenraten abgestiegen und hatte am Morgen ausgecheckt, weil ich sowieso hatte kündigen und weiterziehen wollen. Ich hatte in der Hoffnung, eine Frau aufzugabeln, in die Raststätte geschaut, und wenn sie nicht plötzlich aus ihrem Alkoholtran aufgewacht wäre, hätte ich mich nach einem anderen Motel umgesehen, mir ein Zimmer genommen und in einem richtigen Bett mit ihr geschlafen. Kann sein, dass sie sich später nicht mehr daran hätte erinnern können, aber sie wäre noch am Leben gewesen, als sie aufwachte. Aber diesen Plan gab ich auf, als sie zu sich kam und anfing, Ärger zu machen.

Gebe ich jetzt dem Opfer die Schuld? Nein, nicht wirklich. Ihr Verhalten hat sich auf den weiteren Ablauf ausgewirkt, aber deswegen war es nicht ihre Schuld. Während ich beim Fahren, ich war inzwischen auf einem Highway, links und rechts nach einer Bleibe für den Rest der Nacht Ausschau hielt, war mir sehr wohl bewusst, wessen Schuld es war.

Meine. Einzig und allein meine.

ICH WAR SCHÄTZUNGSWEISE hundert Meilen nördlich von Bakersfield, als ich ein Motel fand. Ich zahlte bar und hätte mich mit *John Smith* in die Meldekarte eingetragen, aber der Typ an der Rezeption gab mir erst gar keine. Wenn ich mich nicht eintrug, konnte er meine zwanzig Dollar in seine Tasche wandern lassen statt in die Kasse des Chefs.

Sollte mir nur recht sein.

Als Erstes duschte ich. Die Badewanne hatte Rostflecken, und der Wasserdruck ließ einiges zu wünschen übrig, aber ich stellte das Wasser ganz heiß und wäre am liebsten für immer unter der Dusche geblieben. Irgendwann stieg ich doch aus der Wanne und trocknete mich ab, so gut das mit den zwei kleinen Handtüchern ging, die sie einem zur Verfügung stellten. Zum Schluss musste noch ein Kopfkissenbezug herhalten. Ich brachte die

Klimaanlage zwar dazu, ein Geräusch von sich zu geben, aber kühler schien es im Zimmer davon nicht zu werden. Ich streckte mich auf dem Bett aus.

Also wirklich, ich hatte eine Frau umgebracht. Ich war ein Mörder. Und ein saublöder noch dazu. Es brauchte nur jemand meinen Kofferraum aufzubekommen und einen Blick unter die Decke zu werfen, und schon fand er die Sachen, die sie getragen hatte. Und ihre Handtasche, in der mit ziemlicher Sicherheit ein Ausweis war.

Sie würden mich fassen. Ich käme vor Gericht und würde verurteilt. In Kalifornien bedeutete das die Gaskammer.

Ich lag da und wartete darauf, dass sie die Tür eintraten.

Doch dann wollte mein Kopf an was anderes denken, und deshalb ließ ich meine Gedanken nicht mehr um die sicheren Konsequenzen dessen kreisen, was ich getan hatte, sondern um die Tat selbst. Wie ich sie bewusstlos schlug. Ins Auto setzte, sie wieder nach draußen zog. Mich auf sie legte, sie mit meinem Gewicht auf den Boden drückte. Wie ich meine Hände um ihren Hals legte, sie würgte, erstickte, erdrosselte – diese ganzen reizenden Verben, die ihr meinen Willen aufzwangen, bis ich alles Leben aus ihren Augen gequetscht hatte.

Wie ich sie dann auszog und in sie eindrang und mich dafür belohnte, was ich getan hatte.

Und jetzt lag ich nackt, mein Haar noch feucht nach der Dusche, auf dem Bett und masturbierte, nicht zu einer Fantasie, wie ich das jahrelang getan hatte, sondern zu etwas, was tatsächlich passiert war, etwas, was ich nur wenige Stunden zuvor getan hatte. Etwas, das ich tief bedauerte, etwas, wofür ich höchstwahrscheinlich mit meinem Leben bezahlen müsste – und etwas, das mich sogar in der Erinnerung ungeheuer erregte.

Ich hatte einen Orgasmus, meinen dritten in dieser Nacht. Im Nachhinein scheint es mir, als hätte mich unaussprechliche Traurigkeit überkommen, aber sicher bin ich mir dessen nicht. Ich weiß nur, dass ich fast sofort weg war und tief und fest schlief. Ohne etwas zu träumen.

ALS ICH AUFWACHTE, duschte ich wieder. Da die Handtücher über Nacht nicht trocken geworden waren, benutzte ich die Bettwäsche, um mich abzutrocknen. Ich dachte an das, was ich ihr angetan hatte, ließ die Erinnerung aber nicht nahe genug an mich heran, um mich in Erregung versetzen zu können.

Ohne groß darüber nachzudenken, zog ich an, was ich am Abend zuvor angehabt hatte. Von meinem Körper hatte ich ihren Geruch abgewaschen, aber an meinen Klamotten konnte ich sie immer noch riechen. Was ich davon halten sollte, war mir nicht recht klar.

Ich dachte an die Gaskammer. Gab es eine Möglichkeit, ihr zu entkommen?

Ohne mir klar darüber zu sein, was ich eigentlich

suchte, fuhr ich eine Weile in der Gegend herum, bis ich in einem Einkaufszentrum einen Sammelcontainer von Goodwill Industries entdeckte. Niemand würde eine Spende zu genau unter die Lupe nehmen. Sie würden die Sachen waschen und zum Verkauf anbieten, und irgendwo würde eine Frau die Kleider einer Toten tragen, ohne es jemals zu erfahren.

Ich hielt neben dem Container und entriegelte den Kofferraum. Als ich den Deckel hochhob, kam mir plötzlich der Gedanke, dass der Kofferraum leer wäre und die Kleider weg und dass ich mir das Ganze nur eingebildet hatte.

Klar, von wegen.

Ich warf die Kleider in den Container, die Decke gleich hinterher. Und die Handtasche? Sie war aus schwarzem Leder, abgewetzt. Ich hätte sie erst durchsehen und den Ausweis herausnehmen müssen, aber das wollte ich im Moment nicht.

Alles, was ich besaß, war in meiner Tasche im Kofferraum. Ich öffnete ihren Reißverschluss und nahm frische Sachen heraus. Damit niemand mich sehen konnte, stellte ich mich hinter mein Auto, zog mich aus und schlüpfte in frische Klamotten. Was ich ausgezogen hatte – das *Buddy*-Hemd, die dazu passende Arbeitshose, die Unterwäsche –, wanderte zu ihren Sachen in den Goodwill-Container.

Sollte jemand anders Buddy sein.

Ich stieg ein und fuhr weiter herum.

19

AUF HALBER STRECKE zwischen L.A. und San Francisco, nicht weit von Santa Barbara, dämmerte mir, dass meine Chancen besser stünden, wenn ich erst einmal nicht in Kalifornien blieb. Ich fuhr ein, zwei Wochen durch die Gegend – Nevada, Colorado, New Mexico, dann wieder zurück nach Westen, nach Arizona. In den meisten größeren Städten bekam man auch andere Zeitungen als bloß die Lokalblätter, und ich kaufte mir einen Tag alte Ausgaben der zwei Bakersfielder Zeitungen, den *Californian* und den *News Observer*, und hielt darin nach Meldungen Ausschau, dass eine Frauenleiche gefunden oder eine Cindy Raschmann vermisst gemeldet worden war.

Ihren Namen wusste ich inzwischen, weil ich irgendwann doch in ihre Handtasche geschaut hatte. Die zweiundneunzig Dollar, die ich in ihrer Geldbörse fand, behielt ich, alles andere mit ihrem Namen drauf verbrannte ich. Die leere Handtasche warf ich in eine Mülltonne, die leere Geldbörse in eine andere.

Falls jemand sie vermisst gemeldet hatte, wussten die Zeitungen von Bakersfield nichts davon. Aber wenn jemand, single und alleinstehend, einfach nicht mehr auftauchte – klar, es konnte natürlich jemand eine Vermisstenanzeige aufgeben, und an die lokalen Krankenhäuser gingen vielleicht ein Name und eine Personenbeschreibung raus, aber würde die Presse gleich darüber berichten?

Acht Tage nachdem ich meine Hände um ihren Hals gelegt hatte, fanden zwei Wanderer die Leiche. Einen Tag später meldete der *News Observer*, dass sie identifiziert worden war und die Polizei von einem Mord ausging.

Wer hätte das gedacht?

ZU DIESEM ZEITPUNKT war ich in einem Motel außerhalb von Tempe, Arizona, wo man für 40 Dollar die Woche ein Zimmer bekam. Ich jobbte auf Abruf für eine Umzugsfirma und drei Abende die Woche in einem Getränkemarkt, der in einem üblen Viertel lag. Wahrscheinlich war es nur eine Frage der Zeit, bis ein Typ mit einer Knarre hereinmarschiert kam und auch Gebrauch davon machte, wenn der Inhalt der Registrierkasse nicht ganz seinen Erwartungen entsprach.

Und wenn schon. Denn genauso war es nur eine Frage der Zeit, bis zwei Typen in Uniform bei mir klopfen würden. Sie brauchten nicht ihre Sachen aus dem Goodwill-Container oder ihre Handtasche aus der Mülltonne zu fischen, um zwei und zwei zusammenzuzählen. Jemand würde sagen, *Ja, sie ist mit so einem jungen Kerl abgezogen, war nicht abgeneigt.* Und jemand anders konnte beisteuern, *Klar kann ich mich an die zwei erinnern, er hatte so ein Hemd wie die Typen auf den Sunoco-Tankstellen. Sie wissen schon, mit dem Namen auf der Brusttasche. Buddy, wenn ich mich richtig erinnere.* Und wenn sie sich dann

21

auf genügend Sunoco-Tankstellen umgehört hatten, würde sich jemand an einen Kerl erinnern, der *Buddy* auf seiner Hemdtasche stehen gehabt hatte. *Ist immer zuverlässig zur Arbeit gekommen, und dann ist er eines Tages einfach verschwunden. Und das Hemd hat er auch nicht zurückgebracht.*

Eins führte zum andern, wie das eben so ist.

Deshalb wartete ich, dass jemand bei mir klopfte, dass plötzlich nichts mehr war wie zuvor, dass ich den langen Weg in die Gaskammer antrat. Wenn ich nicht arbeiten war, saß ich in meinem Motelzimmer und dachte an die Gaskammer. Alles, was ich darüber wusste, hatte ich aus dem Film *Lasst mich leben*, in dem Susan Hayward Barbara Graham spielt.

Über Barbara Graham gibt es übrigens eine interessante Geschichte. Ich kann nicht garantieren, dass sie wahr ist, aber ich würde sie gern glauben.

Aber dazu später.

ICH KAUFTE WEITER die Bakersfielder Zeitungen, gerade so, als ob sie vor mir von meiner Verhaftung erfahren würden. Aber außer gelegentlichen Meldungen im hinteren Teil, denen zufolge die Polizei von Bakersfield, mit Unterstützung der State Troopers, weiterhin nicht näher ausgeführten Anhaltspunkten nachging, stand über Cindy Raschmann nichts drin. Ihren Aussagen zufolge war es nur eine Frage der Zeit, aber das war auch mir längst klar.

Der größte Teil der Zeitung war den bevorstehenden Vorwahlen gewidmet. Das Land würde im November seinen Präsidenten wählen, und Kalifornien schien für die Kandidaten der Demokraten ein Swing State zu sein. Am fünften Juni gingen die Wähler zu den Urnen, und wenige Stunden, nachdem er zum Wahlsieger erklärt worden war, wurde Robert F. Kennedy von einem kleinen Kerl erschossen, der seinen Namen so toll fand, dass er ihn gleich zweimal verwendete. Nur gut, dass er die Tat in L.A. beging und nicht zum Beispiel in Walla Walla.

DAS WAR 1968. Vor vielen, vielen Jahren, und angesichts der Tatsache, dass ich Ihnen diese Geschichte erzähle, müsste Ihnen eigentlich schon klar geworden sein, dass nie jemand an meine Tür klopfte und dass ich ungestraft davonkam.

Hat eine Weile gedauert, bis das in meinen Kopf wollte. Wie es aussah, bekam ich tatsächlich eine zweite Chance. Aber konnte ich dem Frieden trauen? War es in Wirklichkeit nur ein schlechter Witz des Schicksals, ein gemeiner Trick eines kosmischen Spaßvogels, um mir am Ende erst recht eine reinzuwürgen?

Immerhin habe ich ein Mädchen umgebracht. So was lassen sie einem normalerweise nicht durchgehen.

Oder sehen Sie das anders?

TAGE VERGINGEN, UND mir wurde klar, was da gerade passierte. Wegen des Attentats interessierte sich niemand mehr für den Mord an einer Frau, die keine Angehörigen oder engen Freunde hatte, die den Cops in Bakersfield wegen neuer Ermittlungsergebnisse in den Ohren lagen. Die Ermittlungen verliefen im Sand.

Ich wusste nicht recht, was ich davon halten sollte. Ich war schon fast an dem Punkt, mich mit meiner verdienten Strafe abzufinden, doch inzwischen sah es so aus, als erhielte ich gar keine Strafe, und an diese Vorstellung musste ich mich erst gewöhnen.

Ich hatte ein Leben zurückbekommen. Jetzt stellte sich die Frage, was ich damit anfangen wollte.

ERST EINMAL KONNTE ich einfach damit weitermachen weiterzumachen. Für die Umzugsfirma zu arbeiten, wenn sie mich brauchten, nachts im Getränkemarkt zu jobben. Es muss Anfang Juli gewesen sein, als eine Stunde vor Ladenschluss ein Kunde reinkam und ziemlich lang das Whiskeyangebot studierte.

Mir wurde schnell klar, dass mit dem Kerl was nicht stimmte.

Ich bediente einen anderen Kunden, einen hinkenden Typen, der jeden Abend um diese Uhrzeit reinkam, um eine Pinte Schenley zu kaufen. Er hätte den Whiskey auch quartweise kaufen und so die Abnutzung seiner Hüfte um fünfzig Prozent reduzieren können, aber vielleicht wollte er auch nur einen Vorwand, um zu Hause rauszukommen.

Er hinkte nach draußen, und sobald die Tür hinter ihm zuging, kam der dubiose Typ mit einem Fifth Chivas in der einen und einer Knarre in der anderen an den Ladentisch.

Wenn das jetzt keine Ironie des Schicksals war. Da ließ es einen wegen einer Sache vom Haken, und prompt hatte es einen mit was anderem am Kragen.

Um Angst zu haben, war ich zu wütend. »Dann mach doch und knall mich ab, du Arschloch«, fuhr ich den Kerl an und griff mir eine Flasche Wein aus dem Regal. »Ist mir doch so was von scheißegal.«

Mit der Weinflasche fuchtelnd, ging ich auf ihn zu und wartete, dass er abdrückte. Aber was macht der Typ? Lässt die Kanone fallen, behält die Flasche Chivas in der Hand. Und rennt zur Tür raus.

ICH WUSSTE NICHT, was ich mit der Knarre tun sollte. Die Cops anrufen? Nein, lieber nicht. Ich hob das Ding so vom Boden auf, dass ich meine Fingerabdrücke nicht drauf bekam und seine nicht verwischte, und legte sie auf das Bord unter dem Ladentisch, neben den Schlagstock, den der Inhaber dort aufbewahrte. Ich hätte statt der Weinflasche auch den Knüppel nehmen können, aber wenn ich von Anfang vernünftig reagiert hätte, hätte ich ihn einfach die Kasse ausräumen lassen.

Ich schloss den Laden zur üblichen Zeit ab und nahm die Knarre mit, als ich ging. Ich hatte sie in eine der Papiertüten gesteckt, in die sonst Wein- oder Whiskeyflaschen kamen. Ich hatte keine Ahnung, was ich mit dem Revolver machen sollte, hielt es aber für einen größeren Fehler, ihn im Laden zu lassen, als ihn mitzunehmen. Ich fuhr in mein Motel, duschte, legte mich ins Bett und wartete darauf, dass mir nach allem, was passiert war, langsam die Muffe zu gehen anfing. Aber nichts tat sich. Wieder einmal hatte ich mein Leben zurück und musste mir Gedanken machen, was ich damit anfangen wollte.

Ich dachte an Cindy Raschmann, die ihr Leben nicht zurückbekommen hatte und auch nicht mehr zurückbekäme. Ich hatte oft an sie gedacht, mit unterschiedlichen Ergebnissen. Manchmal wurde ich von Schuldgefühlen und Scham überwältigt, und von dem hoffnungslosen Wunsch, das Ganze ungeschehen zu machen. Bei anderen Gelegenheiten konnte ich jedoch an nichts anderes denken als an die Ekstase, in die es mich versetzt hatte.

Dieses Mal, vielleicht als Reaktion darauf, dass ich gerade in eine Revolvermündung geblickt hatte, überwog die erotische Komponente. Ich durchlebte das Ganze noch einmal und sprach sie zur Steigerung des Reizes mit ihrem Namen an, den ich damals natürlich noch nicht gewusst hatte. In meiner Fantasie klebte ich ihr den Mund mit Tape zu und hielt ihr die Nase zu, um sie dann nach Luft schnappen zu lassen. Immer und immer wieder, bis mich ihre Gegenwehr so erregte, dass ich meine

Hände um ihren Hals legte, wie ich das tatsächlich getan hatte.

Und so weiter.

Einfach Wahnsinn, alles. Die tatsächliche Erinnerung, die fantasierten Verbesserungen. Egal, wie sehr ich es aufrichtig bedauerte, war alles ein Teil von dem, wer ich war.

Und würde immer einer bleiben.

SOLLTE ICH ALSO zu einer anderen Fernfahrerkneipe fahren und eine andere junge Frau aufreißen, die zu viel getrunken hatte? Vielleicht würde ich sie diesmal eine Weile am Leben lassen. Damit sie sich wehrte, damit ihr allmählich dämmerte, was ihr blühte. Vielleicht würde ich sie diesmal erst vögeln und dann umbringen.

Vielleicht doch nicht. Besser, ich hielt mich an das, was funktionierte.

Ich sah mich selbst als Serienmörder, obwohl dieser Begriff erst einige Jahre später in Mode kam. (Das Verhaltensmuster gab es schon seit Jahrhunderten, vielleicht sogar schon immer. Wer kann schon sagen, was Kain noch alles angestellt hat, als er ohne Abel losgezogen ist?) Aber die Sprache braucht eine gewisse Zeit, um mit solchen Entwicklungen Schritt zu halten.

Folgte mein Verhalten denn nicht einer gewissen Logik? Ich hatte eine abscheuliche Tat begangen, ich hatte sie genossen und mich auf ungeahnte Weise von ihr mitreißen lassen, und ich hatte das Erlebnis viele meiner Stunden im Wachzustand (und weiß Gott wie viele in meinen Träumen) genossen, mich an der Erinnerung ergötzt, sie in meiner Fantasie ausgeschmückt.

Würde sie ihren Reiz früher oder später verlieren?

***

EIN MANN KOMMT in eine Bar.

Eine Bar im Geschäftsviertel, ein Lokal, um nach einem Tag im Büro alles von sich abfallen zu lassen. Als die Bürohengste allmählich gingen, übernahm eine andere Klientel. Richtige Trinker, Männer und Frauen auf der Suche nach einer Medizin gegen die Einsamkeit. Die eine oder andere semiprofessionelle Nutte.

Ich war schon ein paarmal in dem Laden gewesen, hatte ihn ausgecheckt. Immer allein an der Bar, immer mit einem Whisky Soda. Außer um meinen Drink zu bestellen, hatte ich nie mit jemand geredet. Nie etwas Erinnernswertes gesagt oder getan.

Mit dem Gedanken spielte ich allerdings schon. Schleppte, wenn auch nur in meinen Gedanken, ein paar der weiblichen Gäste ab. Eine bekam oft die Hauptrolle in meinen Fantasien, eine Hausfrau, die meistens auf einen kurzen Drink reinkam, bevor sie ein Kind zu einem Fußballspiel fuhr oder ein anderes von einem »Play Date« bei einer Freundin abholte. Eine MILF, wie man heute sagen würde, obwohl diesen Ausdruck damals noch niemand kannte. Es gab zwar schon jede Menge

28

MILFs, aber niemand wusste, wie man sie nennen sollte.

Wie die Serienmörder. Es gab mehr als genug davon, aber noch keine Bezeichnung dafür.

Größer als Cindy Raschmann, ein paar Jahre älter und mit einer volleren Figur. Nicht sehr überzeugende rote Haare, weshalb der Teppich wahrscheinlich nicht zu den Vorhängen passte.

Aber egal. Sie war scharf, und sie hatte eine anziehende Rastlosigkeit an sich.

Sie würde es tun.

SPIELTE IHR NACHWUCHS tatsächlich Fußball? Ich glaube nicht, dass diese Sportart damals schon in war, und schon gar nicht in Arizona. Ebenso wenig hätte man die Nachmittagsverabredung des anderen Kinds ein Play Date genannt. Der Junge spielte wahrscheinlich Baseball. Seine Schwester machte bei einer Freundin Hausaufgaben.

Als ob das eine Rolle spielte.

Fußballspiele und Play Dates. MILFs – oder müsste es MILVES heißen.

Serienmörder.

EIN MANN KOMMT in eine Bar, und da sitzt die MILF seiner Träume, ganz allein an einem kleinen Tisch, ihr Glas fast leer.

Ich holte mir einen J&B Soda an der Bar. »Und ein Glas von dem, was die Rothaarige trinkt.«

Er grinste. »Die Rothaarige heißt Carolyn.« Griff nach einer Flasche, schenkte ein und rührte darin. »Und was sie trinkt, ist ein Orange Blossom.«

Ich ging mit beiden Gläsern zu ihrem Tisch, ließ mich auf den freien Stuhl plumpsen, prostete ihr mit meinem Glas zu.

»Na, so was.« Sie griff nach dem Stielglas mit ihrem Orange Blossom. »Worauf sollen wir trinken?«

»Auf die Zukunft«, sagte ich. »Und dass Carolyn darin vorkommt.«

»Und dass sie besser ist als die Vergangenheit«, sagte sie und nahm einen Schluck. »Du weißt, wie ich heiße?«

»Und gekostet hat es mich nur den Preis eines Drinks.«

»Ich weiß aber nicht, wie du heißt.«

»Das macht überhaupt nichts«, sagte ich. »Ich vergesse meinen Namen sogar selber immer wieder. Normalerweise nennen mich die Leute Buddy.«

»Dann nenne ich dich auch so«, sagte sie.

Und wir unterhielten uns, und sie ließ sich Vorwände einfallen, mich zu berühren – meinen Handrücken, meinen Arm. Ich legte ihr eine Hand aufs Knie, und sie zog es nicht weg. Ich sah sie fragend an, und sie antwortete mit einem wissenden Lächeln.

Auf die Zukunft, hatte ich gesagt, und ich konnte sie schon ganz deutlich vor mir sehen.

»Bin gleich wieder zurück«, sagte ich und machte mich auf den Weg zur Toilette. Und ging daran vorbei und zum Hintereingang hinaus. In meinem Motel hatte ich bereits ausgecheckt, und meine ganze Habe war im Kofferraum meines Autos.

Zusammen mit einer neuen Decke, einer Rolle Klebeband und einem Eispickel.

Ich fuhr zur nächsten Auffahrt und auf den Interstate. Blieb immer ganz knapp unter dem Tempolimit, wie ich es auch gemacht hätte, wenn ich Carolyn mit eingedrückter Luftröhre und dem Bauch voll Sperma zurückgelassen hätte.

Stattdessen hatte ich sie mit einem halben Orange Blossom, dem größten Teil eines J&B Soda und viel Zeit zurückgelassen, um sich den Kopf darüber zu zerbrechen, womit sie mich abgetörnt haben könnte.

Das war für keinen von uns leicht zu beantworten.

Ich überquerte eine Staatsgrenze, fand ein Motel. Nahm mir ein Zimmer, duschte wieder mal. Ging ins Bett.

Dachte an meine MILF. Diesmal verließen wir die Bar gemeinsam und fuhren zu ihr. Ich siedelte ihr Haus in einer Sackgasse einer Vorstadtgegend an. Ich fesselte sie mit Klebeband, aber den Mund ließ ich frei. Ich wollte sie nämlich schreien hören.

Ich passte auf, dass zwischen den Häusern viel Abstand war. Niemand würde ihre Schreie hören.

Und so weiter.

31

ICH WOLLTE IHNEN noch von Barbara Graham erzählen.

Nicht das, was Sie in Wikipedia nachlesen können. Mutter Prostituierte, Barbara ebenfalls früh im Geschäft. Dazu Umgang mit Berufsverbrechern, von denen drei oder vier oder fünf von einer Frau gehört hatten, die angeblich einen Haufen Geld bei sich zu Hause hat. Sie brechen bei ihr ein, und die Frau will das Geld nicht rausrücken, worauf Barbara ihr mit der Pistole eine überzieht und sie mit einem Kissen erstickt.

Oder auch nicht. Sie hat alles abgestritten, aber was hätte sie auch sagen sollen?

Die Tat ereignete sich im März 1953. Am 3. Juni 1955, nach einem Berufungsverfahren und einem sehr kurzen Hinrichtungsaufschub, wurde sie in die Gaskammer gebracht. Jemand sagte ihr, es würde einfacher für sie, wenn sie tief Luft holte, sobald die Zyankalikapseln in die Schwefelsäure fielen. Ihre Reaktion darauf: »Woher willst du das wissen, du Scherzkeks?«

Können Sie sich wirklich vorstellen, dass sie *Scherzkeks* gesagt hat? Es waren die letzten Worte der Frau, und irgendein Zeitungsredakteur hielt es für nötig, sie zu redigieren. »Woher willst du das wissen, du dämlicher Idiot?«

Hört sich irgendwie mehr danach an.

Aber darum geht es nicht. Das sind alles nur höchstwahrscheinlich meistens zutreffende Hintergrundinformationen zu einer Geschichte, die sich wesentlich schwerer verifizieren lässt. Da war ein Mann, sein Name für immer im Orkus der Geschichte verschwunden, der damit angegeben hat, der Letzte gewesen zu sein, der sie gefickt hat.

Sie war im Frauengefängnis in Chino inhaftiert, aber zum Schluss verlegten sie sie nach San Quentin, wo sie eine einzige Nacht im Todestrakt verbrachte, bevor sie sie vergasten. Und da war jetzt dieser Kalfaktor, ein Mann, der, keine Ahnung weswegen, lebenslänglich in San Quentin einsaß und damit beauftragt wurde, nach der Hinrichtung die Gaskammer zu säubern. Wozu vermutlich gehörte, erst mal alles mit einem Wasserschlauch abzuspritzen und dann aufzuwischen, nachdem er die Leiche entfernt hatte.

Inzwischen ahnen Sie vielleicht schon, wohin das führt. Da war sie, nicht nur, dass sie eine scharfe Braut war, sondern auch eine Berühmtheit, und sie war – wie lange? – tot? Fünfzehn Minuten?

Noch warm und frisch, und er nutzte die Gelegenheit, um sie zu ficken.

Wehren konnte sie sich ja nicht mehr, nicht, nachdem sie so tief Luft geholt hatte. Und es war auch niemand da, um zuzusehen, weil es eine unangenehme Aufgabe war, die sie gern einem Häftling überließen. Ein paar Minuten – na ja, Sie wissen schon, und nachdem er seine Einzahlung in ihrer Kasse geleistet hatte, schaffte er die Leiche weg. Und dann spritzte er alles mit einem Schlauch ab und ging mit dem Mopp drüber.

Und hinterher hatte er was, was er seinen Kumpels erzählen konnte. »*Soll ich dir sagen, was ich gemacht habe, Mann? Glaubst du etwa, man kann im Knast keine Möse haben? Dann denk mal ein bisschen nach.*«

Vielleicht hat er es genau so getan, wie er gesagt hat. Vielleicht hat er es aber auch nicht getan und ist nur darauf abgefahren, die Geschichte zu erzählen. Vielleicht hat er auch gar nicht existiert, vielleicht haben zwei Wärter sie auf einer Bahre hinausgetragen, und jemand anders hat sich einen Monat oder ein Jahr danach diese Geschichte ausgedacht. Jedenfalls ist durchaus vorstellbar, dass sie immer wieder zum Besten gegeben worden ist, nachdem sie einmal erzählt worden ist.

Sie können sie also glauben oder nicht, das ist ganz Ihnen überlassen, und ich kann mir nicht vorstellen, dass jemand die Geschichte, so oder so, beweisen kann. Ganz sicher nicht nach so langer Zeit.

Trotzdem würde ich gern glauben, dass sie wahr ist.

———

NATÜRLICH ERINNERE ICH mich an den Fall. Ich war vielleicht zwölf, dreizehn, als sie vergast wurde, und erst Jahre später hörte ich die Geschichte von dem aufrechten Bürger, der ihr letzter Lover war. Aber ich wusste nur, was in der Zeitung stand, und ein paar Jahre später sah ich den Film, in dem Susan Hayward sie spielte.

Ein gut aussehende Frau, Susan Hayward. Den Fotos nach zu schließen, konnte man das auch von Barbara Graham sagen.

34

ICH WEISS NICHT, was meine MILF gerettet hat. Vielleicht unsere Unterhaltung, die mich zwang, sie in einem neuen Licht zu sehen, plötzlich kein Objekt mehr, sondern eine Person. Vielleicht war es auch vorherbestimmt.

Auf jeden Fall kann ich mir auch vorstellen, wie es anders hätte laufen können. Ich war mit einem Mord davon gekommen, aber nicht, weil ich ein kriminelles Genie war, das der Polizei immer einen Schritt voraus war. Ich war in ein Verbrechen hineingestolpert, durchgestolpert und wieder rausgestolpert, ohne dass etwas anderes meine Schritte gelenkt hätte als pures Glück.

Jemand anders – oder ich an einem anderen Tag – hätte zu der Überzeugung gelangen können, dass ich, wenn ich einmal davongekommen war, auch ein zweites Mal und ein drittes und viertes Mal davonkommen würde.

Und immer so weiter.

Aber ich entschied mich für das Gegenteil. *Fordere dein Glück nicht heraus,* sagte ich mir. *Nimm, was passiert ist, und pack es weg. Aus dem Blick, aber nicht aus dem Sinn. Genieße die Erinnerung daran, solange du kannst. Verwandle es in eine Fantasie, wenn du möchtest. Aber tu es nicht noch mal.*

Wie viele Männer befolgen diesen Rat? Wie viele von uns schaffen es, eine rote Linie einmal zu übertreten und es danach nie wieder zu tun?

Das könnte durchaus eine rhetorische Frage sein, denn wie könnte sie jemand beantworten? Niemand führt eine Statistik über diejenigen, die es bei einem einzigen Mal belassen.

Und wenn wir diese Momente noch einmal durchleben, wenn wir uns in der Abgeschiedenheit unseres Kopfs über andere Opfer hermachen, kommen wir deswegen nicht auf eine Liste. Deshalb weiß ich nicht, wie viele Männer eine solche Tat nur ein einziges Mal begehen und dann nie wieder, und ich weiß nicht, ob es von dieser Sorte viele gibt oder wenige.

Ich weiß nur so viel: Ich habe es hingekriegt.

EIN PAAR TAGE verbrachte ich hauptsächlich im Auto, ohne festes Ziel in Richtung Norden und Osten unterwegs. Ich übernachtete in billigen Motels und vertrieb mir die Zeit mit Lyrik.

Dabei fällt mir sofort Wordsworth' Definition ein, die mir damals vollkommen unbekannt war: »*Dichtung ist das spontane Überströmen starker Emotionen: sie entspringt einem Gefühl, dessen man sich in kontemplativer Ruhe erinnert.*« In der kontemplativen Ruhe meines Motelzimmers, Glotze aus, Tür abgeschlossen, Rollläden runter, rief ich mir in Erinnerung, was mit Cindy passiert war und was mit Carolyn hätte passieren können.

Starke Gefühle, auf jeden Fall. Von einem spontanen Überströmen erst gar nicht zu reden.

Jeden Morgen stand ich auf und setzte mich wieder ans Steuer, jeden Abend suchte ich mir ein neues Motel. Eines Abends, am Stadtrand von Peoria, nahm ich mir ein Zimmer und ging über die Straße in ein Denny's. *Frühstück rund um die Uhr!* verkündete die Speisekarte, und ich saß an der Theke und machte mich über das Hungry Man's Breakfast her, um jedoch bald zu merken, dass ich nicht genug Appetit hatte, um es aufzuessen.

Aber ich blieb für eine zweite Tasse Kaffee, nicht weil mir danach war, sondern weil mir die Bedienung irgendwie gefiel. Brünett und eher auf der rundlichen Seite, aber irgendwie geil.

Abgesehen davon, dass ich mein Essen bestellte, sagte ich kein Wort zu ihr. Nicht mal, um den Kaffee zu bestellen, oder später, um sie um die Rechnung zu bitten. Ich deutete auf die Tasse, und sie schenkte mir ein. Ich kritzelte in die Luft, und sie brachte die Rechnung.

Später an diesem Abend avancierte sie ohne ihr Wissen zur Hauptdarstellerin meines Filmchens.

Funktionierte bestens.

DAMIT MEIN NEUES Leben auf Dauer funktionierte, musste ich mir etwas anderes einfallen lassen, als in meinen Erinnerungen und Fantasien zu leben und mir die Realität vom Leib zu halten. So viel war mir klar. Ich musste eine andere Person werden – oder genauer, ich musste mir ein anderes Leben zulegen.

Eigentlich ist das eine Frage, auf die ich lieber nicht eingehen würde, aber wahrscheinlich fragen Sie sich fast zwangsläufig, warum ich so geworden bin, wie ich bin. Als Erstes kommen einem hier die üblichen Gründe in den Sinn – jähzorniger, dem Alkohol verfallener Vater, dominante Mutter, Missbrauch durch ein Elternteil, einen Onkel, Priester, Pfadfinderführer oder Freund der Familie. »Warum ist dieser Mann ein Monster? Weil er eine monströse Kindheit hatte.«

Fehlanzeige.

Unsere Familie war außergewöhnlich groß – sechs Söhne, vier Töchter –, aber weder war sie dysfunktional, noch gab es bei uns Missbrauch. Mein Vater war Inhaber und Geschäftsführer einer Versicherungsagentur, der größten der Stadt, und in meiner Highschoolzeit begann auch ich, den Leuten Rentenfonds anzudrehen. Mit zehn Kindern kam meine Mutter erst gar nicht auf die Idee, sich nach einem Job umzusehen, obwohl sie mit ihren Stickereien bei einschlägigen Wettbewerben einige Preise gewann.

Ich war kein sonderlich eifriger Schüler, oft mit den Gedanken woanders und entsprechend unvorbereitet, wenn ich aufgerufen wurde. Aber da ich bei den schriftlichen Tests relativ gut abschnitt, hatte ich ganz passable Noten.

In Erwartung spannender Campingausflüge ging ich zu den Pfadfindern, aber in unserem Fähnlein drehte sich alles um Marschieren und Salutieren, fast so, als wären wir ein Ableger der Hitlerjugend. Nach ein paar Monaten hatte ich die Schnauze voll und ging nicht mehr hin.

Aber nicht, weil mir unser Pfadfinderführer (der, wenn ich mir's genauer überlege, eine gewisse Ähnlichkeit mit Adolf Eichmann hatte) jemals zu nahe gekommen wäre.

Das taten auch die Lehrer der Sonntagsschule nicht, die wir alle besuchten. Aber auch dort hielt es mich nicht lange. Mein Bruder Henry erzählte meiner Mutter, dass er es dort schrecklich fand, und ob er weiter hingehen müsste? Sie sagte, das müsste er nicht, und ich sagte, dass ich es auch schrecklich fand, obwohl ich mich eigentlich nur langweilte. Jedenfalls gingen Henry und ich nie mehr hin, was nicht heißt, dass wir miteinander spielten, wenn unsere Brüder und Schwestern mehr über Maria Magdalena und Lazarus lernten, als irgendjemand interessieren konnte. Henry, für seine Freunde Hank, war vier Jahre älter als ich und fand mich mindestens genauso langweilig wie die Sonntagsschule.

Wenn etwas ungewöhnlich war an unserer Familie, dann das geringe Interesse, dass wir füreinander aufzubringen schienen. Ich schätze, mein Vater war stolz, so viele Kinder zu haben, wie er auch stolz war, für uns alle aufkommen zu können. Aber viel weiter reichte sein Interesse nicht. Und meine Mutter war wahrscheinlich, na ja, mütterlich – allerdings nicht auf eine Art, die man mütterlich nennen würde. Sie kochte für uns und führte mit Unterstützung einer Zugehfrau, die zweimal die Woche zu uns kam, den Haushalt. Sie sorgte dafür, dass wir die erforderlichen Impfungen erhielten und saubere Sachen in unseren Kleiderschränken hatten. Sie stellte das Essen auf den Tisch und achtete darauf, dass wir es auch aßen. Alles auf eine Art, die man nicht anders als teilnahmslos bezeichnen kann, wie mir inzwischen klar geworden ist: wir waren ihre Kinder, und sie sollte sich um uns kümmern, und sie war eine Frau, die tat, was sie tun sollte. Also tat sie es auch.

Meine älteren Schwestern halfen ihr dabei, Judy und Rhea, die nicht mal ein Jahr auseinander waren. Ich bekam mit, dass sie irische Zwillinge genannt wurden, aber ich hatte keine Ahnung warum. Arnie kam ein Jahr später. Ich war das fünfte Kind, der dritte Junge, vier Jahre jünger als Hank, der wiederum zweieinhalb Jahre jünger als Arnie war. Dann vergingen vier Jahre bis zum nächsten Familienzuwachs, unsere Schwester Charlotte.

Wem von ihnen stand ich am nächsten?

Eigentlich keinem.

Ich musste richtig nachdenken, um diesen Abschnitt mit ihren Namen schreiben zu können, Arnie und Hank und Charlotte. Ich erinnere mich kaum an sie, meine Geschwister. Nach Charlotte kamen noch mal vier, und ich glaube, es waren gleich viel Jungen und Mädchen, obwohl ich mich nicht an die Reihenfolge ihrer Geburt erinnern kann, geschweige denn an ihre Namen. Insgesamt zehn. Bei so vielen Kindern könnte man meinen, wir wären katholisch gewesen, aber wir gehörten irgendeinem belanglosen protestantischen Bekenntnis an.

Vielleicht waren meine Eltern einfach nur ahnungslos oder nachlässig, was Geburtenkontrolle anging.

Vielleicht wollten sie uns sogar. Warum, kann ich mir allerdings nicht vorstellen.

ZWEIMAL HÄTTE ICH den Revolver fast vergessen.

Ein, zwei Tage, nachdem ich ihn mir zugelegt hatte, als ich ihn vielleicht zum zehnten Mal aus seiner Schnapsflaschenpapiertüte nahm und immer noch so hielt, dass auf keinen Fall die Fingerabdrücke seines vorherigen Besitzers verwischt wurden oder meine eigenen darauf kamen, merkte ich, dass es vielleicht gefährlich für mich werden konnte, mich in seinem Besitz zu befinden. Ich roch daran und fragte mich, ob er abgefeuert worden war, seit er zum letzten Mal gereinigt worden war, aber ich roch nichts als Metall; wenn sich an dem Revolver Spuren von Waffenöl oder Schießpulver befanden, waren sie für meine Nase nicht wahrzunehmen.

Ich steckte ihn in seine Papiertüte zurück und verstaute ihn fürs Erste ganz hinten auf dem obersten Bord des Motelzimmerschranks. Dort konnte er bleiben, fand ich, bis jemand ihn fand, und aller Wahrscheinlichkeit wäre das jemand anders als das Zimmermädchen, weil sie überdurchschnittlich groß sein müsste, um an ihn ranzukommen.

Ich legte mich schlafen, und am Morgen überlegte ich es mir anders und nahm den Revolver mit, als ich zum Auto nach draußen ging.

Ein paar Tage später packte ich und war bereits halb

durch die Tür eines anderen Motelzimmers, als mir einfiel, dass ich vergessen hatte, das blöde Ding aus der Kommodenschublade zu nehmen, in der ich es verstaut hatte. Ich weiß noch, wie ich dastand, zwischen Tür und Angel, und überlegte, was ich tun sollte. Ich ging es holen, und diesmal verstaute ich es im Handschuhfach.

In dem Moment, in dem ich mich von einem Greyhound über die Grenze zu Ohio karren ließ, war ich ein anderer Mensch.

Buchstäblich. Zumindest insofern, als ich einen auf einen anderen Namen ausgestellten Führerschein aus Indiana hatte. Jetzt war ich John James Thompson, ein wesentlich gebräuchlicherer Name als der, unter dem ich geboren war. Es war meine Entscheidung gewesen. Ich wollte nicht auffallen.

Es war mal erstaunlich einfach, sich eine andere Identität zuzulegen. Zurzeit des Wilden Westens ritt man einfach in eine Stadt und nannte seinen Namen. Kein Mensch wollte einen Ausweis von einem sehen, weil es die dahinter stehende Idee noch gar nicht gab. Man brauchte keinen Führerschein, um ein Pferd zu reiten. Weil es noch keine Sozialversicherung gab, brauchte man auch keine Sozialversicherungskarte. Man war, wer man zu sein behauptete, und wenn einem aus seinem früheren Leben kein Ärger an den Fersen klebte, konnte man seinen neuen Namen behalten, solange man wollte.

Auch 1968 war es noch ziemlich einfach. Man suchte nach dem Namen eines bedauernswerten Kinds, das jung

42

gestorben war, im Idealfall als Baby, gab seinen Namen als seinen eigenen an und ließ sich eine Kopie seiner Geburtsurkunde ausstellen. Ich hätte Clarence Glendower oder Peter Kowalski werden können, verwarf aber den ersten Namen als zu auffällig, den zweiten als zu ethnisch. Der kleine Johnny Thompson hatte es zwar übers Kleinkindalter hinaus geschafft, war aber seinem Grabstein zufolge einen Monat vor seinem fünften Geburtstag gestorben. Und geboren war er nur etwas mehr als zwei Jahre nach mir, am vierzehnten Juni.

Der vierzehnte Juni ist der Flag Day, und wenn der kleine Thompson auch nicht lang genug gelebt hatte, um irgendwelche Fahnen zu schwingen oder welche zu seinen Ehren gehisst zu bekommen, erleichterte es mir der Feiertag, mein neues Geburtsdatum herunterzurattern, wenn ich danach gefragt wurde.

Im Lauf der Zeit wurde es natürlich anders herum. Schon nach wenigen Jahren war ich mit Leib und Seele John James Thompson, und mein Geburtstag half mir, mich daran zu erinnern, wann Flag Day war.

Der einzige Nachteil war eigentlich, dass mich die Übernahme von JJTs Geburtsdatum zwei Jahre jünger machte, als ich tatsächlich war. Und was war das Problem dabei? Also, lange war es überhaupt keines. Aber dann kam die Zeit, in der ich zwei Jahre länger warten musste, um meine Sozialversicherung zu kassieren.

Ich besorgte mir in Indianapolis eine Geburtsurkunde und einen Sozialversicherungsausweis und fuhr nach

Fort Wayne, wo ich eine Prüfung ablegte und auf meinen neuen Namen einen Führerschein aus Indiana ausgestellt bekam. Mein Wagen war auf meinen alten Namen zugelassen, und ich überlegte, ob ich ihn mir selbst verkaufen sollte. Aber das hätte eine Spur hinterlassen. Deshalb verkaufte ich ihn an einen Gebrauchtwagenhändler, nahm einen Bus von Fort Wayne nach Lima, Ohio, und kaufte mir bei einem anderen Gebrauchtwagenhändler einen Plymouth Valiant. Am nächsten Nachmittag machte ich eine weitere Prüfung und tauschte meinen in Indiana ausgestellten Führerschein gegen einen aus Ohio.

Ich habe mir Lima eigentlich nie als mein neues Zuhause ausgesucht, und ich hätte immer weiter nach Osten ziehen können, vielleicht sogar bis an die Küste. Aber irgendwie ergab eins das andere.

Zuerst wohnte ich in einem Motel. Dort kam ich mit dem Kerl an der Rezeption ins Gespräch, und er erzählte mir vom Rodeway Inn, das nur ein paar hundert Meter weiter lag. Deren Nachtportier hatte von einem Tag auf den anderen gekündigt, und jetzt suchten sie einen Ersatz für ihn.

Und da ich sowieso etwas von dem Geld zurückverdienen wollte, das ich für Motelzimmer und Essen ausgegeben hatte und beim Kauf des Valiant hatte drauflegen müssen, versicherte ich dem Geschäftsführer des Rodeway Inn, dass ich nicht trank, dass es mir nichts ausmachte, nachts zu arbeiten, und dass ich nichts für Demokraten oder Farbige übrighatte. Das trug mir ein

Zimmer und ein Gehalt ein. Beides war eher klein, aber damit konnte ich leben.

Und eins führte zum andern.

Ich musste an meinen Vater denken, der bei Kiwanis, den Rotariern und beim Lions Club gewesen war, allerdings nicht, weil er eine besonders soziale Ader hatte. »Beziehungen sind wichtig«, hatte er gesagt, und als ich erfuhr, dass der Rotary Club einmal wöchentlich in einem Konferenzsaal des Rodeway Inn tagte, machte es bei mir klick. Ich kaufte mir bei einem Herrenausstatter einen blauen Blazer samt Hemd und Krawatte, atmete einmal tief durch und ging zum nächsten Treffen. Schlimmstenfalls, dachte ich mir, konnten sie mich auffordern, wieder zu gehen.

Taten sie aber nicht. Ich ging jede Woche hin, und in der dritten oder vierten Woche fragte mich ein korpulenter Typ, was ich beruflich machte. Ich sagte, ich sei neu in der Stadt und im Moment würde ich nachts an der Rezeption des Motels arbeiten, in dem wir uns trafen. »Es ist ehrliche Arbeit«, sagte ich, »aber, na ja ...«

»Die Chancen, sich beruflich zu verbessern, sind nicht besonders groß«, meinte er. »Aber soll ich dir sagen, wer jemand sucht?« Er deutete auf einen zaundürren Mann am anderen Ende des Raums. »Porter Dawes«, sagte er. »Der gute Mann könnte sich hinter einem Strohhalm verstecken, aber er wird dich anständig behandeln. Kennst du ihn? Wie sieht's aus, John? Es wäre mir eine Freude, dich mit ihm bekanntzumachen.«

Dawes war in der Haushaltswarenbranche, und wenige Minuten später war das auch ich. Zwei Jahre später machte er mich zum Geschäftsführer, und noch einmal zwei Jahre später bekam er Krebs. Als er Gewissheit hatte, dass es nicht mehr besser mit ihm würde, nahm er mich zu seinem Anwalt mit, und wir setzten einen Vertrag auf, in dem festgelegt wurde, dass ich die Firma nach seinem Tod von seiner Frau kaufen würde. Ich musste nur eine kleine Anzahlung leisten und konnte den Rest mit meinen Gewinnen abstottern. Darauf hatte sie zwar auch einen gewissen Anspruch, aber der Löwenanteil stand mir als Inhaber zu.

»Ich bin froh, dass das geklärt ist«, sagte er, nachdem wir unterschrieben hatten. »Jetzt kann ich beruhigt sterben.« Und einen Monat später tat er genau das.

INZWISCHEN WAR ICH auch Mitglied bei Kiwanis und den Lions, und wenn ich auch nicht zu jedem Treffen ging, nahm ich doch an genügend teil, um mit einem Großteil von Limas Mittelstand per Du zu sein. Das Geschäft war immer schon gut gegangen, aber ich nahm nach der Übernahme ein paar Änderungen vor und beauftragte einen anderen Rotarier mit der Entwicklung einer Werbekampagne. Der Gewinn stieg.

Wahrscheinlich blieb das den Leuten nicht verborgen, und eines Tages fragte mich ein weißhaariger Mann namens Ewell Kennerly, ob ich mir schon Gedanken über Penderville gemacht hätte. Alles, was ich darüber wusste, war, dass es ein Stück weiter südlich am I-75 lag.

»Ohne Übertreibung«, sagte er, »die Stadt erlebt gerade einen enormen Aufschwung. Als die Kids mit dem College fertig waren, sind Ethel und ich hingezogen. Und ich kann nur sagen, wir haben es nicht bereut. Wenn du vorhast zu expandieren, solltest du dir das unbedingt überlegen.«

Ich hatte bis dahin nicht daran gedacht zu expandieren. Ich hatte das eine Geschäft und konnte gut davon leben.

»Wegen einer fiesen Scheidung musste ein gutgehendes Autoersatzteilgeschäft dichtmachen. Deshalb gibt es dort jetzt schöne leerstehende Gewerberäume, die nach einem neuen Mieter schreien. Und wenn du nicht so viel Geld reinstecken willst, also, ich fahre schon seit einiger Zeit recht gut als stiller Teilhaber. Das ist eine Rolle, die mir liegt.« Er klopfte mir auf die Schulter. »Denk einfach mal drüber nach. Warum klein bleiben, wenn es so einfach ist zu wachsen? Und wenn Louella einen Jungen bekommt, wird es nicht mehr allzu lange dauern, bis er als Geschäftsführer bei dir einsteigen kann. Oder ist das etwas, das ich nicht wissen sollte?«

LOUELLA.

Außer in der Privatsphäre meines Bewusstseins hatte es in meinem Leben keine Frauen gegeben.

Als ich nach Lima kam, hatte ich diese Tür zugemacht und abgeschlossen. Ab und zu, bei der Arbeit und in der Freizeit, kam ich mit einer attraktiven Frau ins Gespräch. Oder ich sah eine – im Laden oder an einem anderen Tisch in einem Restaurant – und fühlte mich von ihr angezogen.

Aber diese Tür ließ ich zu. Ich kannte mich gut genug, um zu wissen, dass ich sie lieber nicht öffnete. Ich hatte bereits mehr Unheil angerichtet, als ich wollte. Dummerweise hatte ich meinem Trieb einmal nachgegeben, und das hatte den Tod einer unschuldigen Frau zur Folge gehabt; dann hatte ich das erstaunliche Glück gehabt, ungestraft damit davonzukommen.

Ich hatte eine zweite Chance erhalten. Eine dritte bekäme ich nicht mehr.

Und glauben Sie mir, im Lauf der Zeit wurde es immer einfacher, der Versuchung zu widerstehen. Der Vorfall in Bakersfield rückte weiter und weiter in die Vergangenheit zurück. Er wurde immer weniger Teil meines wahren Wesens.

Außerdem, und auch das soll gesagt sein, wurde ich älter, einen Tag nach dem anderen. Die Triebe, die einen Mann veranlassen, sich zum Besseren oder Schlechteren zu entwickeln, werden nach und nach schwächer.

Was nicht heißt, dass mich der Anblick einer attraktiven Frau nicht mehr erregte. Ich ging nach wie vor mit meinen Erinnerungen und Fantasien ins Bett, aber ihre Intensität hatte merklich nachgelassen, und ich überließ mich immer weniger dem, woran ich mich erinnerte, als dem, was ich mir nur vorstellen konnte.

Eine Frau, die mir im Vorbeifahren aufgefallen war, konnte ein, zwei Nächte später ohne ihr Wissen in einem ausschließlich der Fantasie entsprungenen Ereignis eine Rolle spielen. Die junge Mutter eines Jugendfreunds, aus der Vergangenheit heraufbeschworen, wurde plötzlich mit einigen Attributen Carolyns ausgestattet – die Orange Blossom trinkende Carolyn, die nie ahnen sollte, wie knapp sie dem Tod entronnen war.

Es hatte Zeiten gegeben, schien es mir jetzt, da hatte ich kaum an etwas anderes gedacht. Schwer zu sagen, wem ich diese Veränderung zu verdanken – oder vorzuwerfen – habe, je nachdem, wie man die Sache sieht. Zum Teil lag es sicher am Alter, aber Gewohnheit spielte wahrscheinlich auch eine Rolle dabei. Ich hatte es mir zur Gewohnheit gemacht, diesen Teil von mir im Zaum zu halten, und inzwischen musste ich mich nicht mehr so stark an die Kandare nehmen.

Dann legte mir eines Tages Myron Hendricksen die Hand auf den Oberschenkel, und schlagartig wurde alles anders.

ER WAR EIN paar Jahre jünger, ein paar Kilo schwerer und ein paar Zentimeter kleiner als ich. Er war Apotheker und hatte eine eigene Apotheke. Er war bei den Rotariern und bei ein paar anderen Clubs. Er lebte ...

Wo er lebte, spielt keine Rolle. Auch nicht, wer er war. Wichtig ist nur, dass ich zusammen mit zwei anderen Typen in der Saune des Fitnessstudios war, als Myron Hendricksen hereinkam und sich neben mir auf die Holzbank setzte.

An all dem war nichts Ungewöhnliches – bis die zwei anderen Männer gingen. Dann brach Myron das Schweigen und begann eine Unterhaltung mit mir. Ich hatte wie er ein weißes Handtuch um den Bauch, und bevor ich auf die Anwesenheit seiner Hand reagieren konnte oder auch nur überriss, was das Ganze sollte, rutschte sie ein Stück höher.

»Was soll der Scheiß?«

Er zog seine Hand zurück. Ich schaute ihn an und sah, wie er ein langes Gesicht machte. »Oh, Entschuldigung«, sagte er. »Ich dachte, o Gott, ich weiß nicht, was ich gedacht habe.«

Was auch immer das war, er musste warten, damit herauszurücken, weil genau in diesem Moment die Tür aufging und zwei andere Männer hereinkamen, die sich über die unterschiedlichen Leistungen der Cleveland Browns und der Cincinnati Bengals unterhielten.

Ich stand auf und ging nach draußen. Stellte mich etwa eine Minute unter die Dusche und ging zu meinem Schließfach. Ich beeilte mich nicht, und bis ich angezogen war, kam Myron aus der Sauna. Ich machte einen Schritt auf ihn zu, und er wich erschrocken zurück.

Ich sagte: »Wir müssen reden.«

Er nickte.

»Im Café an der Ecke.«

Ich machte mich allein auf den Weg dorthin und setzte mich an einen Tisch an der Seite. Eine Bedienung brachte mir meinen Kaffee, und ich rührte ihn nicht an. Er war immer noch unangetastet, als Myron hereinkam, sich umschaute und sich dazu durchrang, an meinen Tisch zu kommen. Er blieb davor stehen und sagte: »Bitte schlag mich nicht.«

»Setz dich«, sagte ich. »Warum sollte ich dich schlagen?«

»Weil ich dich begrapscht habe. Ich habe ehrlich gedacht ...«

»Dass ich es gut fände?«

»Ich habe gedacht, du bist ...«

»Schwul? Nein, bin ich nicht.«

»Das ist mir schnell klar geworden«, sagte er. »Mein Gott, du hättest dein Gesicht sehen sollen. Als ob du es nicht fassen könntest.«

»Konnte ich auch nicht«, sagte ich.

Darauf trat Stille ein. Sie hielt an, bis die Bedienung an unseren Tisch kam. Er bestellte etwas. Als sie ging, erzählte er mir mehr über sich, als ich wissen wollte. Dass er ein angesehener Mann war, dass er verheiratet war, dass er seine Frau liebte und seine Kinder vergötterte und dass er sich von Männern angezogen fühlte und manchmal nicht anders konnte, als diesem Bedürfnis nachzugehen.

»Ich bin aber sehr vorsichtig«, sagte er.

»Demnach hast du wohl geglaubt, ich würde darauf anspringen.«

»Na ja ...« Er überlegte, was er darauf antworten sollte. »Da war wohl der Wunsch der Vater des Gedankens«, sagte er schließlich. »Du bist ein sehr attraktiver Mann.«

»Wenn du jeden Mann anmachen würdest, den du attraktiv findest ...«

»Wäre ich tot oder im Gefängnis.« Er holte tief Luft. »Da war übrigens nichts, John, was darauf hingedeutet hätte, dass du schwul bist. Weder an deinem Verhalten noch an deiner Kleidung. Ich habe auch nie mitbekommen, dass du andere Männer irgendwie speziell angesehen hast.«

»Ich habe mich auch nie von Männern angezogen gefühlt.«

»Aber es gab andere Hinweise, weißt du. Ich dachte, du wärst im selben Boot wie ich. Dass du dein dunkles Geheimnis streng unter Verschluss hältst und auf keinen Fall willst, dass es bekannt wird.«

Was gar nicht so verkehrt war, fand ich. Bloß war es nicht das Geheimnis, das er gern gehabt hätte.

Die Bedienung brachte ihm sein Sandwich. Wollte ich noch Kaffee? Nein danke.

»Die ganze Zeit, die ich dich kenne«, fuhr Myron fort, »schon die ganze Zeit, die ich dich auf dem Schirm habe, ist mir nie etwas aufgefallen, dass du an Frauen interessiert sein könntest.«

Tatsächlich?

»Du bist nicht verheiratet, du hast keine Freundin, ich habe dich nicht mal in Begleitung einer Frau gesehen. Wenn ein Mann nicht an Frauen interessiert ist ...«

»Muss er an Männern interessiert sein?«

»Na ja, was gäbe es sonst noch?«

»Schafe«, schlug ich vor, und er brauchte eine Weile, um zu merken, dass das ein Witz sein sollte. Und sobald der Groschen bei ihm gefallen war, lachte er mehr, als es die Sache hergab, mehr vor Erleichterung, als weil es so witzig war. Wenn ich das Ganze von der witzigen Seite sehen konnte, war die Gefahr geringer, dass ich ihn vor seinen Freunden bloßstellte oder ihm eine aufs Maul gab.

»Nur um das klarzustellen«, sagte ich. »Ich bin ausschließlich heterosexuell, und du hast vollkommen recht, ich habe mich auf niemand eingelassen, seit ich in Lima bin.«

Er wartete, ich überlegte, wie ich fortfahren sollte.

»Ich habe mal eine Frau gekannt«, fuhr ich schließlich fort. »Wir waren sehr verliebt. Es hat schlimm geendet.«

»Sie hat dich verlassen?«

»Auf die denkbar schlimmste Art, Myron. Sie ist gestorben.«

Also, zumindest letzteres stimmte.

ER HÄTTE NICHT mitfühlender sein und sich ausgiebiger dafür entschuldigen können, dass er meinen Kummer als unterdrücktes Verlangen gedeutet hatte. Und nachdem ich ihm versichert hatte, dass sein Geheimnis bei mir in guten Händen sei, flehte er mich an, ihm nicht böse zu sein.

»Dir böse sein? Warum sollte ich dir böse sein?«

»Weil ...«

»Weil du mich attraktiv findest? Das ist ein Kompliment, keine Beleidigung. Wenn überhaupt etwas, sollte ich dir dankbar sein.«

»Im Ernst?«

»Du hast mir geholfen, etwas zu begreifen«, sagte ich. »Meine Trauer um meine verlorene Liebe und dass ich ihr so lange die Treue gehalten habe, das war alles durchaus echt. Aber mit der Zeit hat es sich zu einer Gewohnheit versteinert. Es wird Zeit, dass ich wieder am Leben teilhabe.«

UND DAS TAT ich dann auch. Vorsichtig, versuchsweise. Ich ging mit einer Frau abendessen, mit einer anderen ins Kino. Ich gab mir Mühe, bei diesen Gelegenheiten möglichst unverkrampft zu erscheinen, und bis zu einem gewissen Grad gelang mir das auch, aber ein Teil von mir war ständig damit beschäftigt, meine emotionale Temperatur zu messen. Mochte ich diese Frau? Fand ich sie attraktiv? War es einfach oder schwierig, mich mit ihr zu unterhalten? Interessant oder langweilig? Wollte ich sie wiedersehen?

Oder genauer, wollte ich sie ficken? Wollte ich sie erst umbringen und *dann* ficken?

Manchmal fragte ich mich, was ich da eigentlich tat. Mein Leben in Lima ließ nichts zu wünschen übrig. Ich verdiente ganz ordentlich, und meine Aussichten standen gut. Ich hatte einen wachsenden Bekanntenkreis, mit dem ich so viel oder wenig Zeit verbringen konnte, wie ich wollte.

Ich würde nicht so weit gehen zu sagen, dass ich Freunde hatte. Andererseits hatte ich nie einen Freund gehabt, und wie sollte ich da jetzt plötzlich einen gewinnen?

In einem Souvenirshop habe ich mal eine Holztafel gesehen, in die folgender Spruch eingebrannt war.

Ein Freund ist niemand, den du gewinnst, weil du ihm was vormachst, ein Freund ist jemand, der deine Fehler kennt und dich trotzdem mag.

Da haben wir es bereits. Als Freunde kamen für mich nur Leute in Frage, denen ich was vormachte, denn ich konnte nicht riskieren, sie wissen zu lassen, wer ich wirklich war. Dann würden sie mich nämlich garantiert nicht mehr mögen. Wie auch?

Nahm einer von ihnen an, dass ich homosexuell war?

Myron hatte diesen Schluss gezogen und einiges riskiert, entsprechend zu handeln. »Da war wahrscheinlich der Wunsch Vater des Gedankens«, hatte er gesagt, und so war es höchstwahrscheinlich. Aber ungeachtet seiner Vaterschaft war der Gedanke auch seinem Eindruck von dem Leben entsprungen, das ich führte.

Vielleicht fragten sich auch andere Männer – und Frauen –, ob ich schwul war. Soweit ich das beurteilen konnte, gab es nichts, was aktiv in diese Richtung deutete. Ich gab keine Sätze von mir, in denen jedes vierte Wort kursiv geschrieben war, ich kleidete mich nicht flamboyant, ich pochte nie darauf, dass Ballett besser war als Basketball. Man konnte meine Wohnung bis in den hintersten Winkel durchsuchen, ohne auch nur auf eine einzige Judy-Garland-Platte zu stoßen.

Trotzdem war ich, abgesehen von geschäftlichen Anlässen, nie in Begleitung einer Frau zu sehen. Ich war Junggeselle, und mein Lebensstil war weniger der eines begehrten Junggesellen (also eines alleinstehenden Mannes, der hinter Frauen her war) als der eines eingefleischten Junggesellen (eines Mannes, der ihre Gesellschaft grundsätzlich mied).

Spielte es eine Rolle, was sie dachten?

Mir fiel kein Grund ein, weshalb das so sein sollte, und doch schien es unbestreitbar so zu sein.

Ich fragte mich, warum das so war.

WAR ICH SCHWUL? Irgendeine Variante von schwul?

Wenn ja, war ich nicht gerade wenige Jahre nicht einmal auf die Idee gekommen, dass es so sein könnte. Ich versuchte ohne großen Erfolg, es mir jetzt vorzustellen. Es gelang mir nicht einmal ansatzweise, eine Fantasie heraufzubeschwören, in der Myron vorkam – oder sonst einer der Geschäftsleute und Berufstätigen in meinem Bekanntenkreis. Also dachte ich mir einen jungen Mann aus, groß gewachsen, gut gebaut, blond, blauäugig, leicht gebräunte Haut. Schmale Hüften, breite Schultern.

Großer Penis, kleiner Penis? Beschnitten? Was diese Frage anging, ließ ich es lieber im Ungewissen.

Ich versuchte, mir uns beide in einem Motelzimmer vorzustellen, wie wir alles Mögliche miteinander anstellten. Diese Fantasien waren bestenfalls lahm, schlimmstenfalls unappetitlich. Es gelang mir nicht einmal, länger bei der Sache zu bleiben; meine Gedanken schweiften immer wieder zu gänzlich asexuellen Themen ab.

Das war's dann wohl, dachte ich.

Und dann, eines Nachts, nach einem keineswegs langweiligen Abend mit einer geschiedenen Frau – Abendessen in einem angeblich italienischen Restaurant, dann ein Kinobesuch, zum Schluss ein Fast-Kuss an ihrer Tür – dämmerte mir, dass ich meiner Fantasie nicht wirklich eine Chance gab.

Ich fuhr nach Hause, duschte, schenkte mir was zu trinken ein. Ging ins Bett.

Und jetzt machte ich meinen imaginären Partner jünger und kleiner und weniger muskulös. Ein Junge, um die fünfzehn, der am Straßenrand stand und seinen Daumen raushielt. Ein Tramper.

Tramperfantasien waren immer gut. Ein Mädchen auf dem Nachhauseweg vom College. Abgeschnittene Jeans, eine Bluse mit ein paar offenen Knöpfen. Eine rasche Bewegung, ein Würgegriff, um ihr das Licht auszuknipsen. Ein Umweg, der an einer Stelle endete, nicht unähnlich dem Seufzergässchen, in dem Cindy Raschmann ihr Leben für ein höheres Wohl geopfert hatte.

Und so weiter.

Das war also meine Fantasie, ein Experiment, und ich gab ihr eine reelle Chance. Ich malte sie mir bis ins kleinste Detail aus, ließ den Jungen zu der erschreckenden Einsicht gelangen, dass ihn der Mann, der ihn bei sich mitfahren ließ, auf eine andere Reise mitzunehmen beabsichtigte.

Ein Faustschlag in den Solarplexus, ein kurzer Würgegriff und ein Moment, in dem ich mit der einen Hand sein Kinn nahm und mit der anderen sein Haar packte, um ihm das Genick zu brechen.

Doch halt, nicht so schnell. Bring ihn erst zu der beabsichtigten Stelle, zerr ihn aus dem Auto, zieh ihm seine Sachen aus. Warte, bis er wieder zu sich kommt, penetriere ihn. Und würge das Leben aus ihm raus. Schau ihm dabei in die Augen. Sieh zu, wie das Licht in ihnen erlischt.

Nein, ich hielt es nicht durch, nicht mal in meiner Fantasie. Wenn ich, außer leichtem Ekel, etwas empfand, war es eine große Distanz zu dem Ablauf, den mir vorzustellen ich mich zwang.

Es war, als säße ich vor dem Fernseher und wartete darauf, dass eine Deodorant-Werbung endlich vorbei wäre.

HIERZU EIN WITZ, von dem ich nicht weiß, wo oder wann ich ihn gehört habe. Ich erinnere mich, dass er mit einem britischen Akzent erzählt wurde, obwohl ich nicht behaupten könnte, dass das etwas zur Sache tat.

»Ach, hast du übrigens das von Carruthers schon gehört?«

»Von Carruthers? Nein, was?«

»Er soll dabei erwischt worden sein, wie er eine Giraffe in den Arsch gefickt hat.«

»Eine Giraffe!«

»Eine Giraffe.«

»Und er hat das Vieh in den Arsch gefickt, sagst du?«

»Ganz so hat es ausgesehen.«

»Wie hat er denn das angestellt?«

»Soviel ich gehört habe, war eine Leiter im Spiel.«

»Das ist ja ein Ding. Ähm, ich würde sagen ...«

»Ja?«

»War's ein männliche oder eine weibliche Giraffe, weißt du das zufällig?«

»Eine weibliche natürlich. Carruthers ist doch nicht pervers.«

ABER JETZT ZU LOUELLA.

Nach ein paar Monaten als begehrter Junggeselle dämmerte mir allmählich, was ich da eigentlich tat. Ich suchte jemand zum Heiraten.

Im Nachhinein betrachtet, erscheint mir das ganz

offensichtlich. Ich war nicht auf die Gesellschaft einer Frau angewiesen, um meine Homosexualität zu verbergen. Aus zwei Gründen. Erstens war ich nicht homosexuell, und zweitens spielte es keine Rolle, ob sich die Leute Gedanken über mich machten und ihre Schlüsse zogen. Wenn ich wollte, konnte ich das in meinem Sinn steuern, indem ich ein paar anderen Leuten erzählte, was ich Myron Hendricksen anvertraut hatte: dass ich einer verstorbenen Liebe nachtrauerte und ihr über den Tod hinaus treu blieb. So etwas spricht sich herum, und wenn es vielleicht auch zur Folge hatte, dass es einige von Limas Witwen und Strohwitwen verstärkt darauf anlegten, mich über meinen Kummer hinwegzutrösten, ermöglichte es mir zugleich, ihre Avancen mit einem bedauernden Lächeln abzuwimmeln.

Er ist noch nicht so weit, würden sie sagen. *Er muss sie wirklich geliebt haben,* würden sie sagen. *Und ach, diese Frau konnte sich wirklich glücklich schätzen!*

Ach ja, Cindy Raschmann konnte sich weiß Gott glücklich schätzen …

Aber egal. Cindy Raschmann war lange her. Cindy Raschmann war schon lange begraben oder eingeäschert, und die Leute, die sie gekannt hatten, konnten sich inzwischen vermutlich nur noch mit Mühe an ihr Aussehen oder sonst etwas von ihr erinnern.

Aber das Entscheidende war, dass ich nicht mehr der Mann war, der sie umgebracht hatte. Er und ich hatten vielleicht dieselben Fingerabdrücke und dieselbe DNA, aber wer käme auf die Idee zu behaupten, wir wären derselbe Mensch?

Ich war ein Herumtreiber gewesen, ein Unfall auf der Suche nach einem Ort, an dem er passieren konnte. Ein Mann im Arbeitshemd eines anderen mit dem Spitznamen eines anderen auf der Brusttasche. Gab es überhaupt mal einen Kerl namens Buddy, einen Kerl, der in eine Bar kam und nichts Gutes im Schild führte, als er wieder rausging?

Wenn es ihn mal gegeben hatte, war er längst verschwunden.

Sonst gäbe es mehr Leichen. Das war, was Typen wie der Kerl taten, auf dessen Brusttasche Buddy stand. Sie machten weiter das, worauf sie abfuhren, manchmal ohne Rücksicht auf Verluste, manchmal vorsichtig, aber Aufhören kam für sie nicht in Frage. Wie hätten sie auch aufhören können? Warum hätten sie auch aufhören sollen?

Ich habe mich über solche Typen informiert. Ich weiß nicht, wer Bücher über Serienmörder kauft. Frauen, die sich gern fürchten oder irgendwie bestätigt sehen wollen? Männer, die im sicheren Abstand der Bibliothek erkunden möchten, was sie insgeheim liebend gern selbst machen würden?

Und so machte ich mich über sie kundig, über Ted Bundy und Ed Kemper und unzählige andere Männer, deren Namen Sie vermutlich nicht kennen, wenn Sie in Ihrem Regal nicht die gleichen Bücher stehen haben wie

61

ich. Ted und Ed – ist es nicht seltsam, dass wir sie unter den Kurzformen ihrer Vornamen kennen – waren meine speziellen Favoriten, obwohl das vielleicht nicht das richtige Wort dafür ist. Aber immerhin hatte ich die Bücher über sie verschlungen und alles gelesen, was ich über sie finden konnte.

Manchmal, muss ich zugeben, spielte dabei eine gewisse Lüsternheit mit. Manchmal fand ich ihr Verhalten erregend und nahm ihre Heldentaten sozusagen ins Bett mit. Aber hauptsächlich ging es mir darum herauszufinden, was in ihnen vor sich ging. Nicht die Kindheitstraumen, die die Weichen für ihre Taten gestellt hatten, sondern wie sie gelebt hatten, nachdem sie zu Monstren geworden waren.

Bundy und Kemper (oder Ted und Ed, wenn Sie möchten) waren zwei, die die übliche Reihenfolge von Sex und Mord umkehrten. Der Akt des Tötens war für sie Mittel zum Zweck, eine Möglichkeit, sich einen Sexualpartner zu beschaffen. (Auch hier ist das vielleicht nicht das richtige Wort.) Das Töten war zwar aphrodisierend, sogar erregend, aber die Belohnung kam post mortem.

Irgendjemand – es könnte Ted gewesen sein oder Ed oder jemand anders – erklärte, der absolut beste Sex sei Analverkehr mit einer Frau, die man eine halbe Stunde zuvor erwürgt hatte. Vaginalverkehr, ergänzte er, stünde dem kaum nach.

Andererseits kann Sex mit Toten den Umständen

geschuldet sein. Ein spontaner Entschluss, wenn Sie so wollen. Ein Spontankauf.

Zwei Cousins, bekannt unter dem Namen Hillside Stranglers, waren Sadisten, die ihre Opfer folterten, während sie Sex mit ihnen hatten. Und in mindestens einem Fall (es sei denn, das hat sich der Autor ausgedacht) bemerkte einer von ihnen etwa zehn Minuten, nachdem sie eine mehrstündige Vergewaltigungs- und Foltersession beendet hatten, indem sie der Frau den Hals umdrehten: »Wahnsinn, sie ist immer noch heiß!«

Und fickte sie noch einmal.

DOCH JETZT ZU LOUELLA.

Ich fange immer wieder an, von ihr zu erzählen, aber es scheint mir nicht zu gelingen, beim Thema zu bleiben. Stattdessen schweife ich ständig ab. Nicht dass diese Abzweigungen völlig uninteressant wären, keinesfalls, aber ...

Genug.

Mit meinem Leben als mordgieriger Herumtreiber hatte ich längst abgeschlossen. Ich fand es zunehmend schwieriger, mich selbst in dieser Rolle zu sehen. Ich wollte mich nur noch als die Person etablieren, als die ich von anderen gesehen zu werden hoffte.

Ist das zu abstrakt?

Lassen Sie mich es noch einmal versuchen. Ich wollte, dass mich meine Mitmenschen – meine Nachbarn, die anderen Rotarier, meine Geschäftspartner, meine Kunden – als einen stillen, aber umgänglichen Angehörigen der Mittelschicht betrachteten, ein bisschen konservativ, was politische Ansichten, Verhalten und Kleidung anging, kurzum, eine Säule der bestehenden Ordnung.

Und um es noch genauer auszuführen: Ich wollte nicht, dass es nur aufgesetzt wäre. Ich wollte aufrichtig diese Person sein.

Folglich wollte ich eine Frau. Kinder. Ein Haus – es musste nicht besonders groß sein, aber gemütlich und einladend, mit einem schönen Garten samt Blumenbeeten und einem gepflegten Rasen.

Meine Dates – meistens ein gemeinsames Abendessen mit anschließendem Kinobesuch – dienten anfänglich als Fassade, entwickelten sich aber ohne mein bewusstes Zutun immer mehr zu Castings. Auf einmal suchte ich nach einer Frau, die mit mir in diesem schmucken Häuschen wohnte und Tulpenzwiebel einsetzte, während ich den Rasen rechte. Sobald mir das klar wurde, begriff ich auch, warum ich mich selten ein zweites Mal mit einer Frau traf und nie häufiger als zweimal.

Sie konnten sich alle sehen lassen, waren sogar attraktiv, und ich fühlte mich wohl in ihrer Gesellschaft. Die meisten waren verheiratet gewesen, einige auch nicht, aber bei keiner konnte ich mich des Gefühls erwehren, dass sie einem Gang zum Traualtar nicht abgeneigt wäre, sollte sich der richtige Mann dazu bereit erklären.

Auch einem Ausflug ins Bett nicht. Mehr als ein

Abend endete mit einer Einladung, noch auf eine Tasse Kaffee mit reinzukommen. Mehr als eine Frau schaffte es, einen Vorwand zu finden, meinen Arm oder meinen Handrücken zu berühren und damit Nähe herzustellen und noch größere Nähe zu erzeugen.

Ich nahm diese Einladungen nicht an und hoffte, den Anschein zu erwecken, die Einladung gar nicht als eine solche erkannt zu haben. »Oh, ich habe heute schon so viel Kaffee getrunken«, sagte ich dann zum Beispiel oder erfand sonst einen Vorwand, weshalb ich nach Hause musste.

Und erhielten meine Begleiterinnen eine Rolle in meinen Fantasien, wenn ich anschließend allein im Bett lag? Seltsamerweise nicht. An den meisten Abenden las ich mich in den Schlaf, und das mit wesentlich weniger stimulierendem Lesestoff als meinen Büchern über Ed und Ted und Genossen. Einen englischen Krimi vielleicht oder eins dieser enthusiastischen Konvolute, die einem erklärten, wie man mit seiner Firma vorankam, wenn man den Erfolg visualisierte oder eine positive Einstellung entwickelte oder jeden Abend eine Liste der fünf Schritte aufstellte, die man unternehmen wollte, um seinen Zielen näher zu kommen.

Wie diese auch aussehen mochten.

LOUELLA SHIPLEY.

Sie war eine Kundin im Geschäft, und zum ersten Mal

– das erste Mal, an das ich mich erinnere – redete ich mit ihr, als sie einen Dampfkochtopf kaufte. Als ich ihr den Kassenbon reichte, sagte sie: »Für den Rhabarber.«

»Für den Rhabarber?«

»Oh, habe ich das tatsächlich laut gesagt? Entschuldigung.«

Es bestand kein Grund, das Gespräch fortzusetzen, aber ich tat es. »Das müssen Sie mir jetzt aber genauer erklären.«

»Meine Großmutter hat im Garten immer welchen angebaut«, sagte sie. »An einer schattigen Stelle. Wissen Sie überhaupt, wie Rhabarber aussieht?«

»Na ja, vage.«

»Dunkelgrüne Blätter und dunkelrote Stängel. Die Blätter sollen giftig sein.«

»Sollen?«

»Na ja, beschwören könnte ich es nicht. Jedenfalls habe ich nie eins gegessen.«

»Na, Gott sei Dank.«

»Und ich kenne auch niemand, der mal eins gegessen hat – oder von jemand gehört hat, der eins gegessen hat. Aber in allen Büchern steht, man soll keine Rhabarberblätter essen.«

»In allen Büchern?«

»In *Peter Hase* natürlich nicht«, sagte sie. »Auch nicht in *Die Macht des positiven Denkens*. Oder in … die Liste ließe sich wohl beliebig fortsetzen.«

»Das kann ich mir allerdings vorstellen.«

»Alle Bücher über Rhabarber warnen einen davor, die Blätter zu essen.«

»Gibt es viele Bücher über Rhabarber?«

»Kochbücher. Gartenbücher. Er ist ganz einfach anzubauen.«

»Einfach zu kochen auch?«

»Solange man die Blätter entfernt.«

»Weil sie giftig sind.«

»Angeblich«, sagte sie. »Das liegt an der Oxalsäure. Natürlich enthalten auch Spinat und Mangold und auch jedes andere Rübengrün Oxalsäure – und auch sonst viele Gemüsesorten.«

»Von denen ich in meinem Leben einige gegessen habe«, sagte ich. »Und wie Sie sehen, lebe ich immer noch.«

»Aber Rhabarberblätter nicht.«

»Kein einziges.«

»Sehr vernünftig. Es ist die hohe Oxalsäurekonzentration in Rhabarberblättern, die sie hochgiftig macht. Falls das überhaupt stimmt.«

Hätte sich an der Kasse eine Schlange gebildet, hätte die Unterhaltung längst ein Ende gefunden. Aber in zwanzig Metern Umkreis war niemand, und keiner von uns schien um Worte verlegen.

Ich wog den Dampfkochtopf, der sich noch in seiner Verpackung befand, in meiner Hand. Er war von West Bend. Keine Ahnung, warum ich mich daran noch erinnere.

»Rhabarber«, sagte ich.

»Omas Geheimnis. Ich nehme mal an, dass Sie schon das eine oder andere Mal Rhabarber gegessen haben.«

»Hauptsächlich in Kuchen.«

»Rhabarberkuchen.«

»Und Erdbeerrhabarberkuchen. Und ein-, zweimal als Beilage.«

Sie nickte. »Ein bisschen wie Apfelmus, nur dass es völlig anders schmeckt. Aber eins ist gleich. Es ist grün.«

»Während Apfelmus ...«

»Ach, lassen Sie das Apfelmus«, sagte sie. »Keine Ahnung, wieso ich überhaupt darauf zu sprechen gekommen bin. Rhabarber ist rot, wenn man ihn erntet oder auf dem Markt kauft. Die Blätter sind natürlich grün, aber die Blätter lassen wir lieber mal aus dem Spiel.«

»Machen wir. Wie das Apfelmus.«

»Wenn man Rhabarber kocht, wird er manchmal grün. Keine Ahnung, warum.«

»Das ist ja interessant.«

»Nein«, sagte sie, »ist es nicht. Aber der Grund, warum ich es erwähne, ist: Bei meiner Großmutter war der Rhabarber immer rot, und jetzt, können Sie sich denken, was Ihr Geheimnis war?«

»Sie hat ihn im Dampfkochtopf gemacht.«

Sie bekam große Augen. »Wie sind Sie da jetzt drauf gekommen?«

Ich zuckte mit den Achseln. »Na ja, ich habe einfach geraten.«

»Also, ich muss schon sagen.«

Sie nahm die Geldbörse aus ihrer Handtasche, zählte die Scheine für den Dampfkochtopf ab.

»Hätten Sie Lust, heute Abend mit mir essen zu gehen?«

Kam es einstudiert raus? Durchaus möglich. In Gedanken hatte ich es schon mehrere Minuten durchgespielt und alle möglichen Varianten ausprobiert.

»Gern«, sagte sie ohne Zögern. Dann fügte sie hinzu: »Ach so, meinen Sie in einem Restaurant.«

»Haben Sie damit Probleme?«

»Normalerweise nicht«, sagte sie. »Aber meine Babysitterin hatte gerade eine OP – von der ich wahrscheinlich nicht wissen sollte, dass es eine Brustvergrößerung war. Ich könnte versuchen, jemand anders zu bekommen, aber so kurzfristig könnte das schwierig werden. Aber ...«

»Aber was?«

»Kommen Sie doch zu mir. Dann brauche ich keinen Babysitter.«

»Wahrscheinlich nicht.«

»Ich koche«, sagte sie. »Ich mache Rhabarber.«

SIE MACHTE KEINEN Rhabarber. Ich weiß nicht mehr, was sie gemacht hat, und ich habe auch nicht so wahnsinnig auf das Essen geachtet. Ich bin sicher, es war gut, weil kochen etwas war, was sie gut konnte.

Mir die Befangenheit zu nehmen, war auch etwas, worin sie gut war.

Es war einfach, mit ihr zusammen zu sein, einfach, sie anzusehen, einfach, sie sich als Ehefrau und Partnerin vorzustellen. Ich glaube nicht, dass sie eine schöne Frau war, nicht Model-schön oder Starlet-hübsch, aber attraktiv war sie auf jeden Fall. Wenn ich sie ansah, hatte ich nicht das Bedürfnis, dies zu korrigieren oder jenes zu ändern. Ich fand sie rundum akzeptabel so, wie sie war.

Nach dem Essen schenkte sie uns zwei Gläser Eistee ein – keiner von uns wollte Kaffee –, und wir setzten uns damit in zwei Schaukelstühle auf der Veranda. Wir unterhielten uns, wie wir das schon beim Essen getan hatten, und als die Unterhaltung ausläpperte, teilten wir das Schweigen. Die Zeit, wenn wir nicht redeten, fühlte sich seltsamerweise intimer an als die, wenn wir redeten.

Sie war zweiunddreißig, die verwitwete Mutter von Alden, einem neunjährigen Jungen, der fand, er wäre alt genug, um allein zu Hause zu bleiben. »Ich bin stolz, dass er das denkt«, sagte sie, »aber nicht so naiv, ihn allein zu Hause zu lassen.«

Sie hatte mit zweiundzwanzig geheiratet, mit dreiundzwanzig Alden bekommen. Ihr Mann, drei Jahre älter als sie, hatte einen angeborenen Herzfehler gehabt, von dem niemand gewusst hatte, und war keinen Monat nach dem zweiten Geburtstag ihres Sohns gestorben.

»Ich bin aufgewacht«, sagte sie, »und er nicht.«

Ein erfolgreicher Versicherungsvertreter, war Duane Shipley selbst sein bester Kunde gewesen, wie das in seiner Branche einige waren. Sie bekam genügend Geld ausgezahlt, um die Hypothek ihres Häuschens bedienen zu können, weil ihr viel daran lag, keine Belastung darauf zu haben. Was danach noch übrig blieb, steckte sie in einen Investmentfonds, der jeden Monat eine Dividende abwarf. Viel war es nicht, aber es half ihr, über die Runden zu kommen, und sie hatte keine großen Ausgaben.

Und sie arbeitete. Zunächst als Aushilfslehrerin. Aber wenn sie Aldens Betreuungskosten gezahlt hatte, blieb kaum mehr etwas von ihrem Gehalt übrig. Außerdem wollte sie bei ihrem Sohn zu Hause sein. Deshalb brachte sie sich selbst Buchhaltung bei und erzählte in ihrem Freundeskreis herum, dass sie Kunden suchte, und so dauerte es nicht lang, bis sie mehr als genug Arbeit hatte.

»Und die Buchhalterin ist die Einzige, die nie fürchten muss, ihr Geld nicht zu bekommen«, sagte sie. »Denn sie ist diejenige, die die Schecks ausstellt.«

Ich erzählte ihr wenig über mich, und das meiste, was ich ihr erzählte, stimmte. Ein wenig über meine Familie, ein wenig über meine Kindheit. Ich erzählte ihr von einer unglücklichen Liebe und dass ich danach nur noch weggewollt hatte. »Also habe ich mich ins Auto gesetzt und bin in Richtung Osten losgefahren«, sagte ich. »Und wenn ich dann in einer Stadt gelandet bin und Arbeit gefunden habe, hat mich schnell der Rappel gepackt, und ich bin wieder weitergezogen, bevor ich so richtig heimisch geworden bin.«

»Diesen Song fand ich immer schon klasse.«

»›But I never seem to go‹? Bloß, sobald mich der Rappel mal gepackt hat, war ich nicht mehr zu bremsen. Ich habe meine Sachen gepackt, bin ins Auto gestiegen und zum nächsten Ort aufgebrochen.«

»Bis du in Lima gelandet bist.«

»Ja. Und frag mich nicht, warum ich hier geblieben bin.«

»Ist das ein heikles Thema?«

»Nein, aber es ist eine Frage, auf die ich keine Antwort habe. Ich bin geblieben, und auf einmal habe ich mich hier heimisch zu fühlen begonnen und Wurzeln geschlagen. Wahrscheinlich hat sich das, was mich zum Nomaden gemacht hat, aufgebraucht und seine Kraft verloren. Jedenfalls habe ich nie mehr den Drang verspürt weiterzuziehen.«

»Und wenn dich wieder der Rappel packt?«

Ich sah sie kurz an. »Nein«, sagte ich schließlich. »Das wird nicht mehr passieren.«

HATTE ICH MICH VERLIEBT?

Schwer zu sagen.

Als ich mich an diesem Abend von ihr verabschiedete, tat ich das mit der absoluten Gewissheit, dass sie die Frau war, die ich heiraten würde. Inzwischen hatte ich mich schon eine Weile nach einer Frau umgeschaut, aber ohne jede Hektik. Die Dates, die ich bis dahin gehabt hatte, waren insofern eine Art Casting gewesen, als ich mir jede dieser Frauen als Ehepartnerin vorstellte und schon, bevor der Nachtisch kam, wusste, dass die Betreffende nicht dafür in Frage kam.

Mit Louella war es ganz anders. Einerseits regte mich ihre Anwesenheit an, aber zugleich konnte ich mich in ihrer Gegenwart total entspannen. Als ich nach diesem ersten Abend mit ihr nach Hause fuhr, ertappte ich mich dabei, wie ich mir vorstellte, ihr Mann zu sein. Wie ich von der Arbeit heimkam, mich an den Esstisch setzte, ihrem Sohn ein Vater war.

Zu diesem Zeitpunkt hatte ich ihn noch nicht einmal kennengelernt und stellte mir mich schon als seinen Vater vor. Alden Shipley – oder würde ich ihn adoptieren? Er hatte seinen Vater nicht gekannt, und wenn seine Mutter Louella Thompson würde, warum sollte er dann nicht Alden Thompson werden.«

Wie viel mir daran gelegen zu sein schien, einen Namen weiterzugeben, der nicht einmal mein eigener war.

———

UND SO MACHTE ich Louella Shipley den Hof. Diese Redewendung ist vielleicht insofern nicht ganz glücklich gewählt, als sie den Eindruck erweckt, als handelte es sich dabei um eine größere Aktion, die man erfolgreich zum Abschluss zu bringen versucht. Rückblickend muss ich allerdings sagen, dass es keine große Aktion war. Nach diesem ersten Abend bei ihr zu Hause war uns beiden klar, dass unsere Zukunft mehr oder weniger vorherbestimmt war. Als ich wegfuhr und sie nach oben ging, um sich schlafen zu legen, waren wir bereits ein Paar geworden.

Trotzdem lief mein Werben sehr gemächlich ab, oder anders ausgedrückt, die sexuelle Komponente entwickelte sich auf eine, im positiven Sinn, viktorianische Art. Und das lag nicht an ihr, sondern an mir. Ich kann nicht mit Sicherheit sagen, ob sie mich schon an unserem ersten Abend in ihr Schlafzimmer mitgenommen hätte, aber ausschließen würde ich es nicht; wir hatten einen Draht zueinander, wir genossen die Gegenwart des anderen, und wenn ich den Arm um sie gelegt, ihr einen Kuss gegeben und vorgeschlagen hätte, nach oben zu gehen, weiß ich nicht, ob sie nein gesagt hätte.

Aber mit Gewissheit kann ich das nicht behaupten, weil ich natürlich nichts Derartiges getan habe. Es war bei unserer dritten oder vierten Verabredung, dass ich sie zum ersten Mal küsste, und dahinter stand durchaus etwas Berechnung. Wir waren auf ihrer Veranda, und sie wollte nach drinnen gehen und die Babysitterin bezahlen, die ich dann nach Hause fahren sollte. Deshalb küssten wir uns innig, und ich schmeckte die Süße ihres Munds, aber dann mussten wir voneinander lassen. Ich wartete, und sie ging ins Haus, und die Babysitterin, eine Schülerin mit reichlich Sommersprossen, kam, den Rucksack über die Schulter geworfen, nach draußen.

Ich setzte sie bei ihren Eltern ab und fuhr dann zu mir

nach Hause. Und rief Louella an, um ihr zu sagen, wie sehr ich den Abend genossen hatte und dass ich sofort nach Hause gefahren war, nachdem ich Jennifer abgesetzt hatte, weil ich ziemlich müde war und am nächsten Morgen früh raus musste. Und ich verabredete mich mit ihr für den übernächsten Abend, um ein neues mexikanisches Restaurant auszuprobieren.

Und so weiter.

ES DÜRFTE NICHT allzu schwer herauszufinden sein, warum ich mir Zeit ließ. Nicht, weil ich das für nötig hielt, um mein langfristiges Ziel zu erreichen. Es mag durchaus Damen geben, die am besten mit vornehmer Zurückhaltung zu erobern sind, aber Louella gehörte nicht zu ihnen. Sie wartete ganz offensichtlich darauf, dass ich den ersten Schritt tat, und sendete auch entsprechende Signale, wenn sie am Esstisch ihre Hand auf meine legte oder mich auf eine spezielle Art ansah.

Was hielt mich zurück?

Angst natürlich. Ich hatte Angst. Nicht vor Louella, aber vor mir und vor dem, wozu ich in der Lage sein könnte, wozu ich, wie ich bereits wusste, in der Lage war.

Angenommen, es überkam mich, sie zu schlagen. Angenommen, meine Hände fanden, ganz aus eigenem Antrieb heraus, den Weg an ihren Hals. Angenommen, alles, was ich tat, diente nur dazu, meine Erregung zu steigern.

Angenommen, ich brachte sie um. Angenommen, ich fickte ihre Leiche.

Ich musste mich zwingen, diese Gedanken zu denken, so machtlos ich auch war, sie aus meinem Kopf zu verbannen. Und mir drehte sich der Magen um von ihnen.

Du bist nicht mehr der Mann, der du mal warst, sagte ich mir.

Eine innere Stimme antwortete: *Der Leopard ändert seine Flecken nie.*

Deshalb wartete ich.

DAS WARTEN WAR einfach. Ich hatte jahrelang gewartet.

Cindy Raschmann, müssen Sie wissen, war die letzte Frau, mit der ich zusammen gewesen war.

Ich vermute, das hört sich schwierig an, und unwahrscheinlich noch dazu. Aber das letzte Mal, als ich mit einer Partnerin Sex gehabt hatte, war sie tot gewesen. Tot von meiner Hand. Aus purem Glück war ich davongekommen, und aus noch mehr Glück hatte ich mein früheres Leben weit hinter mir gelassen.

Und war das vielleicht keine Veränderung, zu der es in den letzten Jahren mit mir gekommen war! Ich, der ich ein Herumtreiber gewesen war, hatte mich zu einem Geschäftsmann gemausert, kreditwürdig und mit Rücklagen auf der Bank, mit drei Anzügen und ebenso vielen Sakkos im Kleiderschrank, mit Mitgliedschaften in mehreren Wohltätigkeitsclubs und einem exklusiven Fitnessstudio.

76

Inzwischen war ich aus dem Schneider. Schlimmstenfalls hatte die Polizei von Bakersfield den Mord an Cindy als Cold Case zu den Akten gelegt, und das als einen, der mit jedem Jahr nur kälter werden konnte. Vielleicht hatten sie den Fall sogar als gelöst zu den Akten gelegt; in Kalifornien bringen immer weiter Männer Frauen um, und ab und zu wird einer geschnappt, und wer konnte schon sagen, wie viele ungelöste Mordfälle praktischer-, wenn auch fälschlicherweise einem von diesen Dreckskerlen angehängt wurden? Und was konnte das arme Schwein schon dagegen tun? *Nein, von wegen, diese Fotze habe ich nie angefasst. Die ist doch rothaarig, oder etwa nicht? Und wer fickt schon eine Rothaarige?*

Klar, genau.

Deshalb hatte ich schon lange aufgehört, mir Sorgen zu machen, dass eines Tages jemand mit einer Dienstmarke vor meiner Tür stehen könnte. Ich hatte keine Angst, weder vor der Polizei von Bakersfield noch vor dem FBI noch vor Interpol.

Die Vergangenheit war nicht das Problem.

Das Problem war, was passieren konnte ... wenn ich zuließ, dass etwas passierte.

Die Aussicht, alles zu verlieren – ihr Leben, mein neues Leben – erschien mir als eine reale Möglichkeit, und als ein größeres Risiko, als ich einzugehen bereit war. Da beendete ich die Abende lieber mit einem Kuss und einer Umarmung und fuhr nach Hause.

DAS KONNTE ABER nicht endlos so weitergehen. Die Umarmungen, so zurückhaltend sie auch waren, erregten mich. Zurück in meiner Wohnung, in meinem Bett, musste ich ständig an Louella denken. In mir regten sich sexuelle Gelüste, stärker als alles, was ich seit langem verspürt hatte. Ich stellte sie mir in meinen Armen und in meinem Bett vor, und ich sträubte mich dagegen, mich meinen Fantasien hinzugeben, weil ich fürchtete, sie könnten gewaltsame Züge annehmen.

Im Nachhinein betrachtet erscheint es mir eigenartig. Ich hatte Angst, mir Sex mit Louella vorzustellen, weil ich mich davor fürchtete, welche Richtung meine Fantasie einschlagen könnte.

Einen solchen Zustand auf Dauer aufrechtzuerhalten, war unmöglich. Wann zöge Louella die gleichen Schlüsse wie Myron? Er hatte angenommen, ich sei schwul, und hatte mich angemacht. Wenn sie zum gleichen Schluss gelangte ...

Schluss damit. Am nächsten Morgen hielt ich auf dem Weg zur Arbeit an einer Apotheke und kaufte eine Packung Kondome.

ABENDESSEN BEI IHR. Ich brachte Wein mit. Alden leistete uns beim Essen Gesellschaft und dann, bis er ins Bett musste, vor dem Fernseher. Louella ging nach oben, um ihn ins Bett zu packen, und ich zog von einem Sessel auf die Couch um, und als sie wieder nach unten kam, setzte sie sich zu mir.

Wir küssten uns, umarmten einander. Dann kam ein Punkt, an dem sie kurz davorstand, mich nach oben zu bitten, was sie aber nicht tat, und ich vermutete, dass sie fürchtete, ich könnte ablehnen.

Und deshalb sagte ich in einem passenden Moment, dass sie mir noch nie das ganze Haus gezeigt hätte. Etwas in ihrem Gesicht entspannte sich, und wortlos nahm sie mich an der Hand und führte mich zur Treppe.

Ihr Körper war wunderbar. Sie war mehr für Bequemlichkeit gebaut als für Tempo, wie es so schön heißt. Reizende Brüste, volle Hüften, nur der Ansatz eines Bäuchleins. Ich küsste und streichelte sie, und ich mochte, wie sie sich anfühlte, wie sie roch und schmeckte, und es dauerte nicht lang, bis ich steif wurde und sie feucht, und ich in sie eindrang.

Das Kondom hatte ich ganz vergessen, und als es mir einfiel, las sie meine Gedanken, bevor ich zurückziehen konnte. »Ich nehme die Pille«, sagte sie.

Es hatte etwas unerklärbar Erregendes, wie sie das sagte. Ich fickte sie mit langen, tastenden Bewegungen, zuerst langsam, dann schneller und drängender, und mich überkam ein Gefühl großer Erleichterung. Alles würde gut.

Sie bekam einen Orgasmus. Meine Gedanken schweiften in die Vergangenheit, vielleicht war es auch eine Alternativgegenwart, und ich war mit einer imaginären Frau zusammen, einer Mischung aus Cindy und Carolyn und weiß Gott wem noch, und ich stöhnte auf und kam.

DANACH GINGEN WIR nach unten. Es war noch etwas Wein in der Flasche, gerade genug, dass es für ein kleines Glas für jeden von uns reichte. Ich hatte mich angezogen, und sie war in einen Morgenmantel geschlüpft, und nachdem wir den Wein getrunken hatten, fuhr ich nach Hause.

Am Morgen rief ich in einem Blumengeschäft an und ließ ein Dutzend rote Rosen liefern. Sie rief an, um sich dafür zu bedanken, und wir beschlossen, dass sie sich am Abend einen Babysitter nähme und wir gemeinsam essen gingen. Wir aßen ziemlich schnell und ließen den Nachtisch aus, dann fuhren wir zu mir und gingen sofort ins Bett. Etwas an der Art, wie sie einerseits geziemend sittsam und zugleich sehr willig war, fand ich ausgesprochen reizvoll.

Ich hatte schon eine Ewigkeit mit niemandem außer mir selbst Sex gehabt. Und in den Jahren vor Cindy Raschmann war ich selten genug zum Zug gekommen. Was für mich abgefallen war, war nie wirklich befriedigend und wurde oft nur durch Fantasien erträglich, die meine Partnerinnen entsetzt hätten.

Ich hatte nie etwas gehabt, was man eine Beziehung hätte nennen können.

Und genau das schien mein Verhältnis zu Louella zu sein. Es lief darauf hinaus, dass wir uns drei-, viermal die Woche sahen, aber keiner blieb über Nacht beim anderen.

80

Den Begegnungen in meiner Wohnung ging ein Abendessen oder ein Kinobesuch voraus, oder ein Abendessen *und* ein Kinobesuch. Manchmal lud sie mich zum Essen ein, und sobald Alden eingeschlafen war, gingen wir nach oben; manchmal aßen wir getrennt, und ich kam vorbei, nachdem Alden schlafen gegangen war.

Mehr als einmal stand ich kurz davor, sie zu fragen, ob sie mich heiraten wolle. Mir war klar, dass sie auf meinen Antrag wartete, aber auch, dass sie keine Probleme damit hatte zu warten. Das Thema kam nie zur Sprache.

Worauf wartete ich? Schon während des Rhabarbergesprächs war mir klar geworden, dass das die Frau war, die ich heiraten wollte. Seitdem hatte ich herausgefunden, dass keiner von uns den anderen langweilte, dass unser gemeinsames Schweigen genauso erfreulich war wie unsere angeregten Gespräche. Dass ich ihr alles erzählen konnte – bis auf die Dinge natürlich, die ich für mich behalten musste.

Und das war noch nicht alles. Ich wusste inzwischen, dass sie in Jeans und Pullover genauso gut aussah wie in Rock und Bluse und ohne Kleider sogar noch besser. Was sie im Bett gern mochte.

Dass sie an ihrem Beruf als Buchhalterin besonders gut fand, dass die Bezeichnung *bookkeeper* das einzige englische Wort mit drei aufeinander folgenden Doppelbuchstaben war, zwei Os, zwei Ks, zwei Es.

»Soweit ich weiß«, schränkte sie es ein.

Und eines abends, als wir etwa drei Monate zusammen waren, schlug ich etwas Neues vor.

»Da ist etwas, das ich gern ausprobieren würde«, sagte ich.

»Aha?«

»Du liegst vollkommen reglos da«, sagte ich. »Du bewegst dich nicht.«

»Wie Dornröschen? Und du weckst mich mit einem Kuss?«

»Küssen werde ich dich auf jeden Fall«, sagte ich. »Und berühren auch. Und auf dich und in dich reinkommen werde ich auch. Aber du schläfst einfach weiter.«

»Und ich darf mich nicht bewegen?«

»Nein.«

»Als ob ich gefesselt wäre«, sagte sie, »aber ohne Seil.«

»Und ohne Bewusstsein«, sagte ich. »Du bekommst nicht mit, was mit dir geschieht. Wenn du etwas spürst, denkst du, es ist ein Traum.«

»Und was ist, wenn ich komme?«

»Dann ist es, als würdest du im Schlaf kommen.«

Sie zögerte, und ich merkte, dass das vielleicht keine so gute Idee gewesen war. Ich hatte es nicht geplant, und die Worte, die aus meinem Mund kamen, überraschten mich fast ebenso sehr wie sie und …

Ich sagte: »Ich weiß nicht, ob das wirklich so eine gute Idee war. Nur so ein Gedanke.«

»Ich will es mal ausprobieren«, sagte sie.

»Musst du aber nicht.«

»Nein, ich will es wirklich. Das sage ich nicht nur so. Und ich muss nichts tun. Einfach nur daliegen?«

Ich nickte, und sie schloss die Augen. Und wartete, dass ich tat, was ich tun wollte.

SIE LAG ALSO vollkommen still, so reglos wie tot da, während ich mich an ihr zu schaffen machte. Und die Dinge tat, die ich mochte und die sie mochte, denn ich tat all das, von dem ich inzwischen wusste, dass sie es mochte.

Zuerst war ich erregt, von ihrer absichtlichen Nachahmung von Bewusstlosigkeit – und von ihrer unwissentlichen Nachahmung von Tod. Aber dann wurde mir das alles furchtbar peinlich, und ich merkte, dass es nicht funktionieren würde, dass es fehlschlagen und möglicherweise unsere aufkeimende Beziehung mit sich in die Tiefe ziehen würde. Ich bildete mir ein, spüren zu können, wie sie mich beobachtete, mich beurteilte.

Und dann, als ich mich mit dem Mund an ihr zu schaffen machte, tat sich etwas.

Sie wurde erregt.

Das wusste ich, aber ich wusste es ohne konkrete Hinweise. Sie blieb weiter still, vollkommen reglos. Vielleicht veränderte sich ihre Atmung ein wenig, aber nicht unbedingt. Es war nicht ihr Verhalten, das sich änderte, sondern ihre Energie, und ich war mir dessen bewusst, ohne es an etwas festmachen zu können.

Irgendetwas in mir ließ los, irgendein Knoten in einem metaphorischen Muskel fand eine Möglichkeit, sich selbst zu lösen. Ein Nebel hob sich, eine Wolke verflog. Was ich tat, ergriff vollständig von mir Besitz.

Und jetzt, zu meinem großen Erstaunen, verspüre ich das Bedürfnis, einen Vorhang aufzuziehen. Wenn ich mich setze, um meiner Aufzeichnungswut freien Lauf zu lassen, strömen die Worte geradezu aus mir heraus, als ob meine Psyche gerade ihre tägliche Dosis Flomax bekommen hätte. Ich bin in der Lage, ohne Mühe und ohne Hemmungen über meine tiefsten und in keiner Weise gutzuheißenden Geheimnisse zu schreiben, und das auch noch in ungesunder Ausführlichkeit.

Aber mein Abenteuer mit Louella zu beschreiben, scheint meine Möglichkeiten zu übersteigen. Ich suche schon die ganze Zeit nach Worten, schlage mich mit Redewendungen herum, lösche einen Satz nach dem andern.

Schreib es einfach hin, sage ich mir. Bring die Wörter einfach zu Papier. Später kannst du ja noch alles korrigieren.

Stattdessen drücke ich ständig auf die Backspace-Taste, lösche, versuche es erneut. Es scheint einen Bereich der Privatsphäre zu geben, meiner oder ihrer, in den einzudringen ich nicht imstande bin.

Und, Sie wissen ja, ich habe nicht ewig Zeit. Deshalb der Vorhang.

»DU SÜSSER. WIE bist du bloß darauf gekommen? Und woher wusstest du, dass es mir gefallen würde?«

»Hat es dir denn gefallen?«

»Ich bin zwar nicht gekommen. Nicht richtig. Es war wie Kommen, aber es war nicht mein Körper, der es gemacht hat. Kannst du damit was anfangen?«

»Ich glaube, ich weiß, was du meinst.«

»Und was *ich* glaube, ist, dass ich gekommen wäre, wenn ich mich nicht zurückgehalten hätte. Diesmal war es schön, einen Teil von mir einfach im Publikum sitzen zu lassen. Du weißt schon, einfach mitverfolgen, was passiert. Aber nächstes Mal ... oh!«

»Was?«

»Na ja, könnte ja sein, dass du es gar nicht mehr so machen willst. Aber dir hat es doch auch Spaß gemacht, oder?«

»Hast du das nicht gemerkt?«

»Ich wollte bloß sichergehen.«

UND EIN, ZWEI Tage später: »Bin ich vielleicht müde. Ständig muss ich gähnen und kann kaum die Augen offen halten. Es ist zwar noch früh, aber macht es dir was aus, wenn ich schon ins Bett gehe?«

85

»Hört sich nach einer guten Idee an.«

»Bin ich aber auch müde. Ich lege meine Sachen einfach auf den Stuhl hier. Ich bin zu müde, um sie noch aufzuhängen. Ich weiß nur, dass ich auf der Stelle weg bin, sobald mein Kopf auf dem Kissen landet.«

Ich fragte mich, ob es die Neuartigkeit gewesen war, die unser erstes Dornröschenspiel so fesselnd gemacht hatte, sowohl für sie als auch für mich. Und zum Teil hatte es vielleicht tatsächlich zum Kitzel beigetragen, aber der zweite Durchgang, unbelastet von jedem Lampenfieber, stand dem ersten in nichts nach, wenn er nicht sogar besser war.

Diesmal konnte ich spüren, wie sie sich zurückhielt, als sie sich dem Orgasmus näherte, und ich hielt mich auch selbst zurück, bis es mir nicht mehr gelang. Ich stöhnte laut auf, und das war für sie das Zeichen, die Zügel schießen zu lassen und ihrem Körper seine Belohnung zu gönnen.

Hinterher, nach einer Tasse Koffeinfreiem, sagte ich ihr, dass ich fand, dass wir heiraten sollten.

»Ach, Lieber«, sagte sie. »Das sind wir doch schon, glaube ich.«

UND WIR LEBTEN glücklich bis ans Ende unserer Tage.

Ich habe ewig gebraucht, um diesen Satz zu tippen. Nicht, um die entsprechenden Tasten in der richtigen Rei-

henfolge zu treffen, das war total simpel. Aber die Worte in meinem Kopf zu hören und sie mit meinem inneren Auge zu sehen und meine Finger schließlich dazu zu bringen, auf die Tasten zu tippen.

Und nachdem es mir endlich gelungen war, mein Vorhaben in die Tat umzusetzen, saß ich sehr, sehr lange da und starrte auf die neun Wörter auf dem Bildschirm. Las sie immer wieder.

Markierte sie, damit ich sie mit einem einzigen Tastendruck löschen konnte. Bewegte den Cursor, klickte und ließ sie so stehen, wie sie waren.

Und machte den Computer aus.

Seit ich dieses Projekt-für-das-ich-keinen-Namen-habe begonnen habe, habe ich es mir zur Angewohnheit gemacht, mich täglich an den Computer zu setzen und zu sagen, was ich zu sagen habe. Wenn ich einmal nicht zu meiner täglichen Aufgabe komme, liegt es meistens daran, dass ich einfach nicht daran gedacht habe oder zu viel zu tun hatte, um die Zeit dafür aufzubringen.

Jetzt habe ich mich zum ersten Mal bewusst dafür entschieden, mich von meinem Laptop fernzuhalten.

Was nicht heißen soll, dass ich aufgehört habe, an ihn zu denken. Ganz im Gegenteil.

Ist mein Werk abgeschlossen, meine Sprachkomposition an ihrem natürlichen Ende angelangt? »Und wir lebten glücklich bis ans Ende unserer Tage.« Ist das der perfekte Schluss? Jedenfalls ist es das übliche Ende einer Geschichte, die man einem Kind erzählt.

Oder zumindest war es einmal so. Denn ich bin nicht sicher, ob Kinder heute noch an Happy Ends glauben.

Nein, den Laptop zugeklappt zu lassen, unterbindet nicht die Parade meiner Gedanken. Drei Tage lang sind sie mir durch den Kopf gegangen, und jetzt bin ich wieder hier, mit den Fingern auf den Tasten.

Denn es ist nur zu offensichtlich geworden, dass die einzige Möglichkeit, einen klaren Kopf zu bekommen, darin besteht, seinen Inhalt auf den Bildschirm zu kippen.

DESHALB: WIR LEBTEN GLÜCKLICH.

Die Hochzeit war klein und schlicht. Ein paar Jahre zuvor war ich Kirchgänger einer presbyterianischen Kirche geworden, ganz ähnlich, wie ich auch Mitglied bei Kiwanis und Rotary und Lions Club geworden war. Man kam besser voran, wenn man dazugehörte. Ich pflegte meine Zugehörigkeit zur Kirchengemeinde, indem ich ein paarmal im Jahr einen Scheck ausstellte, und das tat ich eindeutig öfter, als am Sonntagsgottesdienst teilzunehmen.

Louella war als Protestantin groß geworden, während Duane Shipley ein zum Atheisten gewandelter ehemaliger Katholik gewesen war. Er war extrem antiklerikal eingestellt gewesen, und Louella vermutete, dass an dieser Entwicklung ein pädophiler Geistlicher nicht ganz unbeteiligt gewesen war. Aber ungeachtet der Gründe dafür hatte er auf einer nichtreligiösen Zeremonie im Rathaus bestanden, und sie hatte nichts dagegen gehabt.

88

Nach Duanes Tod ließ sie sich von diversen Freundinnen zu Sonntagsgottesdiensten mitschleppen, ohne dass diese Kirchenbesuche zu etwas führten. Irgendwann fragte eine Nachbarin mit einem Sohn in Alden Alter Louella, ob sie Alden erlauben würde, ihre Sonntagsschule zu besuchen, worauf er drei aufeinanderfolgende Sonntage brav mitging.

Sie fragte ihn, ob es ihm dort gefiel. »Nicht besonders«, sagte er und war erleichtert, als sie sagte, dass er nicht mehr hingehen bräuchte.

Ich kannte einen Richter, der uns verheiratet hätte, aber ich fand, dass ich auch eine Gegenleistung für die Schecks erwarten konnte, die ich all die Jahre ausgestellt hatte. Deshalb fragte ich Louella, ob sie sich eine presbyterianische Hochzeit vorstellen könnte. Ihr gefiel die Idee, und wir setzten uns mit dem Geistlichen zusammen und planten eine kleine Feier.

Die einzige Verwandte, mit der sie Kontakt hatte, war ihre ältere Schwester Marian, die an der Indiana State University studiert hatte. Nach ihrem Abschluss blieb sie dort, zog zeitweise nach Colorado und Kalifornien, kehrte aber immer wieder nach Terre Haute zurück. Die Schwestern schrieben sich Weihnachtskarten, und ein paarmal im Jahr rief Marian mitten in der Nacht an.

Bei einem dieser Anrufe war ich dabei. Wir waren in Louellas Schlafzimmer, und sie hatte gerade das Licht ausgeschaltet, als das Telefon klingelte. Um sie ungestört telefonieren zu lassen, ging ich aus dem Zimmer, und als ich zurückkam, sagte sie, es sei Marian gewesen, was ich mir bereits gedacht hatte, und sie habe sich angehört, als hätte sie was getrunken, was ich befürchtet hatte.

Jetzt war es Louella, die nichts getrunken hatte, die Marian anrief, um sie zu fragen, ob sie ihre Trauzeugin sein wollte. »Sie war total aus dem Häuschen«, berichtete sie mir. »Und bei dieser Gelegenheit hat sie mir auch gleich erzählt, dass sie inzwischen wieder single ist. Bin schon gespannt, sie wiederzusehen. Terre Haute ist mit dem Auto etwa vier Stunden entfernt. Zu Duanes Beerdigung ist sie hergekommen, aber seitdem war sie nicht mehr hier.«

»Und du warst nicht mehr in Terre Haute.«

»Ich war noch nie in Terre Haute. Der einzige Grund hinzufahren wäre, Marian zu sehen, und irgendwie war das nie Grund genug. Sie ist alles, was ich an Familie habe, und ein paarmal im Jahr zieht sie sich ein paar Drinks rein und greift zum Telefon, und wenn sie das nicht täte, hätten wir überhaupt keinen Kontakt mehr. Wie ist das eigentlich mit deiner Familie ...«

Ich war bei einer Pflegefamilie aufgewachsen, erzählte ich ihr und erfand zwei Pflegeeltern, die streng und unnahbar gewesen waren. Sie waren schon über fünfzig gewesen, als sie mich aufnahmen, sagte ich, und waren bestimmt längst tot.

Sie sah mich an. »Wir werden eine Familie sein.«

UND DAS WAREN wir. Nach ein paar Monaten waren Alden und ich uns so weit nahegekommen, dass ich ihn eines Tages beiseite nahm und fragte, was er davon hielte, wenn ich ihn adoptierte. Ich sagte ihm, es hätte keine Eile und er solle in Ruhe darüber nachdenken, und seine Reaktion darauf war, die Arme um mich zu schlingen. Und so wurde ich sein Vater, und er war nicht mehr Alden Shipley, kein Durchschnittsname und einer, zu dem er auf ehrliche Weise gekommen war, sondern ersetzte ihn durch den Familiennamen Thompson, der nicht nur durchschnittlich war, sondern auch unrechtmäßig.

»Alden Wade Thompson«, sagte er und probierte den Namen aus. Dann nickte er feierlich und war offensichtlich recht zufrieden mit dem Namen. Doch etwas in seinem Ton brachte mich auf eine Idee.

»Weißt du was?«, sagte ich. »Dein erster Vater war ein guter Mann, und er hatte einen guten Namen. Willst du ihn vielleicht weiter als Mittelnamen führen?«

»Und Wade rausschmeißen?«

»Es gibt keinen Grund, warum jemand nicht zwei Mittelnamen haben sollte. Weißt du, wer den Telegrafen erfunden hat?«

Er antwortete mit der Frage, die wir erst wenige Tage zuvor bei *Jeopardy* gehört hatten. »›Wer war Samuel F.B. Morse?‹« Und fügte hinzu: »Wofür steht F.B.?«

Diese Frage beantwortete ihm Google.

»Samuel Finley Breese Morse«, berichtete er mir. »Alden Wade Shipley Thompson. Wade Shipley? Oder Shipley Wade?«

»Ich finde Wade Shipley besser.«

»Alden Wade Shipley Thompson«, wiederholte er, und beim Abendessen sagte er es noch einmal und suchte den Blick seiner Mutter. »Und? Was hältst du davon?«

»Ich finde es schade, dass schon jemand den Telegrafen erfunden hat«, sagte sie. »Aber du findest bestimmt eine Möglichkeit, deinem Namen auf noch eindrucksvollere Weise zu Ruhm und Ehren zu verhelfen.«

»Du meinst, indem ich was erfinde?« Er dachte darüber nach. »Weißt du, was klasse wäre? Ein Faxgerät für Leute. Man stellt sich in eine Kammer, drückt auf einen Knopf und ist in Cincinnati.«

Er schien froh zu sein, einen Vater zu haben. Umgekehrt war ich froh, einen Sohn zu haben.

Und, keine zwei Jahre später, eine Tochter.

»Ein Mädchen«, sagte Louella nach der Ultraschalluntersuchung. »Für Alden eine kleine Schwester. Für dich eine Tochter.«

»Und für dich auch.«

»Ja, für mich auch. Du weißt, ich hätte mich über einen weiteren Jungen genauso gefreut. Aber es kommt, wie es kommt. Ist es nicht wundervoll, ein kleines Mädchen zu haben?«

Und fast im selben Atemzug: »Aber ich bin plötzlich so müde, Schatz. Eigentlich sollte ich mich was schämen, aber ich kann kaum die Augen offen halten. Wie schlimm wäre es, wenn ich mich einfach ausziehe und auf der Stelle in tiefen Schlaf falle?«

UND SO WAREN wir auf einmal zu viert, Louella und Alden und Kristin und ich. Inzwischen waren wir in ein größeres Haus in einer guten Straße umgezogen. Es lag nahe bei Aldens Schule, und zu seiner künftigen High-school war es kaum weiter, und ins Geschäft waren es zu Fuß zwanzig Minuten.

Thompson Dawes Haushaltswaren. Nach Porter Dawes' Tod hatte ich seinen Namen, ebenso sehr aus Faulheit wie aus Respekt, beibehalten und, als es mit Louella und mir losging, meinen hinzugefügt. Sie hatte als Buchhalterin für mich zu arbeiten begonnen und sich irgendwann gefragt, warum ich den Namen nicht nach mir benannte.

Als ich darauf sagte, dass Dawes Haushaltswaren alle kannten, führte sie an, dass die meisten auch wussten, dass das Geschäft John Thompson gehörte, und dass ich mir für den Preis eines neuen Ladenschilds den Ruhm mit Mr. Dawes, Gott hab ihn selig, teilen könnte. Und es wäre ein guter Anlass für einen Ausverkauf und würde die Kosten für das neue Schild locker wieder hereinbringen.

»Und in Penderville sagt der Name Porter Dawes niemand was, sodass es nur Unverständnis hervorrufen würde, den neuen Laden Dawes Hardware zu nennen. Wenn du dagegen beide Geschäfte Thompson Dawes Haushaltswaren nennst ...«

»Würde Home Depot vor Neid erblassen«, sagte ich. »Thompson & Dawes?«

»Ich fände nur Thompson Dawes besser. Aber mit oder ohne Bindestrich?« Sie nahm einen Bleistift und schrieb beide Versionen auf ein Blatt Papier. »Ich finde, ohne Bindestrich.«

Der ursprüngliche Laden war knapp eine Meile von unserem neuen Haus entfernt, und an schönen Tagen ging ich meistens zu Fuß hin. Das Geschäft in Penderville warf von Anfang an Gewinn ab, und in seiner Funktion als stiller Teilhaber hatte mir Ewell Kennerly einen Neffen aus Penderville als Geschäftsführer empfohlen. Ich schätze, das lief auf die Wörterbuchdefinition von Vetternwirtschaft hinaus, aber in diesem Fall erwies es sich als eine vernünftige Maßnahme, und der Laden lief praktisch von allein. Ich fuhr einmal die Woche hin, sah kurz nach dem Rechten, unterhielt mich bei einer Tasse Kaffee angeregt mit Ewells Neffen und widerstand der Versuchung, mich nach anderen Expansionsmöglichkeiten umzusehen. Ich war froh über das zweite Geschäft, aber das genügte vollauf.

Auch über das Haus war ich froh. Es taugte uns vom Tag des Einzugs an und erforderte keine großen Renovierungsmaßnahmen. Eine neue Küche, ein paar Umbauten in zwei Bädern. Im Garten gab es gut angewachsene Sträucher und immergrüne Pflanzen, und alles, was an Arbeit anfiel, war Unkrautjäten und Bäumezurückschneiden.

Was wir an Werkzeug dafür benötigten, gab es bei Thompson Dawes. Wie die Farbe, wenn wir die Veranda auf Vordermann brachten. Und alles andere, was wir brauchten, bis Alden kurz nach seinem vierzehnten Geburtstag vorschlug, das Dachgeschoss auszubauen. Die Wärmedämmung würde sich wegen der Heizkosteneinsparung rasch amortisieren, argumentierte er, und wenn dort oben ein Zimmer für ihn heraussprang, konnte er seine Musik spielen, ohne den Rest von uns zu stören.

»Und mein altes Zimmer könnte ein zweites Arbeitszimmer werden«, sagte er, »oder, keine Ahnung, ein Fernsehzimmer oder was weiß ich? Und wenn wir den Ausbau selbst machen ...«

»Könnte das ganz lustig werden?«

»Und wir würden uns neue Fertigkeiten aneignen, die uns später zugutekommen könnten.«

Ich weiß nicht, welche neuen Fertigkeiten wir uns zulegten, oder wie hoch die Chancen waren, dass wir sie uns später zunutze machen würden. Aber es machte tatsächlich Spaß, auch wenn sich herausstellte, dass es mehr Arbeit war, als wir erwartet hatten. In Aldens ursprünglichem Vorschlag war von einem Bad dort oben keine Rede gewesen, aber Louella hielt es für klug, eines einzubauen, was aber hieß, dass wir einen Installateur hinzuziehen und uns auch für die Planung professionelle Hilfe holen mussten.

»Alles ist mehr Arbeit, als man denkt«, erklärte ich Alden, »und es dauert länger als geplant und kostet mehr als geschätzt.«

Er nickte, und ich konnte sehen, wie er diesen Spruch als etwas abspeicherte, was man sich merken sollte.

Es ist fast eine Woche her, dass ich zum letzten Mal etwas geschrieben habe. Ich habe Gründe gefunden, mir zwei Tage freizunehmen. Dann bin ich hier raufgekommen, habe mich an den Schreibtisch gesetzt, die Datei geöffnet und sofort an eine Frage gedacht, die mir Google beantworten könnte. Fasziniert von Themen, die an einem anderen Tag wesentlich weniger faszinierend gewesen wären, surfte ich ein, zwei Stunden im Internet, bevor ich mich ausloggte und den Laptop zuklappte.

Dann kam ein Tag, an dem ich las, was ich geschrieben hatte. Das war etwas, was ich bisher vermieden hatte, offensichtlich zu Recht. Danach war ich ziemlich aufgewühlt, und ich schrieb an diesem Tag nichts. Auch nicht am folgenden Tag, an dem ich mich an den Computer setzte, die Datei öffnete und einen Satz schrieb, umformulierte – und am Ende löschte. Als ich schließlich aufgab, war das Dokument – oder wie ich diese Ansammlung von Pixels sonst nennen könnte – wieder so, wie ich es ein paar Stunden zuvor vorgefunden hatte.

Und wie ich es jetzt vorfinde, sieht man von der Hinzufügung dieser kursiv geschriebenen Abschnitte ab, bei denen es sich weniger um Schreiben handelt als um Schreiben übers Schreiben.

Es ist nicht schwer zu ergründen, warum ich nicht weitermachen will.

Wir waren damals glücklich, und ich glaube, dass das Geschriebene dieses Glück recht gut vermittelt. Warum es mit Andeutungen auf Kommendes trüben.

Denn in Wahrheit sind wir jetzt glücklich. Alle vier – oder fünf, denn warum den Hund nicht mitzählen? Chester, inzwischen seit fast drei Jahren Teil unserer Familie, ein relativ großer Hund unbestimmbarer Abstammung, der Kristin eines Tages von der Schule nach Hause gefolgt ist.

Keine Hundemarke, kein Halsband, nichts, woraus hervorging, woher er kam oder wer ihn vermisst haben könnte. Sein Schwanz hörte nie zu wedeln auf, als wollte er den Gedanken, ihn ins Tierheim zu bringen, erst gar nicht aufkommen lassen. Ein Tierarzt bestätigte, dass er frei von Identifizierungschips oder sonstigen Erkennungsmarken war und keine Erkrankungen hatte. »Ungefähr drei Jahre alt, John. Größer wird er nicht mehr, aber bei entsprechender Fütterung könnte er noch etwas in die Breite gehen. Was seine Abstammung angeht, also, ich glaube, Teile eines Schäfers zu erkennen, aber was den Rest angeht, kann ich nur raten.«

Wir schalteten eine Annonce – HUND ZUGELAUFEN –, zogen sie aber zwei Tage später zurück, als wir merkten, wie nervös wir alle wurden, sobald das Telefon zu läuten begann. Wem er entlaufen war – oder eher, wer ihn ausgesetzt hatte – sah die Anzeige entweder nicht oder hatte nicht das Bedürfnis, darauf zu antworten.

Also kauften wir ihm ein neues Halsband und eine

Leine und einen Fressnapf und eine Trinkschale, und der Tierarzt setzte ihm einen ID-Mikrochip ein, und Louella füllte ein Formular aus und zahlte die Hundesteuer.

Einen Namen hatte er bereits. Kristin, die ihn nach Hause gebracht hatte, war dazu übergegangen, ihn Chester zu nennen. Niemand wusste, warum, aber es hatte auch niemand etwas dagegen, am allerwenigsten der Hund selbst. Wenn er seinen Namen hörte, spitzte er die Ohren und kam angetrottet, um sich den Kopf tätscheln zu lassen.

Sollte noch letzte Zweifel bestanden haben, ob wir eine Familie waren, räumte Chester sie endgültig aus. Er war eindeutig ein Familienhund, und wie konnte man einen Familienhund haben, wenn man keine Familie war?

Er war auch der Anfang vom Ende, obwohl er nicht wirklich etwas dafür konnte.

»DAD, ICH HABE da eine Idee.«

»Einen riskanten Beruf«, sagte ich, »der aber auch seine Vorteile hat.«

»Häh? Ach so, klar. Nein, ich habe mir Gedanken übers College gemacht. Und was ich danach machen will.«

»Aha?«

»Einfach, du weißt schon, was ich später im Leben machen will.«

»Da hat sich aber jemand wirklich Gedanken gemacht.«

98

Er nickte. »So könnte man es wohl nennen. Und einerseits würde ich gern vier Jahre in Athens auf die OU gehen und dann bei Thompson Dawes einsteigen.«

Er hatte nach der Schule schon gelegentlich im Geschäft ausgeholfen: im Lager gearbeitet, Kunden bedient, sich allgemein nützlich gemacht. Insgeheim hegte ich schon eine ganze Weile die Hoffnung, dass er oder seine Schwester eines Tages das Geschäft übernehmen würden, wenn ich mich zurückziehen wollte.

»Das willst du einerseits«, sagte ich. »Und andererseits?«

»Na ja.« Er druckste ein wenig herum. »Jedenfalls, ich habe mir überlegt, ob ich vielleicht Tierarzt werden soll.« Und er erzählte mir, dass er mit Ralph Debenthal ins Gespräch gekommen war, als er Chester wegen der Impfungen und Routineuntersuchungen zu ihm gebracht hatte, und …

»Aha, du willst also Tierarzt werden.«

»Weißt du, irgendwie finde ich gut, was Doktor Ralph macht.«

»Also ein Tierarzt statt ein …«

»Menschenarzt. Genau. Das habe ich mir zwar auch eine Weile überlegt. Als Mom krank war.«

Brustkrebs, im Frühstadium entdeckt, lange bevor sich Metastasen bilden konnten. Nach einer Lumpektomie hatte sie kurz Radiotherapie bekommen und war jetzt krebsfrei. Und ein Rezidiv war sehr unwahrscheinlich.

Außer dass so etwas natürlich nie vollständig auszuschließen ist. Im Sumpf der menschlichen Existenz gibt es Krokodile im Überfluss.

»Aber das Medizinstudium hat es echt in sich«, fuhr er fort. »Sagen jedenfalls alle. Es ist schwer, überhaupt zum Studium zugelassen zu werden, und schwer, den Abschluss zu schaffen, und dann bist du erst mal Assistenzarzt und darfst so ungefähr zwanzig Stunden am Tag malochen.«

»Dafür ist einiges an Engagement nötig.«

»Das wäre ja vielleicht sogar okay, wenn ich voll dahinterstünde, aber ich kann mir eher vorstellen, Hunde gegen Tollwut zu impfen, als irgendwelchen Leuten beizubringen, dass es mit Oma unaufhaltsam bergab geht und sie schon mal anfangen sollen, die Beerdigung zu planen. Als ich Sukie erzählt habe, dass ich überlege, Tiermedizin zu studieren, hat sie gemeint, warum nicht Humanmedizin, und ich habe gesagt, ich mag Tiere lieber als Menschen.«

»Das kann durchaus so sein.«

»Na ja, das war wahrscheinlich ein bisschen oberflächlich und arschig.«

»Aber es ist trotzdem was dran.«

»Das auf jeden Fall. Sie verklagen einen auch nicht wegen irgendwelcher Kunstfehler. Obwohl, ihre Besitzer vielleicht schon.«

»Aber nicht so oft.«

»Das auf jeden Fall. Aber egal, ich muss mich ja noch nicht sofort entscheiden. Trotzdem ...«

»Du spielst mit dem Gedanken, in Ralphs Fußstapfen zu treten.«

ER ERZÄHLTE RALPH Debenthal von seinen Plänen, und der Tierarzt schlug ihm vor, zweimal wöchentlich nach der Schule zu ihm zu kommen, um Besorgungen für ihn zu erledigen und untergeordnete Tätigkeiten zu verrichten, bei denen er sich ansehen konnte, was Ralph tat und wie er es tat. Der Tierarzt war reserviert und wortkarg, und man konnte sich unschwer vorstellen, dass er sich mit Tieren wohler fühlte als mit Menschen. Aber er gewöhnte sich an Aldens Gesellschaft und taute ihm gegenüber zunehmend auf.

Und dann, eines Tages vor dem Abendessen, rief Alden Chester zu sich, sagte »Sitz!« und legte ihm die Hand auf den Kopf. »Also, Chester«, begann er. »Ich sammle Informationen. Über deinen Stammbaum.« Er schaute in die Runde und ließ den Blick von einem zum andern wandern. »Ein Schäferhundmischling. Davon sind wir bisher ausgegangen, oder?«

Kristin fragte ihn, worauf er hinauswollte.

»Es geht um Chesters Abstammung«, sagte Alden. »Zu einem Viertel ist er tatsächlich Schäferhund, aber ein belgischer, kein deutscher. Aber was der alte Chester vor allem ist, er ist ein Rottweiler. Er ist zu fünfzig Prozent Rottie. Das heißt, die Wahrscheinlichkeit ist hoch, dass entweder seine Mutter oder sein Vater ein reinrassiger Rottweiler war.«

Und woher wusste er das? »Tja, ich habe da so meine Tricks«, sagte er und wartete darauf, dass wir ihm eine ausführlichere Erklärung entlockten: dass es in Fort Smith, Arkansas, eine Firma gab, die einem für weniger als hundert Dollar ein genetisches Profil für seinen Hund erstellte. Was dafür nötig war? Man schickte ihnen einen Scheck – oder in seinem Fall eine Postanweisung, die er von seinem Sparbuch beim Postamt in der Elizabeth Street bezahlt hatte. Darauf schickten sie einem zwei überdimensionale Wattestäbchen zu, mit denen man von den Innenseiten der Lefzen seines Hunds Abstriche machte. Man steckte sie in zwei Plastikröhrchen, verwendete den bereits adressierten Versandumschlag des Unternehmens und schickte alles zurück. Und dann wartete man einfach, und wenn man das Ganze schon fast vergessen hatte, schickten sie einem einen Brief mit den Untersuchungsergebnissen.

Und diese Ergebnisse, die er an diesem Nachmittag erhalten hatte, waren ziemlich eindeutig. Zur Hälfte Rottweiler, ein Viertel belgischer Schäferhund und der Rest etwas schwerer zu bestimmen.

Alden strahlte. Chester wedelte mit dem Schwanz.

IM NOVEMBER 1942, zwei Jahre und vier Monate vor meiner Geburt, hielt Winston Churchill bei einem Essen im Londoner Mansion House eine Rede. Die Generäle Alexander und Montgomery hatten bei El Alamein in Ägypten Rommels Streitkräfte besiegt und Churchill zum ersten Mal einen Sieg beschert, den er feiern konnte.

»Das ist aber nicht das Ende«, sagte er. »Es ist nicht einmal der Anfang vom Ende. Aber vielleicht ist es das Ende vom Anfang.«

Auf das Zitat war ich vor Jahren einmal gestoßen, und jetzt sah ich es nach, ob ich es auch richtig in Erinnerung hatte. Ich gab »Churchill Ende vom Anfang« ein, worauf mir Google das korrekte Zitat lieferte sowie mehr Informationen zu dem Anlass, als ich wissen wollte. Ich fand es aber interessant genug, um alles zu lesen, vielleicht um meine Gedanken davon abzuhalten, dorthin zu wandern, wohin sie sich als Nächstes wenden mussten.

Zum Ende vom Anfang.

NICHTS VON ALL dem war mir damals bewusst. Ich war mindestens so stolz auf Alden, wie er das auf sich war – dass er auf die Idee gekommen war, die Abstammung unseres Hunds entschlüsseln zu lassen, und dass er es durchgezogen hatte, ohne auch nur ein Wort darüber fallen zu lassen, bis er das Ergebnis vorliegen hatte. Seine Findigkeit überraschte mich vermutlich weniger als Chesters Abstammung; der Name Rottweiler beschwor in mir die Vorstellung von einem bulligen, extrem kräftigen Kampfhund herauf, dessen Kiefer bei jeder potentiellen Bedrohung der Familie, die es zu beschützen galt, erbarmungslos zuschnappten. Das passte nicht so recht zu unserem Chester, der eher ein gutmütiger Kasper war, aber angeblich soll man die Macht des Blutes nicht unterschätzen, und vermutlich auch die der DNA nicht.

Ach ja, die DNA.

Das heute als DNA bekannte Molekül wurde in den 1860er Jahren von dem Schweizer Chemiker Johann Friedrich Miescher entdeckt. Das haben Sie wahrscheinlich nicht gewusst, und auch mir ging es nicht anders, bis ich es vor wenigen Minuten gegoogelt habe.

Erst 1953, fast ein Jahrhundert später, entdeckten dann James Watson und Francis Crick die Doppelhelix-Struktur der DNA, und seitdem versucht die Welt herauszufinden, was sie davon halten soll – und was damit anzufangen sein könnte.

Es dauerte nur fünfzehn Jahre, um im Jahr 1968 anzulangen, diesem Schlüsseljahr, in dem eine ganze Reihe von Leuten, deren Namen Sie bestimmt kennen, starb. John Steinbeck, Helen Keller, Juri Gagarin, Tallulah Bankhead, Edna Ferber, Upton Sinclair, Norman Thomas, Martin Luther King.

Nicht zu vergessen Bobby Kennedy. Und in meinem Kopf, wenn auch in dem von niemand sonst, unauslöschlich damit verbunden, Cindy Raschmann.

1968 KAM EIN MANN in eine Bar, und wenn er auch schon einmal die Abkürzung von Desoxyribonukleinsäure gehört haben musste, hatte sie keinen bleibenden Eindruck bei ihm hinterlassen. Der Mann im *Buddy*-Hemd schenkte Pressemeldungen und Fernsehnachrichten grundsätzlich wenig Beachtung und schon gar nicht, wenn es darin um bahnbrechende wissenschaftliche Entdeckungen und Nobelpreise ging.

Über derlei Dinge hätte ich mich deutlich mehr als nur sehr oberflächlich auf dem Laufenden halten müssen, um den neuen Erkenntnissen über die DNA irgendwelche Bedeutung beizumessen. Sowohl ich als auch alle anderen hätten außerordentlich vorausschauend sein müssen, um die künftigen Konsequenzen von Watsons und Cricks Entdeckung zu erahnen.

Wäre ich mit derartiger Weitsicht gesegnet gewesen, hätte ich mir vielleicht ein Kondom übergestreift, bevor ich mich an Cindy Raschmann, Gott hab sie selig, verlustierte.

Aber wozu? Zur damaligen Zeit gab es nur zwei Gründe, um sich derart zu rüsten, und keiner ließ mich diese Vorsichtsmaßnahme auch nur in Erwägung ziehen. Empfängnisverhütung war der eine, Schutz vor Geschlechtskrankheiten der andere.

In puncto Geburtenkontrolle hatte ich mir keine Gedanken machen müssen. Kein Mann, wie potent auch immer, würde es schaffen, ein totes Mädchen zu schwängern. Syphilis oder einen Tripper konnte man sich dagegen bei einer toten Partnerin genauso fangen wie bei einer lebendigen, aber über Geschlechtskrankheiten machte ich mir damals keine großen Gedanken. Es hieß, sie seien nicht schlimmer als eine starke Erkältung, und sich eine einzufangen machte mit Sicherheit wesentlich mehr Spaß. Außerdem ließ sich dieses Problem mit einer Penicillinspritze ganz einfach beheben, und wer stellte sich schon mit dem Regenmantel unter die Dusche? Oder wusch sich die Füße mit den Socken an.

Geschlechtskrankheiten sagt natürlich heute kein Mensch mehr. Jetzt heißen sie sexuell übertragbare Erkrankungen oder STD. Ich verstehe zwar nicht recht, warum *sexuell übertragbare Erkrankung* diese Beschwerden besser bezeichnen soll als *Geschlechtskrankheit*, aber ganz ähnlich will mir auch nicht in den Kopf, warum *Person of color* der Bezeichnung *Colored person* oder *Farbiger* vorzuziehen sein soll.

Aus welchem Grund auch immer, spricht man heutzutage nur noch von STD. Und sie scheinen häufiger aufzutreten als früher, und viele sind größtenteils resistent gegen Penicillin und seine Varianten. Einige sind wesentlich schlimmer als eine üble Erkältung; ein, zwei Jahrzehnte lang hat eine von ihnen – Aids – jeden das Leben gekostet, der daran erkrankt ist. Sie ist immer noch unheilbar, aber ihre Opfer können damit Jahr um Jahr weiterleben, und vielleicht erzählen sie sich gegenseitig, dass es nicht schlimmer ist als so etwas Nerviges wie Psoriasis. Und sie sich zuzuziehen, macht wahrscheinlich auch mehr Spaß.

So leicht, einfach weiterzumachen wie gehabt. So

simpel, meine Finger auf den Tasten das Schweifen meiner Gedanken festhalten zu lassen. So befriedigend, ein Wort, das es nicht hundertprozentig trifft, zu highlighten und durch ein besseres zu ersetzen.

So viel einfacher, als das Unerhebliche beiseitezuschieben und zum Wesentlichen zu kommen.

> *Der Finger regt sich, schreibt; und hat geschrieben er,*
> *Bewegt er sich weiter: und nicht Glaube noch Versteh'n*
> *Nimmt auch nur eine halbe Zeile fort,*
> *Und wäschst du es mit deiner letzten Trän',*
> *So löschst du doch kein einz'ges Wort.*

Ich würde die Interpunktion nicht so setzen, und ich habe tatsächlich eine Viertelstunde darauf verschwendet, mich weiter zu diesem Thema auszulassen, bevor ich die Löschtaste für den ihr zugedachten Zweck verwendet habe.

Lass den Scheiß, Buddy. Komm auf den Punkt.

ICH WEISS NICHT, wann irgendein Pionier der Rechtsmedizin auf die Idee kam, die DNA für forensische Zwecke einzusetzen, noch könnte ich Ihnen sagen, wann ich mir dessen zum ersten Mal bewusst wurde. Aber es wurde immer offensichtlicher, dass einen diese Substanz überführen konnte, wenn man schuldig war, und entlasten, wenn man unschuldig war. Die Türen von Gefängniszellen sprangen auf und ließen abrupt Männer frei, die längst alle Hoffnung aufgegeben hatten, jemals wieder in Freiheit zu leben. Und dann fielen diese Türen wieder zu und sperrten für den Rest ihres Lebens Männer ein, die ihre anhaltende Freiheit mehr und mehr für selbstverständlich gehalten hatten.

Männer, deren Lebensumstände sich nicht nennenswert von denen eines unter dem Namen John James Thompson bekannten Haushaltswarenhändlers in Ohio unterschieden.

Ich war nicht zur Rechenschaft gezogen worden für das, was ich Cindy Raschmann angetan hatte. Als ich damals diese Bar betrat, war ich, sieht man von ein paar Verkehrskontrollen ab, mein ganzes Leben lang noch kein einziges Mal in den Fokus der Polizei geraten. Ich war nie verhaftet worden, und mir waren nie die Fingerabdrücke abgenommen worden. Ich konnte mir auch nicht vorstellen, dass ich am Tatort Fingerabdrücke hinterlassen hatte, und selbst wenn dem so gewesen wäre und wenn es auch noch einem besonders engagierten Ermittler gelungen wäre, sie zu sichern, hätten sie zu nichts geführt.

Aber ich hatte sie mit DNA vollgepumpt, keine Frage. Ich hatte einen genetischen Fingerabdruck hinterlassen, und mit der Zeit dämmerte mir, was das angesichts der unaufhaltsam voranschreitenden technologischen Entwicklung zur Folge haben konnte.

Natürlich musste das alles nichts heißen. Wer konnte schon sagen, wie gründlich Cindys Obduktion ausgefallen war oder wie viel sie von dem, was sie gefunden hatten, behalten hatten? Da sie erst gar nicht dazu gekommen war, mich zu kratzen, war keine DNA von mir unter ihre Fingernägel gelangt. Wenn sie allerdings aufbewahrt hatten, was sie von meinem Sperma gefunden hatten, und wenn es im Lauf der Jahre nicht verlorengegangen oder so stark verfallen war, dass es forensisch nicht mehr verwertbar war, dann genügte es ihnen vielleicht, um mir auf die Spur zu kommen.

Wenn ich aus irgendeinem Grund einer Straftat verdächtigt wurde, wenn ich ihre Aufmerksamkeit auf mich lenkte, wenn sie mich aufgriffen und einen Abstrich von meiner Mundhöhle machten und die verräterische DNA aus meinen Epithelzellen isolierten – wenn es dazu kam, hatten sie konkrete Beweise, die vor Gericht zugelassen waren, und dann konnte ein anerkannter Experte ein Gutachten erstellen, ob die DNA eines anderen Menschen mit einer Wahrscheinlichkeit von eins zu einer Milliarde oder Billion oder Billiarde identisch mit meiner war.

Aber um einen Abstrich von mir zu machen, mussten sie mich festnehmen, und vorher mussten sie mich erst einmal einer Straftat verdächtigen. Doch warum sollten sie überhaupt etwas von der Existenz von J.J. Thompson wissen, dem harmlosen Inhaber von Thompson Dawes? Warum sollte mein neues Leben ihre Aufmerksamkeit auf mich lenken?

Eigentlich konnte mir doch immer noch nichts passieren, oder?

JE WEITER DIE Zeit voranschritt, desto weniger traf das zu. Die Einrichtung einer DNA-Datenbank bedeutete, dass in diesem System jeder jemals Verhaftete zu finden war, von dem ein Mundabstrich gemacht worden war. Wenn ich also wieder in eine Bar ging, in Ohio oder Kalifornien oder sonst irgendwo in diesem Land, und wenn ich tat, was ich damals mit Cindy Raschmann gemacht hatte, und wenn ich dabei erwischt oder nachträglich überführt wurde, konnte ein auf sogenannte Cold Cases spezialisierter Ermittler in Bakersfield eine Übereinstimmung mit einer Probe feststellen, die dort schon seit Jahren eingelagert war.

Falls sie eine solche überhaupt einmal gehabt hatten oder sie nicht verloren hatten oder …

Egal. Der technische Fortschritt war unaufhaltsam, und ich ertappte mich dabei, dass ich mich mit einem gewissen inneren Abstand darüber auf dem Laufenden hielt. Das ursprüngliche *CSI*, das in Las Vegas spielte, schaute ich zwar nicht, weil es an meinem Bowlingabend kam, aber am Mittagstisch kam das Gespräch oft genug auf die Serie, um zu wissen, dass es sie gab. Und als sie die in Miami und New York spielenden Fortsetzungen brachten, sahen Louella und ich sie uns an, nicht selten zusammen mit Alden.

Außerdem hatten wir davor schon *America's Most Wanted* geschaut, wenn wir samstagabends zu Hause waren. Anfangs fürchtete ich insgeheim, Cindy Raschmanns Tod von 1968 könnte auf dem Bildschirm auftauchen. Vielleicht meldete sich irgendein Autofahrer, der im Vorbeifahren Teile einer Autonummer mitbekommen hatte. Ein Gast in der Raststätte erinnerte sich möglicherweise an einen Mann in Arbeitskleidung, auf dessen Hemdtasche *Buddy* gestanden hatte.

Und dann erschien eines Samstagabends ihr Foto auf dem Bildschirm.

Ich glaube nicht, dass ich sie erkannt hätte, wenn sie ihren Namen nicht gesagt hätten. Es musste das Foto aus ihrem Highschooljahrbuch gewesen sein. Allerdings hatte sie, als unsere Wege sich kreuzten, schon ein paar Jahre mehr auf dem Buckel und ein paar Meilen mehr auf dem Tacho gehabt. Ich bekam genügend Zeit, um zu merken, dass sie mir irgendwie bekannt vorkam, und als ich dann ihren Namen hörte, erwartete ich fast, auch meinen zu hören. Meinen richtigen natürlich. Dass sie von meinem Thompson-Namen wussten, hielt ich für eher unwahrscheinlich.

Andernfalls hätten sie längst bei uns geklingelt.

Doch was sie hatten, führte nicht zu mir und auch nicht wirklich zu Cindy Raschmann. Und was sie hatten, war Folgendes: Ein Mann mittleren Alters, der an der Westküste mit Gebrauchtwagen handelte und wie der Inbegriff eines Buchhalters aussah, war in einer Bar in Eugene, Oregon, gewesen, als es dort zu einer Schlägerei kam und die Polizei alle Beteiligten auf die Wache mitnahm.

Ich weiß nicht mehr, was das beweistechnische Bindeglied war, und auch den Namen des guten Manns habe ich vergessen, jedenfalls knickte er beim Verhör ein und gab zu, vor Kurzem eine Studentin vergewaltigt zu haben, und in der Folge gestand er auch noch mehrere andere Vergewaltigungen, von denen zwei mit dem Tod der Opfer geendet hatten.

Deshalb betrachteten ihn jetzt Polizeibehörden der ganzen Region in sämtlichen Cold Cases mit einem ähnlichen Tatmuster als Verdächtigen. Da auch Cindy Raschmann ein solcher Fall war, schafften es ihr Name und ihr Jahrbuchfoto ins Fernsehen. Die Polizei von Bakersfield, hieß es, sei zuversichtlich, dass er sich als ihr Gesuchter entpuppen würde, aber es zeigte sich, dass er zeitlich nicht ins Bild passte. Außerdem gab es physiologische Beweise, aufgrund deren er nicht als Täter in Frage kam.

Eine Weile stand mein Optimismus dem der Bakersfielder Cops in nichts nach. Sie mussten keine Beweise sammeln, um gegen den Gebrauchtwagenhändler Anklage zu erheben. Sie wollten lediglich Grund zu der Annahme haben, dass er es getan hatte. Oregon konnte ihn wegen Straftaten belangen, die er tatsächlich begangen hatte, und Bakersfield konnte sich einreden, dass er Cindys Mörder war, und seinen sehr kalten Fall zu den Akten legen.

Aber das sollte nicht sein. Und so sortierte ich vor dem Fernseher die guten und die schlechten Nachrichten. Sah man davon ab, dass diese Bedrohung der Menschheit bis an ihr Lebensende aus dem Verkehr gezogen wäre, war die zweite gute Nachricht, dass ich auch künftig die Aufmerksamkeit der Polizei nicht auf mich lenken würde.

Und die schlechte Nachricht? Dass der Fall, so kalt er auch sein mochte, immer noch offen war. Und dass sie physiologische Beweise hatten. Wenn sie ausreichten, um den Gebrauchtwagenhändler aus dem Kreis der Verdächtigen auszuschließen, war davon auszugehen, dass sie auch ausreichten, den Kerl im *Buddy*-Hemd einzuschließen. Den Mann, der tatsächlich

»die Tat begangen hatte«. So hätte ich jedenfalls den Gedanken zu Ende gedacht. Ich hatte es im Sinn, als ich gestern zu schreiben aufhörte und mitten im Satz abbrach, wie ich es schon gelegentlich getan habe, damit ich am nächsten Tag weiß, wie ich weitermachen soll. Oder ein paar Tage später, wenn ich so lange brauche, um mich wieder an die seltsame Aufgabe zu machen, die ich mir selbst gestellt habe.

Ich muss mich unterbrechen und in die Gegenwart vorauseilen. Gestern Nacht bekam ich nämlich Besuch. Nein, nicht wie ich fürchtete, von einem gesichtslosen Kerl in Uniform, der plötzlich vor der Tür stand.

113

Von Cindy Raschmann.

Ich weiß, dass ich schlief, dass ich auf der linken Sei-te unseres Ehebetts auf dem Rücken lag und dass Louella neben mir tief und fest schlief.

»Ach ja, der alte Trottel hatte also einen Traum.«

Das ist doch Ihr erster Gedanke, oder? Aber Cindy Raschmann hat sich im Lauf der Jahre schon einige Male in meine Träume geschlichen und in einen passenden oder unpassenden Teil der planlosen Handlung eines Traums gedrängt. Oft kann ich mich nicht an die genauen Einzel-heiten dieser Besuche erinnern und weiß hinterher nur noch, dass sie da war. Oder irgendeine anonyme Traum-gestalt dreht sich um, und ihr Gesicht ist das von Cindy. Oder ich greife nach einer Zeitung, deren Schlagzeile nicht zu lesen ist, aber auf der ersten Seite ist ein Foto, und ich kann sehen, dass sie darauf ist.

Oder ... nein, lassen wir das. Das sind Träume. An eini-ge kann ich flüchtige Erinnerungen heraufbeschwören, die sich aber im Grund genommen nur auf den verschwomme-nen Eindruck beschränken, dass sie da war. Und es kann gut sein, dass ich dieses Gesicht tausendmal öfter in Träu-men gesehen habe, deren ich mir nie bewusst wurde.

Träume. Wenn ich das richtig sehe, verarbeitet das menschliche Bewusstsein in Träumen Dinge, die ihm kei-ne Ruhe lassen. Gibt es nicht Experimente, denen zufolge Versuchspersonen, die am Träumen gehindert werden, im Wachzustand mental und emotional weniger belastbar sind?

114

Gestern Nacht war es anders.

Ich lag schlafend im Bett und war mir einer Präsenz bewusst. Und obwohl ich nicht wusste, um wen es sich dabei handelte, hatte ich dennoch Angst, die Augen zu öffnen und zu schauen, wer es war. Und als ich es dann doch tat, war sie da, und ich erkannte sie sofort.

Sie trug die Bluse mit dem Rundausschnitt, die hautenge Jeans, die Stiefel. Sie war älter, aber nicht so alt, wie sie gewesen wäre, wenn sie noch gelebt hätte. Schätzungsweise Ende vierzig, Anfang fünfzig, als ob sie für zwei Jahre in Echtzeit immer nur ein Jahr gealtert wäre.

Das alles denke ich jetzt. Damals konnte ich nur denken, dass es Cindy Raschmann war, die Frau, die ich umgebracht hatte. Und sie stand in meinem Haus, in meinem Schlafzimmer, am Fußende meines Betts.

Ihre leuchtend blauen Augen hatten rasch meinen Blick auf sich gezogen.

Ihre Augen, ihre Augen. Ich hatte sie vage als blau in Erinnerung, aber ich hätte nicht beschwören können, welche Farbe sie hatten, obwohl ich mich noch immer daran erinnern konnte, wie das Leben aus ihnen gewichen war. In meiner Erinnerung waren sie immer seltsam farblos, eigentlich weiße Kreise. Little-Orphan-Annie-Augen, aus irgendeinem Grund weit aufgerissen. Vor Angst oder Staunen wahrscheinlich.

»Ah, Buddy«, sagte sie.

Die ersten Worte, die sie vor all den Jahren an mich gerichtet hatte. Damals hatte sie mit zusammengekniffenen

Augen auf meine Brusttasche gestarrt und versucht, die gestickten Buchstaben scharf zu sehen. Jetzt war ihre Stirn
nicht gerunzelt, und ihre blauen Augen waren nicht auf
meine Brusttasche gerichtet, sondern auf meine eigenen
blauen Augen.

Die allerdings nicht so blau waren wie ihre. Die Jahre
hatten ihre Farbe etwas verbleichen lassen und gleichzeitig
mein Haar grau gefärbt.

Die Jahre fordern ihren Tribut ...

Ah, Buddy. Die Worte hallten durch die Schlafzimmer-
stille. Ich öffnete die Lippen, um zu antworten, fand aber
keine Worte.

Sie schien auch nicht darauf zu warten, dass ich etwas
sagte. Sie schaute nur weiter in meine Augen, und ich in
ihre.

Dann sagte sie: »Du hast lange gewartet, hm? Nur
gibt es keine Zeit. Die Zeit wurde nur geschaffen, um zu
verhindern, dass alles auf einmal passiert. Aber sie erfüllt
ihren Zweck nicht wirklich, weil tatsächlich alles auf einmal passiert.«

Ich war mir zweier Dinge gleichzeitig bewusst – dass
keinen Sinn ergab, was sie sagte, und dass ich es trotzdem
verstand und genial fand.

Sie verstummte, und ich war weiter außerstande, etwas
zu sagen, und unsere blauen Augen, ihre und meine, hiel-
ten ihren unauflöslichen Blickkontakt. Irgendetwas strömte
zwischen uns hin und her, fast etwas wie Elektrizität, aber
was es auch war, es überstieg alle Worte, alle Gedanken.

116

Ich habe keine Ahnung, wie lang das so ging. Aber wie will man so etwas auch bemessen, wenn es sowieso keine Zeit gibt.

»Ich vergebe dir.«

Drei Wörter, in völlig neutralem Ton, soweit ich mich erinnere. Mich überkam ein undefinierbares Gefühl. Da war etwas, was ich hätte sagen sollen, aber ich hatte keine Ahnung, was es war. Ich öffnete den Mund, um die Wörter herauszulassen, aber da waren keine Wörter, nichts, was ich hätte sagen können, und als mir das allmählich bewusst wurde, begann sie sich aufzulösen.

Ich glaube, das ist das Wort, das ich suche. Zuerst habe ich »verschwinden« getippt, aber es scheint mir nicht wiederzugeben, was ich beobachtete. Ihr Bild verlor an Substanz, oder den Anschein von Substanz, und es verblasste und wurde, wie soll ich sagen, immateriell. Anscheinend lässt sich das nicht genau beschreiben, was vielleicht daran liegt, dass ich nicht wirklich weiß, was ich gesehen oder nicht gesehen habe.

Ich kann nicht sagen, wie lang dieser Vorgang gedauert hat. In ihrem zeitlosen Universum war dafür wahrscheinlich gar keine Zeit nötig, in meinem irgendwas zwischen überhaupt keiner Zeit und aller Zeit der Welt.

Aber egal. Sie war da, wie sie leibte und lebte, und dann war sie immer weniger anwesend, und irgendwann war sie ganz weg.

Da, wo sie gewesen war, sah ich jetzt nicht, was ich von da, wo ich lag, normalerweise sah, nicht meine Kommode, nicht Louellas Frisiertisch und nicht die Badezimmertür, sondern ein weites Landschaftspanorama. Wie im Wilden Westen, mit hohen Bergen in der Ferne.

Wie war das möglich? Wie konnte ich mit offenen Augen im Bett liegen und auf eine Landschaft blicken, die, wenn es sie überhaupt gab, mindestens tausend Meilen von da entfernt war, wo ich lag?

Ich blinzelte, und was ich sah, blieb unverändert. Ich zwang meine Augen, sich zu schließen, und ließ sie zu, aber was ich sah, blieb unverändert – weites, offenes Land, dann Hügel, dann ferne Berggipfel.

Augen auf, Augen zu. Keine Veränderung.

Wie war das möglich?

Mein Verstand versuchte krampfhaft, das alles mit dem in Einklang zu bringen, was er wusste – oder zu wissen schien. Hier war ich, mit weit offenen Augen, aber wie war das möglich?

»With my eyes wide open I'm dreaming ...« Eine Zeile aus einem Lied, die mir allerdings ohne die dazugehörige Melodie in den Sinn kam.

Doch waren sie offen?

Ich schaffte es herauszufinden – oder wusste einfach irgendwie –, dass sie das nicht waren. Ich saß auch nicht im Bett, sondern lag auf dem Rücken, wie ich das immer tat, wenn ich schlief, und meine Augen waren geschlossen.

Es bedurfte einiger Anstrengung, um sie zu öffnen, nicht die Augen, die sich geöffnet hatten, um den Blick Cindys blauer Augen aufzufangen, sondern meine eigenen realen

Augen. Ich gebe mir wirklich Mühe, das alles zu erklären, aber es ist vergebliche Mühe, denn wie soll ich etwas erklären, was ich selbst nicht verstehe?

Aber jetzt zu dem, was ich verstehe. Oder woran ich mich zumindest erinnere. Ich lag tatsächlich auf meinem Bett und war mir der Anwesenheit meiner neben mir schlafenden Frau bewusst. Da war kein toller Blick, keine fernen Berggipfel, nur der übliche alltägliche Hintergrund, bestehend aus einer Kommode und einem Frisiertisch.

Mein Herz, wenn es auch nicht gerade raste, schlug schneller als sonst.

Ich schloss die Augen – das heißt, ich schloss die Lider – und ließ meinen Kopf auf das Kissen sinken. Du wirst unmöglich wieder einschlafen können, sagte ich mir, und das Nächste, was ich wusste, war, dass es Morgen war.

Ich habe darüber nachgedacht. Na ja, es war ein Traum ... nur glaube ich nicht, dass das die richtige Bezeichnung dafür ist. Ich hatte alles noch lebhaft in Erinnerung, als ich meine Augen schließlich auf einen strahlenden Morgen aufschlug. Es ist sogar jetzt hier. Wenn ich mir bewusst bin, einen Traum gehabt zu haben, wird er vom ersten Licht des Tages rasch zerstreut. Aber diese Erfahrung ist jetzt, in diesem Augenblick, nicht weniger real als vor wenigen Stunden.

Google erwies sich wieder einmal, wie so oft, als hilfreich. Es erklärte mir, dass es einen Unterschied gibt zwischen einem Traum und dem Zustand, den ich durchlaufen hatte und der mit dem Fachbegriff Erscheinung bezeich-

119

net wird. Ich folgte dem Wort in den Kaninchenbau des Internets, wo alles gleichzeitig klarer und verwirrender zu werden schien.

Anscheinend war die Frau, die ich gesehen hatte, real und keine Hervorbringung meiner Fantasie. Sie besaß körperliche Realität im üblichen Sinn, was sie bewies, als sie sich wie Nebel in der Morgensonne verflüchtigte; sie hatte keine Fußabdrücke auf dem Schlafzimmerteppich hinterlassen, und wäre ein Tonbandgerät gelaufen, hätte es die Worte, die sie gesagt hatte, nicht aufgezeichnet.

War ich demnach von ihrem körperlosen Geist aufgesucht worden? Lebten Menschen in solchen Geistern fort, und konnte sie nach so langer Zeit im Schlafzimmer einer Person auftauchen? Ja, es stimmte, dass sie gesagt hatte (oder dass ich sie das sagen gespürt hatte), dass es keine Zeit gab und dass in der Sphäre, in der sie existierte, grundsätzlich alles gleichzeitig geschah. Aber in meinem Universum, in der Sphäre, in der ich existiere, gibt es tatsächlich so etwas wie Zeit, und zwischen unseren zwei Begegnungen war ziemlich viel davon abgelaufen.

Warum war mir diese Erscheinung ausgerechnet jetzt zuteil geworden?

Und wessen Idee war es gewesen? Selbst wenn es kein Traum, sondern eine Erscheinung war, selbst wenn ein existierender Geist aus seiner Realität in meine gekommen war, war es dann zum Teil mit meinem Zutun geschehen? Hatte etwas in meinem Geist das alles geschehen lassen, nicht indem es das alles in einen Traum verwoben, sondern

120

diesen überlebenden, nicht ermordeten Teil von ihr dazu veranlasst hatte, sich ans Fußende meines Betts zu stellen?

Diese Fragen konnte ich nicht beantworten. Ich konnte mich nur mit Mühe so weit auf sie konzentrieren, dass ich sie stellen konnte. Genauso gut hätte ich versuchen können, den Geist zurückzurufen, der zu mir gekommen war, oder wieder in die unwirkliche Wirklichkeit eines Traums zurückzukehren.

Zwei Fragen umschwirrten mich weiter: Warum jetzt? *Gefolgt von* Was jetzt?

»DAD?«

Ich saß am Schreibtisch meines kleinen Büros im hinteren Teil von Thompson Dawes. Der Eichenschreibtisch und der dazu passende Drehstuhl waren schon dort gewesen, als das Geschäft noch Porter Dawes gehört hatte; die beiden guten Stücke hatten ihn überlebt und würden wahrscheinlich auch mich überleben. Vor einigen Jahren hatte ich eine Rolle des Schreibtischstuhls ausgewechselt, und an Tagen mit hoher Luftfeuchtigkeit klemmte eine Schreibtischschublade, aber grundsätzlich hatte den Möbeln das Alter weniger anhaben können als den meisten von uns.

»Dad, ich hätte da eine Idee, was ich dir zu Weihnachten schenken könnte, aber es wäre nur zum Teil eine Überraschung.«

Ich könnte nicht sagen, dass sich für Chester viel ge-

121

ändert hatte, seit hinsichtlich seiner Abstammung Klarheit herrschte. Unabhängig davon, ob wir nun wussten, dass er zur Hälfte Rottweiler war, oder nicht, war er nach wie vor dasselbe Geschöpf, und ich glaube nicht, dass dieses Wissen irgendetwas an unserem Verhalten ihm gegenüber änderte.

Aber in Aldens Leben änderte es einiges. Er verbrachte jetzt nicht zwei, sondern vier Nachmittage in der Debenthal-Kleintierklinik, und wurde von Ralph für seine Arbeit bezahlt.

Er erledigte weiterhin Besorgungen und schaute bei den Behandlungen zu. Aber er nahm auch Mundabstriche vor, weil der gute Doktor Debenthal großes Interesse an Chesters DNA-Test gezeigt hatte – er hätte nie auf einen Rottweiler getippt, sagte er, nicht in einer Million Hundejahre. Er hätte einen Schritt weitergehen und seinen Kunden DNA-Tests anbieten können, aber es war Alden, der diesen Vorschlag machte, und man muss Ralph zumindest zugutehalten, dass er die sich damit eröffnenden Möglichkeiten sofort erkannte.

Beide machten ihre Kunden jetzt auf diese Firma im Internet aufmerksam, die einem alles über Rassos Abstammung sagen konnte. Sie schickten einem ein Test-Set zu, und man musste nichts weiter tun, als seinem vierbeinigen Liebling ein Wattestäbchen ins Maul zu stecken, einen Abstrich zu machen und diesen einzuschicken, worauf man nach einer Weile das Ergebnis mitgeteilt bekam. *Oder, wenn Sie wollen, können das auch wir für Sie übernehmen. Ich könnte es jetzt gleich machen.*

»Fast alle lassen es machen«, erzählte mir Alden.

Für Ralph war es eine gute Einnahmequelle, und in der Folge fand er mehr Aufgaben, die Alden übernehmen konnte – und stellte ihn offiziell an.

»Es dauert nur eine Minute«, sagte er, »und es ist völlig schmerzlos.«

Er hielt zwei überdimensionierte Wattestäbchen hoch. Wahrscheinlich habe ich, wenn auch unbewusst, halb mit so etwas gerechnet. Trotzdem überraschte es mich, und nicht in einem positiven Sinn. Vermutlich war es mir auch anzusehen.

»Es tut wirklich nicht weh«, versicherte mir Alden. »Du musst nichts weiter tun, als deinen Mund aufzumachen. Oder wenn du willst, kannst du die Abstriche sogar selbst machen.«

»Also, ich weiß nicht, Alden.«

»Wieso? Ich dachte, das müsste ein super Geschenk für dich sein. Hast du nicht mal gesagt, dass du nicht weißt, woher deine Großeltern stammen ...«

»Sie wurden alle in Amerika geboren«, sagte ich.

»Soweit du weißt.«

»Ja.«

»Aber was ist mit deinen Urgroßeltern oder den Generationen davor? Sie müssen doch von irgendwo anders gekommen sein. Außer es waren ein paar Indianer darunter, und das wäre echt stark. Wenn sich zum Beispiel rausstellt, dass du zum Teil Choctaw oder Apache oder Pawnee oder sonst was bist. Dann könntest du ein Casino aufmachen.«

123

Wie sollte ich es ihm beibringen? Wie es ihm erklären, ohne es zu erklären?

»Wenn ich zum Teil Rottweiler bin«, sagte ich, »muss ich das nicht unbedingt wissen.«

»Aber wieso, Dad? Bist du nicht auch ein bisschen neugierig?«

»Meine Kindheit«, sagte ich, »war nicht besonders glücklich.«

»Du hattest doch Pflegeeltern.«

»Ja.«

»Und bei Pflegeeltern aufzuwachsen war nicht so toll.«

»Nein, war es nicht.«

»Und an deine richtigen Eltern kannst du dich kaum mehr erinnern.«

Hatte ich es so ausgedrückt? »Ein bisschen erinnere ich mich schon noch an sie«, sagte ich. »Jedenfalls mehr, als mir lieb ist.«

»Echt?«

»Ich gebe mir große Mühe, diese Erinnerungen unter Verschluss zu halten. Eigentlich habe ich alles getan, um diese Zeit möglichst zu vergessen, und deshalb möchte ich auf keinen Fall mehr über die Leute wissen, die ich die ganze Zeit zu vergessen versucht habe. Es ist mir egal, aus welchem Teil Europas ihre Vorfahren gekommen sind oder wie sie hierhergelangt sind oder welche Verbrechen und sonstigen Schandtaten sie vielleicht begangen haben.«

Er ließ die Schultern hängen. »So was Blödes«, seufzte er. »Und ich dachte noch, ich hätte mal eine richtig gute Geschenkidee, und jetzt ist es was, was du auf gar keinen Fall haben willst.«

WEIHNACHTEN KAM, UND Alden schenkte mir Autofahrerhandschuhe – die verhindern würden, dachte ich unwillkürlich, dass ich DNA-Spuren auf meinem Lenkrad hinterließ, ein Gedanke, den ich schnell beiseitezuschieben versuchte.

Neben den Anziehsachen, die Louella für ihn ausgesucht hatte, schenkte ich ihm eine Kassette mit acht Büchern eines englischen Tierarzts, die in den 1970ern erschienen waren und zu ihrer Zeit Bestseller gewesen waren. Alden war in der Schulbibliothek auf eins der Bücher gestoßen und hatte es so gut gefunden, dass er beim Abendessen immer wieder laut daraus vorlas. Auf die Idee, sich nach den restlichen Werken des Mannes umzusehen, war er allerdings nicht gekommen.

Ich spürte sie im Internet auf – was nicht allzu schwierig war, da sie sich wie unzählige andere Bücher im Internetzeitalter deutlich sichtbar versteckten. Er war begeistert. »Ich wusste, dass er mehr Bücher geschrieben hat«, sagte er. »Aber das war das einzige, das sie in der Bibliothek hatten. Mir war nicht klar, dass man sie einfach so finden kann.«

Aber er wusste, was man sonst alles finden konnte,

und hatte seiner Mutter und seiner Schwester entsprechende Geschenke gemacht, nachdem er, angeblich für eine Schularbeit, Mundabstriche von ihnen genommen hatte. Es ist für den Biologieunterricht, hatte er ihnen gesagt, damit wir Epithelzellen unter dem Mikroskop untersuchen können.

»Was wir auch tatsächlich gemacht haben«, sagte er, als sie die Geschenke auspackten. »Aber dafür habe ich nur meine Zellen verwendet. Außerdem ging es dabei sowieso vor allem darum, mit dem Mikroskop umgehen zu lernen, und nicht so sehr darum, was auf dem Objektträger zu sehen ist. Aber was eure Abstriche angeht, wollte ich euch einfach die Überraschung nicht verderben.«

Und vermutlich wollte er nicht riskieren, dass auch sie kniffen, wie ich das getan hatte.

Auch sich selbst hatte er ein Geschenk gekauft, eine ethnische Analyse seiner DNA, und jetzt war er gerade dabei, die Ergebnisse der einzelnen Familienmitglieder zu interpretieren. Er selbst bestand zu 87% aus British Isles, 6% Deutschland und 4% Frankreich. Der Rest war nicht bestimmbar.

Rottweiler, meinte Kristin.

»Aber was sagt uns das jetzt über meinen Vater?«, fuhr Alden fort. »Nicht über Dad, sondern über Duane Allen Shipley, meinen biologischen Vater. Aus Moms Daten geht nämlich hervor, dass *ihre* DNA ebenfalls aus British Isles besteht, etwa zu 74%, und der Rest ist etwa zur Hälfte deutsch und französisch.«

»Meine Großmutter mütterlicherseits«, sagte Louella. »In diesem Teil der Familie gab es Pennsylvania Dutch oder Pennsilfaani Deitsche. Das würde den deutschen Einfluss erklären. Woher allerdings der französische kommt, kann ich nicht sagen.«

Angesichts des Umstands, dass Frankreich und Deutschland aneinandergrenzten und dass es in der langen Geschichte der beiden Länder zu zahlreichen Kriegen und Grenzverschiebungen gekommen war, erschien diese genetische Vermischung recht plausibel. Nach einigem Debattieren einigten wir uns schließlich darauf, dass der Shipley-Einfluss ausschließlich British Isles war.

»Womit ich durch und durch weiße Mittelschicht wäre«, sagte Alden. »Was ich mir mehr oder weniger auch schon gedacht habe, obwohl ich gehofft habe, dass irgendwas Interessantes dabei wäre. Ein Ururgroßvater, der zum Teil afrikanischer oder asiatischer Abstammung war oder, keine Ahnung, Arapaho? Meinetwegen auch jüdisch, jedenfalls irgendwas, das mich weniger langweilig macht.«

Louella versicherte ihm, er sei, genetische Zusammensetzung hin oder her, interessant genug.

»Aber jetzt zu Sis«, fuhr er fort. »Man sieht sofort, dass wir Halbgeschwister sind.«

»Und ich die bessere Hälfte«, machte Kristin geltend. »Obwohl der Unterschied nicht besonders groß ist. Ich bin auch hauptsächlich British Isles. Genau wie du.«

Er ging ihr Profil mit ihr durch. Ihre DNA war vorwiegend British Isles, aber im Gegensatz zu seinem 87-prozentigen Anteil betrug er bei ihr nur 65%. Der französische Anteil war bei ihr gleich groß, der deutsche etwas höher, und der Rest war vorwiegend skandinavisch, mit einem 3-prozentigen Schuss nordamerikanische Indianer.

Der skandinavische Einfluss überraschte mich nicht. Ich hatte es fast vergessen, erinnerte mich jetzt aber wieder daran, dass ein paar Cousinen und Cousins mütterlicherseits Olson geheißen hatten. Ich hatte sie als laut und sportlich in Erinnerung, hatte aber keinen von ihnen näher kennengelernt oder irgendetwas über sie erfahren.

Wenn Kristin zu 3% indianischer Abstammung war, war mein Anteil vermutlich doppelt so groß. Vorausgesetzt, die Analyse war exakt, war dieser Anteil groß genug, um eine reale Grundlage zu haben. Doch was besagte das? Ein Ururgroßelternteil? Man müsste auf jeden Fall ein paar Generationen zurückgehen, um einen Comanche in meinem Stammbaum zu finden.

HINTERHER, ALS DIE anderen nicht mehr dabei waren, entschuldigte sich Alden bei mir. »Eigentlich dachte ich bloß, es wäre interessant, Kristins Abstammung zu kennen, und ich habe schon alles weggeschickt, bevor ich gemerkt habe, dass ich damit in deiner Vergangenheit rumschnüffle, denn wie du sicher weißt, ist die Hälfte ihrer DNA von dir.«

Außer, natürlich, sie war von jemand anderem gezeugt worden. Aber dieser Gedanke war keinem von uns je gekommen. Die Ähnlichkeit im Aussehen war unverkennbar, und Kristins Macken und Gesichtsausdrücke erinnerten, wie ihr Humor, deutlich an meine. Sie war meine Tochter, und die Hälfte ihrer DNA war meine.

Ich sagte ihm, er solle sich deswegen keine Gedanken machen. Was war es außerdem mehr als ein paar Prozentangaben und Ursprungsländer?

»Und was Exotisches ist auch nicht dabei«, sagte er. »Und überhaupt, es ist ja sowieso nur DNA. Du bist weiter mein Dad. Egal, woher meine DNA kommt.«

Das rührte mich, und ich versicherte ihm, er sei mein Sohn, und ich sei sein Vater, und dass die Anerkennung dieser Tatsache die Stellung Duane Shipleys in keiner Weise schmälerte. Ich sagte ihm, dass ich stolz auf ihn war, und er sagte mir, dass er mich mochte, und es war ein schöner und berührender Moment.

Und alles würde gut werden, sagte ich ihm, nicht weniger als mir selbst.

UND WARUM AUCH NICHT?

Mein persönliches DNA-Profil war nach wie vor nirgendwo zu finden. Das von Kristin war zwar im Archiv der Firma, die die von Alden eingeschickten Abstriche analysiert hatte. Aber Kristin hatte ihre DNA nicht auf einer toten Frau in Kalifornien hinterlassen. Kein Com-

129

puter à la CSI, der mit blinkenden Lichtern auf die Fernsehzuschauer Eindruck zu schinden versuchte, würde plötzlich mit *Treffer Treffer Treffer* aufleuchten, während auf dem Bildschirm ihr Foto erschien.

Mein Geheimnis und ich waren so sicher wie eh und je.

GLAUBTE ICH DAS WIRKLICH?

Ich redete mir ein, dass ich es glaubte, und vielleicht war es tatsächlich so, denn in gewisser Hinsicht läuft Glauben vor allem auf das hinaus, was man sich einredet. Glauben Sie an Gott? Glauben Sie an ein Leben nach dem Tod? An Wiedergeburt? An Leben auf anderen Planeten? Wenn Sie an etwas von all dem glauben, tun Sie es dann nicht, weil Sie sich bewusst dafür entschieden haben, es zu glauben?

Beweise könnten dabei selbstverständlich eine Rolle spielen, aber damit verhält es sich wie mit Beweisen bei einem Gerichtsverfahren, die von beiden Parteien als Nachweis für etwas vorgebracht werden. Vielleicht erinnern Sie sich an die Karikatur von zwei Goldfischen in einem Glas. »Wenn es keinen Gott gibt, wer wechselt dann unser Wasser?«

Man glaubt, was man glauben will.

NUR UM DAS klarzustellen, mein diesbezüglicher Glauben war keineswegs unerschütterlich. Mir war nicht entgangen, dass die forensischen Technologien mit dem Tempo eines dieser blinkenden CSI-Computer weiterentwickelt wurden, dass das, was sie gestern konnten, weniger war als das, was sie heute können, und das wiederum nur ein schwacher Abklatsch von dem war, wozu sie morgen in der Lage sein werden.

Nur damit Sie keinen falschen Eindruck gewinnen, dieses Thema beschäftigte mich keineswegs tagtäglich und rund um die Uhr. Ich hatte auch noch mein Leben zu leben und nahm mir die nötige Zeit dafür. Ich hatte ein Geschäft zu führen und führte es. Ich hatte meine Clubs, Lions und Kiwanis und Rotary, und ich ließ selten ein Treffen aus. Dienstabends ging ich zum Bowling, und von meinem Sessel vor dem Fernseher verfolgte ich die Spiele der Bengals und der Buckeyes, der Cincinnati Reds und der Indy Pacers, allerdings ohne mich groß darum zu kümmern, wie die Spiele ausgingen.

Wenn es im Fernsehen nichts Gescheites gab, war ich oft in meinem Arbeitszimmer, unter Umständen auf diesem Stuhl vor dem Computer, und erledigte meine E-Mails oder surfte im Internet. Statt den Computer hochzufahren, machte ich es mir aber meistens in meinem Sessel bequem und las ein Buch. Ich hatte mich ausgiebig mit dem amerikanischen Bürgerkrieg beschäftigt, doch dann weckte mehr und mehr das alte Rom mein Interesse, und ich wagte mich an Gibbon heran.

Verfall und Untergang des Römischen Reiches. Sicher hätte ich auch in einer gekürzten Fassung mehr erfahren,

131

als ich wissen wollte, aber ich war im Internet auf eine außerordentlich preisgünstige sechsbändige Ausgabe gestoßen, und irgendwie ließ ich mich auf das Monsterwerk ein. Obwohl es ziemlich langatmig war, erwies es sich als fesselnd, und ich hatte es nicht eilig, ans Ende zu kommen. Wie es ausging wusste ich ja schon.

Und hatte ich nicht alle Zeit der Welt?

Nicht unbedingt.

Fernsehkost: *Dateline NBC, 48 Hours, Medical Detectives – Geheimnisse der Gerichtsmedizin.* Manchmal hatte ich Lust, diese Sendungen zu schauen. Bei anderen Gelegenheiten fanden sie ihren Weg ungebeten auf unseren hochauflösenden Bildschirm, und meistens blieb ich bei ihnen hängen.

War das nicht der Fall, warteten die Spätnachrichten immer wieder mit einer interessanten Meldung auf. Ein Mann, der wegen Vergewaltigung und Mord zwanzig Jahre im Gefängnis gesessen hatte, wurde freigelassen, als er von einem DNA-Test entlastet wurde – obwohl der Staatsanwalt weiterhin Stein und Bein schwor, dass er schuldig war.

Und wenn die geschäftstüchtigen Anwälte des Glückspilzes den Staat auch auf eine aberwitzige Schadenersatzsumme verklagten, die dennoch nicht mehr als ein Tropfen auf den heißen Stein für all die Jahre waren, die die Justiz ihrem Mandanten gestohlen hatte, blieb seine Gefängniszelle nicht lange leer. Cold Cases, von allen Beteiligten längst vergessene Kapitalverbrechen, wurden am laufenden Meter gelöst und neu aufgerollt.

Im ganzen Land waren die Asservatenkammern voll von Vergewaltigungssets und Tatortbeweisen. Obwohl seit Jahren jedem klar gewesen war, dass die Fälle nie gelöst würden und die Beweise zu nichts zu gebrauchen wären, war es anscheinend einfacher, das Problem auszusitzen, als die Lager leerzuräumen und Platz für die nächste Ladung Vergewaltigungssets zu schaffen.

So war es viele Jahre lang gewesen. Und jetzt durchforstete ein neuer Typus von Spezialisten, sogenannte Cold-Case-Ermittler, alte Akten und wertete alte Vergewaltigungssets aus.

Und führte neue Festnahmen durch.

Manchmal ermöglichten ihnen wissenschaftliche Analysen, Männer, die sie schon die ganze Zeit im Verdacht gehabt hatten, unter Anklage zu stellen. In anderen Fällen gerieten plötzlich Männer, die nie auf dem Radar aufgetaucht waren und nie mit dem Fall oder dem Opfer in Verbindung gebracht worden waren, ins Visier der Ermittler und sahen sich einer Straftat überführt und angeklagt, an die sie und die Welt sich kaum noch erinnern konnten.

Aber nicht alle wurden entdeckt. Eine *48 Hours*-Folge knüpfte an eine frühere Sendung an und berichtete über die Aufklärung eines 33 Jahre zurückliegenden Mordes mit Vergewaltigung in Kearney, Nebraska. Das Opfer war eine Highschoolabsolventin, die mit einem Klassenkameraden verlobt gewesen war, der zunächst

133

als Hauptverdächtiger galt, bis ihm Zeugen ein Alibi bescheinigten. Nun deutete die DNA darauf hin, dass sie von einem Mann getötet worden war, dem sie bis zu dem Tag, an dem er sie vergewaltigt und erdrosselt hatte, nie begegnet war. Es war ein 44-jähriger arbeitsloser Tagelöhner, der auf der Heimreise nach Grand Island durch Kearney gekommen war. Wie sie sich kennengelernt hatten und was zwischen ihnen abgelaufen war, werden wir nie erfahren, denn als seine DNA schließlich mit dem Finger auf ihn zeigte, war er genauso tot wie sie, vom Leberkrebs dahingerafft, bevor sich die Polizei für ihn zu interessieren begonnen hatte.

48 Hours konnte nicht zeigen, wie die Cops von Kearney eine Festnahme durchführten oder an einer Tür in Grand Island klingelten. Bis ihn der Krebs ereilte, war der Täter mehrere Male umgezogen und schließlich in Alpine, Texas, gelandet. Das Beste an der aktualisierten Folge war ein Interview mit dem inzwischen pensionierten Officer, der ganz am Anfang mit dem Fall befasst war.

»Man muss sich schon fragen, was das nach all den Jahren noch bringen soll«, sagte er in die Kamera. »Ich habe Vickis Eltern versprochen, dass ich die Person finde, die das getan und sie ihnen weggenommen hat. Und zunächst habe ich das wahrscheinlich tatsächlich geglaubt, aber irgendwann nicht mehr. Dann starb der Vater, und darauf habe ich weiter einmal im Jahr die Mutter angerufen, nur um sie wissen zu lassen, dass immer noch jemand etwas an der Sache lag. Und dann ist auch *sie* gestorben, und dann, erst vor zwei Jahren, Ken Silbergaard, und das war für mich das Schlimmste.«

Silbergaard war der Verlobte des Opfers, der dreißig Jahre zuvor entlastet worden war.

»Wir wussten, dass er es nicht war, konnten aber nicht sagen, wer es war, und ich weiß, dass es Leute gab, die sich, was Ken anging, nie hundert Prozent sicher waren. Vielleicht war er tatsächlich unschuldig, vielleicht war ihm die Tat aber nur nicht nachzuweisen. Und solange der Fall nicht aufgeklärt war, fiel immer ein Schatten auf ihn. Wer kann schon sagen, wie anders sein Leben sonst verlaufen wäre? Ich bedaure sehr, dass er nicht so lange gelebt hat, dass ich mich noch bei ihm hätte entschuldigen können. Ich weiß zwar nicht, was ich hätte anders machen können, aber trotzdem ...«

Das lotste mich zu Google. An die Möglichkeit eines Kollateralschadens hatte ich im Fall Cindy Raschmanns nie gedacht. Trauernde Eltern? Ein verdächtigter Freund?

Ich konnte nichts finden, sträubte mich aber auch dagegen, der Sache zu gründlich nachzugehen. Alles, was ich online tat, hinterließ Spuren auf meinem Computer.

In den Anfängen des Internets hatte es so ausgesehen, als könnte man mit einem einzigen Tastendruck alles zum Verschwinden bringen. Man drückte die Löschtaste, und die Tafel war leer.

Bloß war mir längst klargeworden, dass das genaue Gegenteil der Fall war, und dass alles, was auf einem

Computer getan wurde, eine Halbwertzeit hatte, die praktisch ewig war. Man konnte alles nach Lust und Laune löschen, aber jeder Teenager, der ein bisschen Ahnung von Computern hatte, konnte es irgendwo auf der Festplatte finden.

Wenn man die Festplatte ausbaute und zertrümmerte, wenn man den ganzen Computer auf den Grund eines Flusses beförderte, erfüllte das vielleicht den gewünschten Zweck. Aber wenn man seine Daten automatisch auf einem anderen Laufwerk speicherte, war das eine Sache mehr, mit der man sich herumschlagen musste. Und wenn man alles automatisch in die Cloud hochlud – was auch immer das genau ist –, war man echt am Arsch, oder etwa nicht?

Doch warum sollte ich mir wegen der Aufzeichnung meiner Google-Suchen Sorgen machen? Da ist schließlich dieses nicht endende Dokument, an dem ich im Moment arbeite. Es ist vom ersten Satz an extrem belastend. »Ein Mann kommt in eine Bar.« Genau das tut er, und es ist alles hier, wo jeder es lesen könnte.

Es ist passwortgeschützt, sodass ich mir wenigstens keine Sorgen machen muss, dass eins der Kinder sich Dads Computer ausleiht, um mal kurz in Instagram reinzuschauen, und dabei auf Beweise stößt, dass der alte Herr ein Monster ist.

Sollte ich ins Visier der Behörden geraten, sollte der lange Arm des Gesetzes bis nach Lima reichen, würde sich das Passwort als so unüberwindlich erweisen wie das Schloss einer Motelzimmertür und als mindestens so leicht einzutreten. Jeder Dödel, der damit beauftragt wurde, meinen Computer zu knacken, würde das locker schaffen.

Nein, das alles war komplett überflüssig. Sobald ihnen ein Grund vorlag, mich zu durchleuchten, hatten sie mich am Kragen.

Umso mehr Grund, alles zu vermeiden, was ihnen einen solchen Grund liefern konnte. Ich war jahrelang gut damit gefahren, die Finger von der Sache Cindy Raschmannn zu lassen, und war gut beraten, das auch weiterhin zu tun.

Was leichter gesagt als getan war.

Sie wissen ja, wie es ist, wenn man sich leicht verletzt. Man schneidet sich beim Rasieren oder ritzt sich den Handrücken auf, und die dadurch hervorgerufene Blutung, wie harmlos sie auch sein mag, hat zur Folge, dass man seine DNA verteilt. Und dann bildet sich ein Schorf, und die Sache hat sich.

Nur ist der Heilungsprozess manchmal mit Jucken verbunden, weshalb man sich ganz automatisch, oft ohne sich dessen bewusst zu sein, kratzt. Die Finger wollen nichts mehr, als an diesem Schorf zu puhlen.

Ich musste mich ständig davon zurückhalten, nach dem Telefon zu greifen und eine Nummer zu wählen.

In der stummen Abgeschlossenheit meines Kopfs ließ ich mich allerdings immer wieder zu dem Anruf verleiten. *Hallo, hier ist George Haycock, ich stelle Recherchen*

über die unterschiedlichen Methoden bei Cold-Case-Er-
mittlungen an. Deshalb würde mich interessieren, ob sich
bei einem Ihrer kalten Fälle in letzter Zeit was getan hat.
Er reicht in das Jahr 1968 zurück. Das Opfer heißt – Au-
genblick – Raschmann? Der Vorname beginnt mit C – C
wie Cäsar.

In ständig neuen Variationen. Ich probierte alle möglichen Identitäten und Anlässe für meine Anfrage aus.
Ich war ein freier Journalist und arbeitete an einem
Nachfolgebeitrag für einen Artikel, den ich über den
California Highway Killer gemacht hatte. Ich war ein
Deputy Sheriff aus Oregon, der einer Spur in einem seiner eigenen Fälle folgte. Aber im Wesentlichen war jede
stumme Probe gleich: Ich war eine Stimme im Dunkeln,
die versichert bekommen wollte, dass der Fall Cindy
Raschmann im Sand verlaufen war und nicht wieder
aufgerollt würde. Keine Entwicklung, kein Fortschritt,
kein Grund, diese Akte wieder zu öffnen und altes Be-
weismaterial neu zu sichten oder alten Spuren zu folgen,
die nirgendwohin führten.

Das war natürlich, was ich wollte, aber nach dem Telefon zu greifen und die Nummer zu wählen, würde mit
hoher Wahrscheinlichkeit das genaue Gegenteil bewir-
ken. *Ein Typ, der sich nach Cindy Raschmann erkundigt.*
Irgendwie komisch. Sollten wir da vielleicht noch mal ei-
nen Blick reinwerfen? Vielleicht sieht ein unvoreingenom-
menes Paar Augen etwas, das wir übersehen haben. Mit
diesen ganzen neuen Möglichkeiten, dem ganzen Zeug,
das sich die Wissenschaft einfallen lässt ...

Das war mir alles klar, und ich hielt es mir immer wieder vor Augen und unterdrückte den Impuls jedes Mal von Neuem. Aber ich sage Ihnen, dieser Schorf juckte vielleicht! Immer wieder legte ich versuchsweise eine Fingerspitze darauf, und jedes Mal schaffte ich es, mich davon abzuhalten, daran zu kratzen. Ich riss mich zusammen, und das Jucken ließ nach.

Vorerst.

»ICH HABE EINE E-Mail bekommen«, sagte Alden.

Wenige Stunden zuvor saß ich, wo ich jetzt bin, an dem Schreibtisch in dem Zimmer, das mal seines gewesen war, bevor wir ihm das Dachgeschoss ausgebaut hatten. Ich war gerade mit dem letzten Eintrag fertig geworden, und nachdem ich noch ein paarmal »*Vorerst*« gelesen hatte, war ich zu der Ansicht gelangt, dass das eine gute Stelle war, um Schluss zu machen. Ich speicherte, was ich geschrieben hatte, schloss die Datei und öffnete meinen Mailaccount. Dort war nichts Interessantes eingegangen und schon gar nichts, was mit DNA oder Tatortanalysen oder einer Frau zu tun hatte, die Jahrzehnte zuvor und zweitausend Meilen von hier entfernt gestorben war.

Aber ich fand etwas, das ich anklicken konnte, und das führte mich zu etwas anderem, und ich war in Gedanken meilenweit vom ursprünglichen Thema entfernt, als ich mich über das Brutverhalten von *Copeina arnoldi* informierte, einer Gattung von Süßwasseraquarium-

139

fischen, besser bekannt als Spritzsalmler. Ich habe kein Aquarium und interessiere mich auch nicht für Fische. Kristin hatte einmal einen kleinen Goldfisch gehabt (und wie Gott in der Karikatur das Wasser in seinem Glas gewechselt), aber er war ebenso gestorben wie sein Nachfolger, worauf sie zu der Überzeugung gelangt war, dass ihr Chester, der mutmaßliche Rottweiler, als tierischer Gefährte vollauf genügte. Das leere Goldfischglas hatte schon lange in einem Kellerregal seinen Platz gefunden.

Deshalb bestand für mich kein Grund, mich über die Spritzsalmler zu informieren, aber das Internet kümmert sich nicht groß um die Motive seiner Nutzer, und was ich über die Fische erfuhr, war interessant genug, um mich weiterlesen zu lassen. Und das tat ich gerade, als Alden hereinkam und sagte, dass er eine Mail bekommen hatte.

Ich schaute auf.

»Eigentlich ist sie an Kristin adressiert«, sagte er, »aber wir haben gewissermaßen dieselbe Mailadresse. Manche sagen dazu eDress, mit einem kleinen E und einem großen D, weil es sonst so aussieht, als hätte man *Adresse* schreiben wollen und sich vertippt. Aber wenn man es laut ausspricht, klingt es irgendwie ziemlich doof.«

Ich hätte ihn, behutsam, drängen können, langsam zum Punkt zu kommen. Aber ich wusste bereits, was dieser Punkt war, und hatte es nicht eilig, dass er zu ihm kam.

»Was diese Leute machen ...«, begann er. »Das habe ich übrigens nicht gewusst, als ich ihnen die Proben geschickt habe, und wenn ich es gewusst haben sollte, habe ich mir nichts dabei gedacht. Jedenfalls habe ich es wieder vergessen, vorausgesetzt, dass sie einen ursprünglich überhaupt darauf aufmerksam gemacht haben.«

Ich wartete. Warum ihn zur Eile drängen?

»Sie nehmen deine DNA und vergleichen sie mit den anderen Proben in ihrer Datenbank. Es ist nicht wie im Fernsehen – bling-bling-bling-bling TREFFER! TREFFER! TREFFER! –, weil es nie einen hundertprozentigen Treffer gibt, denn jede DNA ist bekanntlich einzigartig.«

»Mhm.«

»Aber sie stoßen auf Verwandte, von denen man gar nicht weiß, dass man sie hat. Oder auch auf welche, von denen man weiß. Jedenfalls haben sie einen, wie sie es bezeichnen, Cousin ersten Grades von Kristy hier in Ohio gefunden haben. Und jetzt rate mal, wer das ist? Ich. Vermutlich haben sie nämlich keinen Algorithmus für *Halbbruder*, weshalb ich für sie ihr – ich zitiere – *sehr wahrscheinlicher Cousin ersten Grades bin.*«

War's das? Es war zutiefst beunruhigend, mit all seinen Konsequenzen und dem, was es für die Zukunft verhieß, aber ich ahnte, dass es noch nicht alles war.

»Aber das war letzte Woche. Und jetzt haben sie mir von einem Cousin zweiten oder dritten Grades in

141

Illinois geschrieben. Irgendwo da unten in der Gegend um Cairo, außer dass sie es Kay-ro aussprechen.«

»Was nur zeigt, wie viel diese Leute wissen.«

»Und dieser Teil des Staats heißt auch Little Egypt, und was man so hört, gibt es dort unten jede Menge Ku-Klux-Klan-Inzuchtmongis, und über die DNA von jemand finden sie dort nur was raus, wenn jemand wegen Inzucht verhaftet wird, falls das dort überhaupt verboten ist. Jedenfalls, das ist, was man über die Gegend so hört. Aber das ist alles sicher gewaltig übertrieben.«

»Höchstwahrscheinlich.«

»Jedenfalls, irgendeine Frau dort hatte genügend Ahnung von DNA, um diesen Leuten eine Probe von ihrer zu schicken, und ihr Profil ist meinem so ähnlich, dass wir Cousin und Cousine sein müssten. Sie weist keine Übereinstimmungen mit sonst einem von uns auf, deshalb müsste sie zur Shipley-Seite der Familie gehören.«

»Willst du dich mit ihr in Verbindung setzen?«

»Vielleicht. Ich weiß noch nicht. Vielleicht versucht sie auch, mit mir Kontakt aufzunehmen, und dann kann ich es mir ja immer noch überlegen.« Er grinste. »Mir ist da so ein verrückter Gedanke gekommen. Ich schreibe ihr, und sie schreibt mir, und wir treffen uns, und sie ist richtig scharf und super und so, und wir stehen total aufeinander, aber wir dürfen nichts miteinander anfangen, weil wir Cousin und Cousine sind und es auch wissen.«

142

»Ein Problem des 21. Jahrhunderts.«

»Ich meine, das Ganze ist ja nur so eine Fantasie, denn genauso gut könnte sie hundert Kilo wiegen und ein blaues und ein braunes Auge haben, und nach ein paar Jahrhunderten Little-Egypt-Inzucht sind sie auch nur einen Zentimeter auseinander. Aber trotzdem, ein Problem des 21. Jahrhunderts ist es auf jeden Fall, weil, angenommen, dein biologischer Vater war ein Samenspender? Und niemand, der mal seinen Samen gespendet hat, belässt es bei diesem einen Mal. Da war dieser Bericht in der Glotze, vielleicht war's auch im Internet – wo sie es gebracht haben, weiß ich nicht mehr – jedenfalls finden über ganz Amerika verteilt Gruppen von Leuten heraus, dass sie denselben Samenspender als Vater haben, und sie lernen ihn zwar nie kennen, aber sie laufen mit seiner DNA rum.«

Darüber unterhielten wir uns eine Weile, weil es grundsätzlich ein interessantes Thema war. Denn irgendein Student konnte jahrelang ein-, zweimal die Woche in eine Klinik gehen, sich mit einem *Playboy* in ein Zimmer setzen, in einen Pappbecher wichsen und hinterher mit ein paar Dollar für seine Mühe nach Hause gehen. Und damit hatte es sich für ihn, denn warum sollte er sich weiter Gedanken über die Sache machen? Wenn seine Bemühungen zu einer Schwangerschaft führten, erfuhr er nichts davon, und ebenso wenig erfuhr sonst jemand etwas von seiner Rolle bei der Sache.

Das war jetzt alles anders.

143

»Deshalb weiß ich noch nicht«, sagte Alden, »ob ich wegen meiner behinderten Cousine dritten Grades was unternehmen soll. Aber das hat ja auch keine Eile.«

Wir waren beide der Meinung, dass es wahrscheinlich am besten war, die Entscheidung erst mal aufzuschieben. Aber er hätte mich nicht gestört, bloß um mir von einer möglichen Shipley-Cousine in Illinois zu erzählen. Es musste mehr dahinterstecken, und ich wartete darauf, dass er damit herausrückte.

»Die Sache ist die«, sagte er schließlich. »An der Westküste gibt es noch zwei Cousins dritten oder vierten Grades.«

»Cousins von dir?«

Er schüttelte den Kopf.

»Dann also von Kristin.«

Ein Nicken. Eine vierundvierzig Jahre alte Frau im Bundesstaat Washington und ein Mann Anfang zwanzig in Salt Lake City.

»Demnach wären sie Verwandte von dir. Die Verbindung zwischen Kristy und ihnen wärst du.« Das ließen wir eine Weile so stehen, bis er sagte: »Ich werde Kristy nichts davon erzählen.«

»Besser nicht.«

»Tut mir wirklich, Dad, dass ich damit angefangen habe, ohne dich zu fragen. Das war blöd von mir. Ich habe nicht nachgedacht, und deshalb war mir nicht klar, dass ich gewissermaßen über zwei Ecken einen Mundabstrich von dir mache, wenn ich von Kristy einen mache.«

144

»Mit einem extrem langen Q-Tip«, sagte ich.

»Ja, genau. Die Sache ist nur, dass ich nie wollte, dass so was passiert. Nicht, dass irgendwas passiert ist, nicht wirklich, und es wird auch nichts passieren, weil die einzige Möglichkeit, mit Kristin Lynne Thompson Kontakt aufzunehmen, über meine Mailadresse wäre, und wenn etwas in dieser Richtung in meinem Posteingang auftauchen sollte, lösche ich es einfach.«

Als ob es so einfach wäre. Als ob in unserer Zeit jemals etwas wieder wirklich löschbar wäre.

WIR MÜSSEN IN alle Winde verstreut worden sein, wir Bordens. Das war unser Nachname, Borden, wie Elsie the Cow und ihr Mann Elmer, berühmt für seinen Klebstoff. Oder wie Lizzie, wenn Ihnen das lieber ist.

Borden. Ich ließ Word das gesamte Dokument durchsuchen, um mich zu vergewissern, dass ich in all den Jahren, seit ich mein Auto an einen Gebrauchtwagenhändler in Fort Wayne verkauft hatte, eben zum ersten Mal meinen richtigen Familiennamen geschrieben hatte.

Die zehn kleinen Bordens und wie sie immer mehr wurden. Ich hatte einige Zeit gehabt, um mich an ihre Namen zu erinnern, und es ist schon interessant, was einem wieder einfällt, wenn man ihm die Gelegenheit dazu gibt. Judy und Rhea, Arnie und Hank und Roger und Charlotte – *und* Tom und Lucas, Carole und Joyce. Was die vier jüngsten angeht, zwei Jungs und zwei Mädchen, kann ich mich an die Reihenfolge ihrer Geburt nicht erinnern und auch keine Gesichter oder besondere Eigenschaften mit ihren Namen verbinden. Und bei einigen dieser Namen bin ich mir auch nicht hundert Prozent sicher. War es Luke oder Lucas, Joyce oder Joy? War es Carol ganz normal geschrieben oder Carole mit einem E am Schluss?

Möglicherweise habe ich das nicht einmal damals gewusst. Ich glaube nicht, dass mich die Jüngeren je groß interessiert haben. Ich fürchte, ich habe ihnen nie viel Aufmerksamkeit geschenkt.

Und jetzt fragte ich mich seit einiger Zeit zum ersten Mal, was wohl aus ihnen geworden war. Meine Eltern waren sicher lange tot, und mein Vater war bestimmt gut versichert gestorben. Und meine Brüder und Schwestern? Die Annahme, dass einige von ihnen noch lebten, schien durchaus berechtigt, auch wenn das auf ein paar von ihnen wahrscheinlich nicht zutraf.

Judy und Rhea konnten schon Großeltern sein. Sogar Urgroßeltern, wenn sie ihr frühes Training im Mutterspielen zu einem frühen Einstieg verleitet hatte. Arnie, Hank, Charlotte, Luke, Carole, Joyce, Tom – wohin hat es euch verschlagen, wie viele Hochzeiten und Scheidungen könnt ihr vorweisen? Wie viele Nachkommen?

Ich hatte nie genügend Interesse aufgebracht, um diese Fragen zu stellen. Eigentlich hatte mein Interesse an ihnen auch jetzt nicht zugenommen, aber die Fragen stellten sich mir trotzdem.

ROGER. SO HIESS ich, Roger Edward Borden. Ich hatte
den Namen nie gemocht. Da war es viel besser, mit dem
abgelegten Hemd von jemand rumzulaufen, auf dessen
Brusttasche *Buddy* stand. Besser, auf Buddy zu hören als
auf Roger.

Roger Wilco. Roger the Dodger.

Wahrscheinlich ist an dem Namen gar nichts aus-
zusetzen. Er ist weder stinknormal noch grotesk ungewöhnlich.

Trotzdem war ich nie gern Roger gewesen.

GESTERN NACHT, ALS alle schliefen, sah ich mir den
Revolver an.

Er war in der untersten rechten Schublade meines
Schreibtisches. Das war die Schublade, die sich abschließen ließ, und deshalb hatte ich ihn dort eingeschlossen,
als ich den Schreibtisch kaufte. Das ist schon einige Jahre
her, und ich weiß nicht mehr, wo ich ihn vorher aufbewahrt habe.

Oder wann ich ihn mir zum letzten Mal angesehen
habe. Deshalb musste ich erst die anderen Schubladen,
die nicht abgeschlossenen, durchsuchen, bis ich den
Schlüssel fand. Wenn sonst schon nichts, widerlegte es
das Argument, dass ich den Revolver zu meinem Schutz
hatte. Jeder Einbrecher konnte uns alle mehrmals hinter-
einander umbringen, bevor ich an ihn rankam.

147

Aber immerhin fand ich irgendwann den Schlüssel und konnte das Schloss aufsperren, und der von der Zeit vergessene Revolver lag an seinem gewohnten Platz.

Wie er da in der ansonsten leeren Schublade lag, wie er sich anfühlte, als ich ihn in die Hand nahm, das alles rief Erinnerungen in mir wach. Unter anderem daran, wie ich vor langer, langer Zeit an seinem Lauf gerochen und festzustellen versucht hatte, ob er vor Kurzem abgefeuert worden war. Zu einem schlüssigen Ergebnis war ich damals nicht gekommen, erinnerte ich mich.

Ich wiederholte den Vorgang, aber was ich dieses Mal roch, waren der Stahl, aus dem der Revolver hergestellt war, und das Waffenöl, mit dem ich ihn gesäubert hatte, bevor ich ihn in der Schublade einschloss. Mir fiel wieder ein, wie ich in einem Regal im Keller von Thompson Dawes auf ein Waffenreinigungsset gestoßen war, das ich nach Hause mitgenommen hatte, um den Revolver nach der Anleitung auf dem Beipackzettel zu reinigen.

Wo war dieses Set jetzt? Hätte ich es nicht auch in der Schublade aufbewahren sollen?

Ich glaube nicht, dass ich die Schusswaffe selbst schon beschrieben habe. Es ist ein fünfschüssiger Colt-Revolver mit 5-Inch-Lauf und einer .38 Special-Patrone in je der seiner Kammern. Das war nicht so gewesen, als er in meine Hände gefallen war. Zuerst hatte es zwar so ausgesehen, als wäre er vollständig geladen, aber in drei seiner Kammern waren bereits abgefeuerte Patronen, und nur in zwei befand sich unbenutzte Munition.

So war es bis zu dem Tag geblieben, an dem ich ihn gereinigt hatte. Die näheren Einzelheiten waren mir entfallen, aber als ich jetzt mit dem Revolver in der Hand dasaß, kamen sie zurück. Als ich die Waffe mit dem Set, das ich gefunden hatte, reinigte, leerte ich alle fünf Kammern, und am nächsten Tag entsorgte ich alles, das Reinigungsset eingeschlossen, in der Mülltonne des Ladens.

Da Thompson Dawes keine Schusswaffen führte, war die Entdeckung des Reinigungssets eine Überraschung gewesen. Andererseits hatte ich mich bis dahin nie genauer im Keller umgeschaut, was ich nun nachholte, um zu sehen, ob er vielleicht noch andere Überraschungen barg. Allem Anschein nach hatte Porter Dawes eine Weile Schusswaffen verkauft, sie aber wieder aus dem Sortiment genommen, bevor ich bei ihm eingestiegen war. Ich fand zwar keine Flinten oder Pistolen, entdeckte aber verschiedenes Zubehör – ein weiteres Reinigungsset wie das, das ich verwendet hatte, zwei Schachteln mit Schrotpatronen, und Munition für verschiedene Handfeuerwaffen und Gewehre.

Das wanderte alles in den Müll, aber erst, nachdem ich fünf .38 Special-Patronen in meine Jackentaschen gesteckt hatte, wo sie sich schwerer anfühlten, als ich erwartet hatte. Ich wusste nicht, ob sie passten, aber soweit ich das beurteilen konnte, waren sie durch nichts von den unbenutzten Patronen zu unterscheiden, die ich weggeworfen hatte. Und als ich am Abend nach Hause kam, erleichterte ich meine Taschen um ihre Last und lud die leeren Kammern des Colts.

Die Patronen schienen perfekt zu passen. Wie Sie sich inzwischen vermutlich unschwer vorstellen können, wusste ich so gut wie nichts über Schusswaffen und hatte keine Ahnung, ob es in einem Schuss oder einem harmlosen *klick* resultieren würde, wenn ich den Abzug drückte. Das hätte ich mithilfe eines denkbar simplen Experiments herausfinden können, aber wozu? Was machte es schon für einen Unterschied, ob der Revolver in der Lage war, eine Kugel abzufeuern, wo er doch für immer in seiner Schublade eingeschlossen bliebe.

Warum ihn dann überhaupt laden?

Eine berechtigte Frage. Ich weiß nicht, ob ich sie mir damals gestellt habe. Ich bezweifle, dass ich mir die Mühe gemacht hätte, den Revolver zu laden, wenn ich dafür extra hätte Munition kaufen müssen. Aber diese fünf Patronen waren in einer Schachtel mit Munition, die ich wegzuwerfen vorhatte und die mich nichts kosteten, nicht einmal die Mühe, ein Waffengeschäft aufzusuchen, und wenn man schon eine Schusswaffe in einer abgeschlossenen Schreibtischschublade aufbewahrte, dann nicht wenigstens eine geladene? Sollte sie nicht gebrauchsfertig sein, selbst wenn man aller Wahrscheinlichkeit nach nie Gebrauch davon machen würde?

Aber egal. Darüber hatte ich mir damals, wenn überhaupt, kaum Gedanken gemacht. Genauso wenig bestand ein Grund, mir jetzt den Kopf darüber zu zerbrechen.

Wie auch immer, letzte Nacht fand ich den Schlüssel,

schloss die Schublade auf und zog sie heraus. Ich nahm den Revolver in die Hand, wog ihn darin, atmete den Geruch von Stahl und Waffenöl ein.

Ich hielt ihn mir nicht an die Schläfe und steckte mir auch den Lauf nicht in den Mund. Ich krümmte meinen Finger nicht um den Abzug und drückte nicht ab.

Nichts von all dem tat ich. Aber ich stellte mir vor, es zu tun.

Keine Ahnung, was ich damit bezweckte.

DIESER DREIUNDDREISSIG JAHRE alte Fall in einer Stadt in Nebraska, deren Namen nachzusehen ich zu faul bin. Er wird mir schon einfallen.

Der Mörder, der Mann, der all die Jahre ungestraft davongekommen und zu Grabe getragen worden war, ohne dass auch nur der Hauch eines Verdachts auf ihn gefallen war, hatte sein Sperma in dem Mädchen hinterlassen, das er vergewaltigt und erdrosselt hatte. Und Jahre später stießen Cold-Case-Ermittler auf sein DNA-Profil und gaben es in die einschlägigen Datenbanken ein.

Und erzielten keinen Treffer, denn der Mann, nach dem sie suchten, war in keiner von ihnen gespeichert. Abgesehen von einer Handvoll Verkehrsverstöße und zwei Festnahmen wegen Alkohols am Steuer, von denen ihm eine einen sechsmonatigen Führerscheinentzug eintrug, war er sein ganzes Leben lang nie mit dem Gesetz in Konflikt geraten. Ich würde nicht so weit gehen zu sagen, dass er ein vorbildliches Leben führte, zumal er durchaus ein zweites Mal gemordet haben könnte. Aber wenn dem so war, hatte er keinerlei Beweise zurückgelassen.

Deshalb überprüften sie die DNA, die er in Kearney hinterlassen hatte – das war die Stadt, wusste ich doch, dass sie mir einfallen würde. Aber er war nicht aus Kearney, sondern aus einer Stadt in der Nähe, und auch sie wird mir noch einfallen. Und das tut sie. Grand Island. Umgebracht hatte er sie in Kearney, und dann war er nach Grand Island heimgefahren.

Aber das war nicht der Punkt. Der Punkt war, dass sie seine DNA in die Datenbank eingaben und keinen Treffer erzielten. Und damit hatte sich die Sache, könnte man meinen. Doch ein Jahr und eine technische Neuerung später, und vorausgesetzt, die Möglichkeit, sich als direkter Nachkomme Karls des Großen zu entpuppen, hatte ihn nicht dazu verleitet, einen Mundabstrich zu machen und an Ancestors R Us zu schicken, waren ein paar seiner Verwandten nicht so diskret gewesen.

Und genauso, wie eine Frau Mitte vierzig aus dem Bundesstaat Washington und ein junger Mann in Utah einen leisen Glockenton von sich gegeben hatten, als die DNA meiner Tochter in die Datenbank eingespeist wurde, genauso brachten auch die Verwandten des Kearney-Killers den Bildschirm zum Aufleuchten, als jemand genauer hinschaute.

In einigen dieser Cold-Case-Sendungen erzählen sie

einem, dass die Cops, wenn ein neuer Blick auf forensische Beweise auf einen Verdächtigen zeigt, den Betreffenden erst einmal wochenlang beschatten und darauf warten müssen, dass er auf den Gehsteig spuckt oder einen Pappbecher wegwirft und ihnen somit rechtmäßigen Zugang zu seiner DNA verschafft. In diesem Fall gab es niemand zu beschatten. Eine gerichtliche Anordnung gestattete ihnen, ein Grab in West Texas zu öffnen, und sie brauchten keine Einverständniserklärung des Verstorbenen, um eine Probe seiner DNA zu nehmen.

Volltreffer! Eine hundertprozentige Übereinstimmung.

Fall geklärt.

VIELLEICHT HATTE JEMAND in Bakersfield, oder eher jemand bei einer kalifornisches Behörde, die das Äquivalent zum FBI war, bereits damit begonnen, die DNA von Cindy Raschmann in die verschiedenen Wer-ist-dein-Daddy-Seiten einzugeben. Vielleicht hatte die Firma, für die sich Alden entschieden hatte, bereits eine Anfrage aus Kalifornien erhalten, und vielleicht waren die Ergebnisse bereits auf ihrem Bildschirm aufgetaucht.

Einige oder alle dieser Dinge könnten bereits passiert sein. Und wenn nicht, würden sie es irgendwann tun. Und jemand in Kalifornien würde einen Antrag stellen, und jemand in Sacramento würde eine Reise nach Ohio genehmigen, und mir nichts, dir nichts würden zwei Männer auf unserer Veranda auftauchen und bei uns klingeln.

153

Sie rückten immer zu zweit an, oder? Aber es mussten nicht unbedingt zwei Männer sein, heute nicht mehr. Es konnten auch ein Mann und eine Frau sein. Rein theoretisch konnten es auch zwei Frauen sein, aber das war eher unwahrscheinlich.

Sie konnten bereits unterwegs sein, während ich noch hier rumsaß und sie mir vorstellte. Vielleicht fuhren sie gerade am Haus vorbei und überlegten, wie sie am besten vorgehen sollten. Die Sache konnte schon bis zu jedem beliebigen Punkt des Zeitstrahls vorangeschritten sein, und die Frage, wie weit sie bereits gekommen waren, erwies sich als unerheblich.

Denn es war alles nur eine Frage der Zeit, und wie viel Zeit mir noch blieb, spielte keine Rolle. Sie kamen. Unaufhaltsam. Und ich konnte nirgendwohin.

DER LETZTE EINTRAG lag drei Tage zurück. Vorgestern hatte ich den Computer hochgefahren und gelesen, was ich zuletzt geschrieben hatte. Ich schloss die Datei, schaute aber weiter auf den leeren Bildschirm.

Ich machte den Computer aus, ging in die Küche und nahm ein Bier aus dem Kühlschrank. Schaute darauf, stellte es zurück, entschied mich stattdessen für ein Ginger Ale. Setzte mich damit auf die Veranda, ließ den Verkehr an mir vorbeiziehen. Nicht, das es viel Verkehr gab, nicht in unserer kleinen Straße, aber hin und wieder kam ein Auto vorbei.

Ich ertappte mich dabei, dass ich auf die Nummern-schilder achtete und nach Kennzeichen aus einem an-deren Bundesstaat Ausschau hielt. Aber aus Kalifornien kämen sie nicht mit dem Auto. Sie würden fliegen und sich einen Leihwagen nehmen. Oder ein hilfsbereiter Lokalpolizist fuhr sie herum.

Das Ginger Ale war süß. Mit künstlichem Süßstoff. Es ist eine Sorte, die Louella mag. Ich weiß zwar nicht, wieso sie sich wegen der Kalorien Gedanken machen sollte, trotzdem ist ihr Süßes ohne Zucker lieber.

»Obwohl ich mir dabei ein bisschen wie eine Schwindlerin vorkomme«, hat sie einmal gesagt.

Wie soll ich das mit ihr regeln? Und mit den Kin-dern?

GESTERN, EINEN TAG nach dem Ginger Ale auf der Ve-randa, war der Tag für meinen üblichen Besuch in Pen-derville. Ich rief den Geschäftsführer an, erfand einen Grund, um unser Mittagessen ausfallen zu lassen, und sagte ihm, dass ich im Lauf des Nachmittags vorbeikom-men würde.

»Aber sicherheitshalber«, fügte ich hinzu, worauf wir uns so viel unterhielten, wie nötig war.

Gegen vier fuhr ich auf dem I-75 in Richtung Pender-ville los. Ich nahm nicht die Ausfahrt, an der ich sonst abfuhr, sondern bog auf den Parkplatz eines Restaurants, das sich Crazy Jane's nannte. Die rote Neonreklame, die mir im Lauf der Jahre immer wieder aufgefallen war, zeigte eine Frau im Profil. Jane, nehme ich an, obwohl sie nichts Verrücktes an sich hatte.

Ich parkte, und ein paar Minuten später stieg ich aus. *Ein Mann kommt in eine Bar.*

———

ES WAREN ETWA ein Dutzend Gäste da, die alle Altersgruppen deutlich unter meiner angehörten. Ein Mann und eine Frau in einer Sitznische, drei Männer an einem Tisch, der Rest auf Barhockern. Ein, zwei Köpfe drehten sich zu mir, als ich hereinkam, wandten sich aber sofort wieder ab.

Ein Countrysong lief, eine Frau sang. Den Text konnte ich nicht verstehen.

Hinter der Bar war eine Frau, ihr Haarschopf war so blond, dass man von Weiß sprechen konnte. Zuerst hatte ich sie für einen Mann gehalten, weil sie einen Haarschnitt wie ein Marine bei der Grundausbildung hatte. Aber ihr Gesicht war durchaus feminin, wenn auch ein bisschen hart, und die kurzen Shorts und das schulterfreie Top zeigten den Körper einer Frau, und einen, der sich sehen lassen konnte.

Ich bestellte ein Bier, und sie sagte, sie hätten PBR vom Fass. Wäre das okay?

Ich nickte, und sie zapfte das Bier, bevor ich die Initialen entschlüsselt hatte. Pabst Blue Ribbon natürlich.

»Setzen Sie sich, wo Sie wollen«, sagte sie.

156

Ich ging mit meinem Glas zu einem Tisch an der Wand und dachte über ihre Frisur nach. War sie nur eine Verneigung vor einem Modetrend oder ein Statement in Sachen sexueller Orientierung?

Ich stellte mir vor, wie ich sie das fragte und wie es ihr meine Hände an ihrer Kehle unmöglich machten, darauf zu antworten. Sie war kräftig, aber das war meine Fantasie, also war ich kräftiger.

Dann ein ungebetener Gedanke. Vielleicht hatte sie sich gar nicht bewusst für diese Frisur entschieden, vielleicht waren ihr nach einer Chemotherapie die Haare ausgegangen.

Vielleicht hatte sie schon eine größere Gefahr überlebt, als ich darstellte, sogar in der Unzugänglichkeit meiner Gedanken.

Eine Platte ging zu Ende, eine neue begann zu spielen. Diesmal ein Sänger, aber der Text war auch bei ihm nicht besser zu verstehen.

Endlich nahm ich einen Schluck von meinem PBR. Als sie die Abkürzung gesagt hatte, war mein erster Gedanke Peanut Butter und Jelly gewesen. Das hatte ich schnell als falsch erkannt, und als nächstes kam mir NPR, National Public Radio, in den Sinn und dann, endlich, als ziemlich abgeschlagener Dritter Pabst.

Es schmeckte gut.

Normalerweise habe ich Heineken zu Hause im Kühlschrank, und ein Sechserpack hält ziemlich lang. Es war ein Heineken gewesen, das ich kürzlich herausge-

nommen und dann gegen ein Diet Ginger Ale getauscht
hatte.

Ich griff nach dem Glas, um einen weiteren Schluck
zu nehmen, stellte es aber wieder ab, ohne daraus zu
trinken. Ich dachte: *Das Bier, das Milwaukee berühmt gemacht hat.* War das nicht ein Song? Zuerst natürlich ein
Werbespruch, aber dann gab es auch einen Song darüber,
wie das Bier, das Milwaukee berühmt gemacht hat, aus
jemand einen Narren gemacht hat. Oder einen Trottel
oder sonst ein zweisilbiges Wort.

Nur dass es Schlitz war, oder nicht? Das Bier, das Milwaukee berühmt gemacht zu haben behauptete.

Einen Loser, das war das Wort. *What made Milwaukee famous made a loser out of me.*

Jetzt aber, machte das etwa einen Unterschied?

WIE LANGE WAR ich in der Bar? Eine halbe Stunde?

Lang genug, dass ein paar Songs gespielt wurden, lang
genug, dass einer der Typen an der Bar ging, lang genug,
dass ihn zwei andere ersetzten. Lang genug, dass ich die
Fantasie aufgab, die ich um Maggie aufzubauen versucht
hatte.

So hieß die Barfrau nämlich. Ich hörte einen Gast
ihren Namen rufen, was sie etwas weniger anonym
machte – und etwas weniger geeignet für den Verwen-
dungszweck, den ich ihr zugedacht hatte. Ich ertappte
mich dabei, dass ich mich an Dinge an ihr erinnerte, die

mir während unseres kurzen Wortwechsels kaum aufgefallen waren. Ein kleines Tattoo an ihrem Handgelenk, anscheinend ein mysteriöses chinesisches Schriftzeichen. Ein größeres auf ihrer Schulter, das ich zuerst für einen Krebs hielt – und dann vergaß, und als ich mich wieder daran erinnerte, entschied ich, dass es mehr wie ein Skorpion aussah.

Was möglicherweise hieß, dass sie Skorpion war, im Herbst geboren. Oder dass sie einen Lover, der Skorpion war, hatte oder gehabt hatte. Oder dass das Vieh ihr Totemtier war, zu diesem ersehen aus Gründen, über die ich nur vage Vermutungen anstellen konnte.

Ich wusste nichts über sie, aber so viel zu wissen, machte sie etwas mehr zu einem Menschen und machte das, was ich ihr in meiner Fantasie anzutun versuchte, zu einem Angriff auf ihre Person. Dass sie sich dessen nicht bewusst war, dass ich für sie lediglich ein alter Mann war, der mit seinem Bier fast unsichtbar im Dunkeln saß, dass sie mich höchstwahrscheinlich bereits komplett vergessen hatte – nichts von all dem schien mein Verbrechen zu mildern.

Es war noch eine Frau in der Bar, die in der Sitznische. Ich konnte nicht wirklich erkennen, wie sie aussah, weshalb ich es meiner Fantasie überließ, sie nach Lust und Laune auszuschmücken. Und ihren Begleiter schickte ich in meinen Gedanken auf die Toilette, sodass ich sie aus der Bar locken konnte, bevor er zurückkam, und ...

Aber lassen wir das.

Ich schätze, ich war etwas eine halbe Stunde im Crazy Jane's, allerhöchstens fünfundvierzig Minuten. Mein Glas PBR war noch fast voll, als ich ging.

Meine Fantasien, von Maggie auf die Frau in der Nische umgelenkt, spielten nicht mit. Ich konnte mich nicht auf sie konzentrieren. Meine Gedanken machten, was sie wollten, weshalb ich aufgab und ihnen ihren Willen ließ, und nachdem ich mich zum vierten oder fünften Mal gefragt hatte, was ich hier eigentlich wollte, stand ich auf, ging zur Tür hinaus und über den Parkplatz und stieg in meinen Wagen.

Und wenn ich mich jetzt frage, was das alles sollte, kommen alle möglichen Antworten an die Oberfläche geblubbert – oder zumindest scheint es so.

Als ich das Auto geparkt hatte, war mir ein Gedanke gekommen. Es gibt ein altes englisches Sprichwort: *Du kannst genauso gut als Schaf hängen wie als Lamm.* Sprich: Wenn ich schon dazu verdammt war, für das verhaftet zu werden, was ich vor langer Zeit getan hatte, konnte ich meinen Lebenslauf auch aufpeppen, indem ich das das Gleiche noch einmal tat.

Aber ich beließ es bei diesem Gedanken. Mir war von Anfang an klar gewesen, dass ich im Crazy Jane's kein Opfer finden würde. Ich suchte auch keines.

Aber was suchte ich dann? Was suchte ich wirklich?

NACH CINDY RASCHMANN suchte ich nicht. Auch nicht nach der MILF, die noch einmal davongekommen war.

160

Suchte ich vielleicht nach Buddy?

Suchte ich nach dem Mann, der ich gewesen war? Um ihn hinter meinem gegenwärtigen Selbst im Dunkeln lauern zu sehen? Denn dort musste er sein, irgendwo.

Ich bin müde. Ich gehe ins Bett.

MICH WÜRDE INTERESSIEREN, was in Aldens Kopf vor sich geht.

Irgendetwas muss er wissen.

Als wir beim Abendessen Nachrichten schauten, brachten sie etwas über eine vorläufige gerichtliche Entscheidung. Durfte eine Firma Cold-Case-Ermittlern ihre Gen-Datenbank zur Verfügung stellen? Konnte sie dazu gezwungen werden? Wurde dadurch das Recht auf Privatsphäre eines nichts ahnenden Verwandten eines Mörders verletzt, und hatte dieses Recht Vorrang vor dem moralischen Imperativ, einen gefährlichen Kriminellen aus dem Verkehr zu ziehen?

Die dadurch aufgeworfenen Fragen waren anscheinend sowohl rechtlich als auch moralisch kompliziert und sicher nicht von einem Tag auf den anderen zu klären. Die Argumente waren hinreichend bekannt, da man sie oft genug in geringfügig anderem Kontext zu hören bekam – wenn zum Beispiel eine staatliche Behörde nach einem Terroranschlag Zugriff auf das iPhone eines Beteiligten haben wollte und Apple sich einem entsprechenden Gerichtsbeschluss widersetzte.

An einem Punkt der Meldung schaute ich zu Alden und ertappte ihn dabei, dass er mich beobachtete. Unsere Blicke trafen sich nur ganz kurz, und ich weiß nicht, ob ich irgendetwas aus seinem herauslesen konnte, aber etwas spürte ich. Eine gewisse Besorgnis, eine Ahnung, dass die behandelte Frage mich in besonderer Weise betraf.

Vielleicht hatte ich auch nur einen Fleck auf meinem Hemd. Vielleicht gab es gar nichts aus seinem Gesichtsausdruck herauszulesen, und es lag alles nur an meiner ständig präsenten Grundangst.

Die Nachrichten endeten mit der üblichen Wohlfühlmeldung, diesmal über eine Frau mit zwei Beinprothesen, die jemandem eine Niere gespendet hatte. Louella schaltete ab, und vermutlich hätten wir darüber reden können, aber stattdessen griffen wir die DNA-Frage auf.

»Zu dieser Debatte kommt es in der einen oder anderen Form immer wieder«, sagte ich. »Einerseits hat jeder einzelne das Recht auf seine Privatsphäre, andererseits ist da aber auch der allgemeine Anspruch auf Sicherheit. Neue technologische Entwicklungen werfen ständig neue Fragen auf. Wenn jemand eine Straftat begangen hat, oder der Polizei zumindest Anlass zu der Annahme gibt, dass dem so ist, kann sie den Betreffenden verhaften – und ihm bei dieser Gelegenheit auch gleich die Fingerabdrücke abnehmen und eine Computersuche durchführen, ob er diese Fingerabdrücke an einem Tatort in Salt Lake City zurückgelassen hat.«

»Gibt es überhaupt Straftaten, die man in Salt Lake City begehen kann?«, fragte Louella. »Monogamie vielleicht?«

»Und Jahre später verhaften sie einen dann wegen Verdachts auf Serienmonogamie«, sagte Alden. »Aber ich weiß, glaube ich, worauf du hinauswillst, Dad. Sie nehmen jedem, den sie verhaften, die Fingerabdrücke ab, und niemand stellt ihr Recht darauf in Frage, weil das schon jahrelang so gehandhabt wird. Wann haben sie damit angefangen, Leuten die Fingerabdrücke abzunehmen? Weiß das jemand?«

Niemand wusste es. Ich sagte, sie täten es schon länger, als ich zurückdenken könnte, und wenn jemand geltend machte, das sei eine Verletzung der Privatsphäre, krähte kein Hahn danach. »Mit der DNA ist es anders«, sagte ich. »Es wird zwar von Staat zu Staat unterschiedlich gehandhabt, aber grundsätzlich ist ein Durchsuchungsbeschluss oder eine gerichtliche Anordnung erforderlich, um eine Probe zu bekommen.«

»Weil man etwas von einer Person nimmt?«

»Und zu diesem Zweck in die Person eindringt«, fügte ich hinzu, »auch wenn es kein allzu großer Unterschied zu sein scheint, ob man nun jemand die Fingerspitzen schwärzt oder mit einem Wattestäbchen einen Mundabstrich macht.«

»Wenn er aber aus einem Becher trinkt«, sagte Alden, »ist es kein Eindringen. Das heißt, wenn es ein Pappbecher ist, den er weggeworfen hat, denn wenn

163

er im Müll liegt, kann ihn sich jeder nehmen. Wenn er dagegen den Becher behält und du ihn ihm wegnimmst, ist er als Beweismittel unzulässig, weil du ihn dir – womit? – mittels widerrechtlicher Durchsuchung und Beschlagnahme beschafft hast?«

»Oder auch nicht«, sagte ich. »Je nachdem, was du angestellt hast und in welchem Bundesstaat du es angestellt hast und was der Richter am Morgen zum Frühstück hatte.«

»Bist du da nicht froh, dass du Tierarzt wirst?«, fragte ihn Louella. »Und nicht Anwalt?«

»Aber schau doch nur mal, was du ständig machst«, hielt Kristin ihrem Bruder fingerwackelnd vor. »Du verletzt die Privatsphäre von Individuen, die sich nicht mal dagegen wehren können.«

Wir sahen sie alle an.

»Wann hat dir Chester erlaubt, seine DNA analysieren zu lassen? Vielleicht wollte er seine Rottweilerabstammung für sich behalten. Hast du dir darüber mal Gedanken gemacht?«

Ich vermute, dass sie das nur halb ernst meinte, denn ich wusste, dass sie ihre eigene Sicht der Dinge hatte und Wahrheiten gern scherzhaft aussprach. In diesem Fall gelang es ihr damit, das Gespräch in eine neue Richtung zu lenken, und schon bald waren wir, nicht zum ersten Mal, damit beschäftigt, uns auf die verschiedenen Eigenschaften hinzuweisen, die Chester als Krönung des Vierbeinertums auswiesen.

Ich war froh über den Themawechsel und konnte mich des Gefühls nicht erwehren, dass es nicht nur mir so ging.

Stunden später zog sich Alden in sein Reich im Dachgeschoss zurück, angeblich um Hausaufgaben zu machen. Der Rest von uns schaute Jeopardy, und als wir im Finale alle sechs passen mussten – wir drei Thompsons sowie alle drei Teilnehmer –, kam ich nach hier oben und schrieb den vorangegangenen Abschnitt.

Und dann klopfte es. Ich drehte mich um. Louella im Nachthemd. Eins, das ich ihr geschenkt hatte.

»Ich bin furchtbar müde«, sagte sie und gähnte. »Es ist zwar noch früh, aber plötzlich fallen mir ständig die Augen zu.«

»Okay, wenn ich dich ins Bett bringe?«

»Ich möchte dich ja nicht stören«, sagte sie. »Wenn du gerade am Arbeiten bist. Aber wenn es dir nichts ausmacht ...«

ES LIEF GUT.

Und warum sollte mich das überraschen? Seit ich den Vorschlag gemacht hatte, sie solle Müdigkeit vorschützen, war das ausnahmslos der Einstieg gewesen, miteinander zu schlafen. Meistens kam der Vorschlag von ihr (»Herrje, ich muss ständig gähnen. Ich bin plötzlich

165

so müde.«), aber manchmal gab auch ich den Anstoß (»Schatz, du wirkst plötzlich so furchtbar müde. Schließ doch die Augen und lass einfach los.«)

Wir gingen aus meinem Arbeitszimmer ins Schlafzimmer, wo sie sich aufs Bett legte. Ich machte mir Sorgen, dass mir mein Besuch im Crazy Jane's in die Quere kommen könnte oder der Geist Cindy Raschmanns mit uns im Raum wäre.

Aber dem war nicht so. Mir ging keine Fantasie durch den Kopf, in der Maggie, die Barfrau, oder die Frau in der Sitznische oder sonst jemand, real oder eingebildet, eine Rolle spielte. Schon vor Jahren hatte ich aufgehört, mich mit Fantasien, ob nun erfunden oder erinnert, in Stimmung zu bringen. Das lag vielleicht daran, dass sie nicht mehr wirkten. Deshalb hatte ich mir angewöhnt, mich einfach darauf zu konzentrieren, meiner Partnerin Lust zu bereiten.

Das heißt, meiner Frau.

Meiner Frau Louella.

Wir sind inzwischen älter, und was ich in meinem Herzen und in meinem Kopf empfinde, wirkt nicht immer aufbauend auf meine Lenden. Aber das scheint keine Rolle zu spielen. Unser Geschlechtsverkehr, egal, in welcher Form er stattfindet, ist für uns beide befriedigend.

An diesem Abend war ich überraschenderweise in der Lage, auf die konventionelle Weise zu funktionieren, und …

Nein, das genügt. Ich will nicht löschen, was ich gerade geschrieben habe, aber ich glaube, es ist höchste Zeit, die Schlafzimmertür zu schließen. Und zwei Zeilen Abstand zu lassen und neu anzufangen.

DA.

Gerade habe ich die Schreibtischschublade abgeschlossen, nachdem ich sie wenige Minuten zuvor aufgeschlossen habe. Ich habe den Revolver in die Hand genommen, sein Gewicht gespürt, meinen Finger um den Abzug gelegt. Ich habe auf nichts damit gezielt, höchstens vielleicht in meiner Fantasie.

Und jetzt ist er wieder eingeschlossen und der Schlüssel wieder in der Schublade, in der ich ihn aufbewahre.

Mein Vater hatte einmal einen Scherzartikel geschenkt bekommen, den er, zumindest eine Weile, auf seinem Schreibtisch liegen hatte, und ich erinnere mich, wie er ihn uns vorführte. Es war ein Kästchen mit einem Knopf, und wenn man auf den Knopf drückte, ging der Deckel auf, und eine Hand kam mit ausgestrecktem Finger aus dem Kästchen. Der Finger drückte auf den Knopf, der den Vorgang umkehrte. Die Hand kehrte in das Kästchen zurück, und der Deckel ging wieder zu.

Meine Beschreibung des Vorgangs ist nicht sonderlich geglückt, aber vielleicht können sie es sich trotzdem vorstellen. Ich weiß nicht mehr, wie das Ding hieß, aber es war irgendwas mit »Führungs-«, und der Witz daran war, dass man etwas anmachte, nur damit es sich selbst ausmachte.

Ich glaube, etwas ganz Ähnliches durchlief ich gerade mit dem Revolver. Ich schloss die Schublade auf, um sie wieder abzuschließen.

WENN SIE IM ersten Akt Ihres Stücks eine Schusswaffe an der Wand hängen haben, sind Sie es Ihrem Publikum schuldig, dass sie vor dem Schlussvorhang abgefeuert wird.

Ich weiß nicht, wer das gesagt hat. In Shakespeares Stücken kommen noch keine Gewehre oder Pistolen vor, nur Schwerter und Dolche und Gift. Von Shakespeare kann es also nicht sein, und Mark Twain hat keine Stücke geschrieben, und Benjamin Franklin auch nicht.

Sie könnten es nachsehen.

Aber Sie können sich die Mühe sparen. Ich habe es für sie nachgesehen. Anton Tschechow.

WERDE ICH DIESEN Revolver abfeuern?

Ich würde sagen, ich habe mir das Recht dazu verdient. Er hängt schon an meiner metaphorischen Wand, seit er in meinen Besitz gekommen ist, und ich habe in diesem Dokument oft genug darauf hingewiesen, dass kein Leser zu Recht behaupten kann, nicht genügend auf die Rolle, die der Revolver eventuell spielen könnte, vorbereitet worden zu sein.

168

Wenn sie mich ausfindig machen, wenn die DNA, die ich in und auf Cindy Raschmann hinterlassen habe, mit einer unbekannten Nichte oder einem Neffen in Verbindung gebracht wird, wäre ich lieber nicht dabei, um alles Weitere mitzubekommen. Meine Fantasie entwirft unablässig neue Schlussakt-Szenarien, und jedes ist schrecklich.

Besser, man steigt aus, bevor es so weit kommt.

Möchte ich sterben? Nein, ehrlich gesagt, nicht. Ich mag mein Leben, ich mag den Mann, der ich geworden bin. Ich liebe meine Frau, meinen Sohn, meine Tochter.

Und da ist er. Der Haken.

Ich liebe meine Frau. Ich liebe meinen Sohn. Ich liebe meine Tochter.

Lassen Sie mich es einfach frei heraussagen. Ich habe nie erwartet, jemand zu lieben. Für mich war das nie eine Option. Und wenn ich auf mein früheres Selbst zurückblicke, den jungen Lümmel mit dem *Buddy*-Hemd, sehe ich einen Mann, auf den die Standarddefinition eines Soziopathen in jeder Hinsicht zutrifft.

Ein Mann ohne Gewissen. Ein Mann ohne Empathie. Ein Mann, dem es vollkommen egal ist, was andere Menschen empfinden.

Ein Mann, der Falsch von Richtig genauso unterscheiden kann, wie er weiß, dass die Erde 150 Millionen Kilometer von der Sonne entfernt ist. *Ja, klar, alles wunderbar, habe ich verstanden, aber was interessiert mich das?*

Ich kann nicht behaupten, mich eingehend mit Soziopathie beschäftigt zu haben, aber ich hatte genügend persönliches Interesse an dem Thema, um einiges darüber zu lernen. Und ein Schluss, zu dem ich gelangt bin, ein Schluss, der unwiderlegbar und unausweichlich zu sein scheint, ist, dass es keine Heilung für diesen Zustand gibt. Auch nicht, wenn ich mir noch so sehr bewusst mache, wie es um mich selbst und um die Welt bestellt ist, in der ich lebe ...

Nein, Schluss mit den Verallgemeinerungen.

Auch wenn ich mir noch so sehr bewusst mache, wie es um mich selbst und um die Welt bestellt ist, in der ich lebe, wird das nichts daran ändern, wer ich bin. Ich mag vielleicht in der Lage sein, mein Verhalten zu ändern, wie ich zum Beispiel auch eine Staatsgrenze überquert, ein Auto verkauft und dafür ein anderes gekauft oder mir einen anderen Namen zugelegt habe.

Ich, der ich ein Herumtreiber gewesen bin, habe mich zu einem häuslichen Menschen gemausert. Zu einem Ehemann und Vater, einem Familienmenschen, einem Mann mit festen Gewohnheiten. Ich gehe fast so lange der gleichen Tätigkeit nach, wie ich in Lima lebe, und ich bin Inhaber eines gut gehenden, florierenden Geschäfts.

Ich, der ich es in mir gehabt habe, eine junge Frau zu erwurgen und ihre Leiche zu missbrauchen, sitze jetzt Abend für Abend mit meiner Frau und meinem Sohn und meiner Tochter beim Abendessen. Und bowle einmal die Woche in einer Hobbyliga. Und ...

Genug.

Was ist dann aus Buddy geworden? Ist er eine Art soziopathisches Larvenstadium gewesen und irgendwann als voll entwickeltes menschliches Wesen aus seiner Puppe geschlüpft?

Es wäre schön, das glauben zu können.

Aber ich sitze hier, starre auf meinen Computermonitor, starre durch ihn hindurch auf die Person, die ich bin, und auf das Leben, das ich geführt habe, und es ist schlicht und einfach nicht so.

Buddy ist nicht verschwunden. Er ist immer noch da. Er verhält sich anders, und in gewisser Hinsicht sieht er sich und die Welt anders.

Aber hat er ein Gewissen bekommen?

Nein, tippe ich kurzentschlossen, gehe aber noch einmal zurück, um es zu korrigieren. *Ja und nein.*

Denn ich bin mir auf eine Art und Weise und in einem Maß, zu dem Buddy nie imstande gewesen wäre, bewusst, was ich tun sollte. Und ich habe mir im Lauf der Jahre angewöhnt, den Eingebungen dieser speziellen inneren Stimme zu folgen.

Weil es richtig ist? Weil es das ist, was Gott oder irgendein Äquivalent von ihm, irgendein himmlischer Ersatzmann, von mir will? Weil ich mich besser fühle, wenn ich tue, was sich gehört?

Nein, ich glaube nicht.

Ich glaube, ich habe gelernt, dass es für mich ratsam ist, das zu tun, was mir dieses Quasi-Gewissen sagt. Es ist in meinem eigenen Interesse, und ich bin in der Lage, in

171

meinem Interesse zu handeln und gegenläufige Impulse hintanzustellen. Das tue ich sogar schon so lange, dass ich mir dieser Impulse kaum mehr bewusst bin.

Aber in meinem tiefsten Innern, in meinem wahren Wesenskern, bin ich nach wie vor ein Soziopath.

Ich will ganz offen sein, auch wenn sich meine Finger beim Tippen dieser Wörter sträuben. Da sitze ich jetzt und wäge alle möglichen Vorgehensweisen ab, die mich die Umstände zu ergreifen veranlassen könnten. Ich habe Ihnen gerade gesagt, dass ich meine Frau, meinen Sohn, meine Tochter liebe.

Und eine Vorgehensweise, die ich erwäge und sogar ziemlich nüchtern in Betracht ziehe, wäre, meine Familie auszulöschen.

Alle zu töten. Louella zu töten, Alden zu töten, Kristin zu töten.

SEIT DEM LETZTEN Eintrag sind drei Tage vergangen. Nachdem ich ihre Namen getippt hatte, saß ich da und schaute auf den Bildschirm und las den Abschnitt immer und immer wieder. Ich versuchte mir etwas anderes einfallen zu lassen, was ich schreiben, was ich dem Geschriebenen hinzufügen könnte, aber die Worte, die mir in den Sinn kamen, erschienen mir nicht wert, festgehalten zu werden.

Nach einer Weile fuhr ich den Computer herunter und legte mich schlafen.

Und schlief auf der Stelle ein. Und schlief tief und fest. Und stand am Morgen auf und machte dort mit meinem Leben weiter, wo ich es zurückgelassen hatte, und betrat mein Arbeitszimmer bis zum Abend nicht mehr, bis nach den Nachrichten und nach *Jeopardy*. Ich öffnete die Datei, las die letzten drei Absätze, saß fünf Minuten da, dachte nach oder vielleicht auch nicht und machte den Computer schließlich wieder aus.

Am folgenden Tag das Gleiche. Am Tag danach – das müsste gestern gewesen sein – kam ich gar nicht her. Ich stand an der Tür, aber mir fiel nichts ein, was ich schreiben könnte, und mir fiel auch kein Grund ein, warum ich etwas schreiben wollen sollte.

Ich dachte an den Revolver. Dachte an Tschechow. Ging nach unten, um zu schauen, was es im Fernsehen gab.

Und hier bin ich jetzt.

ES WÄRE, UM sie zu schonen.

Und darin besteht für mich der spezielle Sinn eines solchen Vorgehens, obwohl mir klar ist, wie absurd dieser Gedanke ist. Da sind drei Menschen, drei, an denen mir so viel liegt, wie ich mir nie hätte vorstellen können, dass mir an jemand liegen könnte, drei Menschen, die ein Leben führen, das sie unzweifelhaft gut finden – und ich spiele allen Ernstes mit dem Gedanken, diese drei Leben zu beenden.

Ich bin sicher, Sie finden diesen Gedanken entsetzlich. Ich kann Ihnen versichern, dass er für den Mann, der ihn gedacht hat, nicht weniger entsetzlich ist.

Aber wenn ich es nicht tue?

Denn so sehr ich sie liebe, müssen Sie wissen, lieben sie auch mich. Ich bin der liebende Ehemann der einen, der liebende Vater der anderen. Wenn ich auch nicht davon ausgehe, dass sie mich für Christus oder Konfuzius oder Captain America halten, und wenn ich auch glaube, dass ihre Liebe etwas Klarsichtiges und Ausgewogenes hat, haben sie bestimmt eine wesentlich höhere Meinung von mir, als ich sie jemals von mir haben könnte.

Sie halten mich für einen guten Menschen.

Und warum sollten sie das auch nicht tun? Ich habe ihnen nie Anlass gegeben, etwas anderes von mir anzunehmen. In dem Leben, das ich geführt habe, in dem Leben, an dem sie teilhatten, habe ich die Rolle eines guten Menschen gespielt.

Ich habe eine überzeugende Vorstellung abgeliefert. Phasenweise ist es mir sogar gelungen, mich selbst zu überzeugen.

Aber was passiert, wenn die Polizeiautos vor unserem Haus anhalten? Was passiert, wenn es bei uns klingelt und einer von uns öffnet?

Was passiert, wenn unsere Welt zusammenbricht?

Zuerst Fassungslosigkeit. Das muss ein Versehen sein, sie haben sich in der Adresse geirrt, sie verwechseln mich mit jemand. Da muss jemand ein Fehler unterlaufen sein, aus irgendeinem Grund wird dem Ehemann und Vater, den sie kennen und schätzen, eine schreckliche Tat angelastet, die nur von jemand anderem begangen worden sein kann.

Aber die Zweifel würden verfliegen, rasch oder allmählich. Sie würden unweigerlich die Wahrheit erfahren.

Und dann? Ich weiß nicht, was danach passieren könnte. Ich kann mir zwar alle möglichen Zukünfte vorstellen, aber welche von ihnen uns bevorsteht, kann ich nicht abschätzen. Weil wir einen freien Willen haben? Oder nur, weil uns die vorherbestimmten Drehbücher unserer Leben vorenthalten werden?

Rein subjektiv betrachtet, läuft es auf dasselbe hinaus. Was die Zukunft angeht, ist mir nur eines klar: Sie hat nichts Gutes in petto. Sie werden die Wahrheit über mich erfahren, und das werden auch alle, die mich kennen, die anderen Mitglieder von Kiwanis, Rotary und Lions Club, die Männer, mit denen ich bowle, meine Angestellten ...

Und so weiter. Die Kunden der Geschäfte in Lima und Penderville. Eigentlich jeder in der Gegend, jeder, der in einen Fernseher schaut oder eine Zeitung liest.

Leute, die ich nicht kenne. Leute, denen ich nie begegnet bin und nie begegnen werde. Leute in aller Welt, Leute, die ohne das Wunder der DNA nie etwas von John James Thompson oder Roger Borden oder, Gott steh mir bei, Cindy Raschmann gehört hätten.

Natürlich muss ich nicht dabeibleiben und bis zum Ende durchhalten. Ich muss mir keinen Anwalt suchen und zusehen, wie sich die Sache weiterentwickelt. Ich könnte jetzt, in diesem Moment, die rechte untere Schreibtischschublade aufschließen und mir eine Kugel in den Kopf jagen.

Und damit hätte es sich. Wenn es, welcher Hohn, nicht doch ein Leben nach dem Tod geben sollte, wäre ich aus dem Schneider. Dann wäre für mich alles vorbei.

Aber für sie?

Der Rest des schrecklichen Szenarios würde sich in meiner Abwesenheit abspielen. Reporter würden Louella ihre Mikrofone unter die Nase halten und alles über ihr Leben an der Seite eines Vergewaltigers und Mörders erfahren wollen. Alden und Kristin würden Ähnliches, und vermutlich Schlimmeres, über sich ergehen lassen müssen.

Ich käme ziemlich einfach davon, ich nähme den Ausweg eines Feiglings, und ich ließe sie die ihnen bevorstehende Hölle ganz auf sich allein gestellt durchmachen.

Also. Drei Menschen, meine Frau, mein Sohn und meine Tochter, und sie waren die einzigen Menschen auf dieser Welt, an denen mir wirklich etwas lag. Wenn ich sie, einen nach dem anderen, im Schlaf tötete, wenn jeder von ihnen augenblicklich tot war und wenn ich mir anschließend selbst das Leben nahm, wäre alles vorbei.

Wir wären alle in Sicherheit. Niemand konnte uns etwas anhaben. Keine Enthüllung der Wahrheit konnte unsere auf Illusionen errichtete Welt zerstören, weil wir nicht mehr in dieser oder irgendeiner anderen Welt wären.

Es wäre natürlich eine wesentlich größere Story als die simple Aufklärung eines lang vergessenen Cold Case. Das Monster, das vor so langer Zeit vergewaltigt und gemordet hatte, würde in dem viel schrecklicheren Monster subsumiert, das seine ganze Familie ausgelöscht hatte.

Eine größere Story, eine dauerhaftere Story. Aber wäre sie nicht dieser im Wald umstürzende Baum, der lautlos fällt, weil kein Ohr anwesend ist, um ihn zu hören? Wenn wir alle vier nicht mehr wären, welche Rolle spielte es dann, was in der Welt passierte, in der wir nicht mehr waren?

Der Revolver ist in der Schublade. Die Schublade ist abgeschlossen. Der Schlüssel ist in Reichweite.

Und hier sitze ich.

Wäre es der denkbar schändlichste und verabscheuungswürdigste Akt, unendlich viel schlimmer als das, was ich Cindy Raschmann angetan hatte?

Oder wäre es ein Gnadenakt?

Darüber muss ich in Ruhe nachdenken.

UND HABE ICH es getan?

Mein üblicher Tagesablauf hielt mich auf Trab. Aufstehen, duschen. Frühstück und eine zweite Tasse Kaffee mit Louella, wenn die Kinder auf dem Weg zur Schule waren.

Es war ein schöner Morgen. Normalerweise wäre ich zu Fuß ins Geschäft gegangen, aber dann hätte ich mittags nach Hause gehen müssen, weil ich den Wagen brauchte, um zu meinem Mittagstreffen mit den Rotariern zu kommen. Ich hatte die letzten zwei oder drei Treffen verpasst und wollte den Kontakt nicht abreißen lassen.

Die Clubs waren für die Geschäftsbeziehungen, die sie förderten, schon lange nicht mehr nötig. Bei Thompson Dawes lief alles wie gehabt, der Laden machte Gewinn, drohte aber nie, zu echtem Reichtum zu führen. Wir hatten Walmart und Costco und Home Depot überlebt, obwohl alle diese Ketten eine Bedrohung gewesen waren. Es würden keine neuen Geschäfte eröffnet, und es waren keine übermenschlichen Anstrengungen nötig, um die Firma wachsen zu lassen.

Eine Geschichte, die mal jemand erzählt hat. Ein Schotte, so sparsam, wie das seine Landsleute in jeder derartigen Erzählung sind, sieht sich in einem Geschäft einen Mantel an. Ihn interessiert vor allem die Haltbarkeit des Kleidungsstücks; wie lang, fragt er die Verkäuferin, wird es halten?

Sie sieht ihn an, sie sieht den Mantel an, sie sieht ihn an, sie sieht den Mantel an.

Und schließlich sagt sie: »Er wird sie überleben.«

Und Thompson Dawes wird uns überleben und ein ausreichendes Einkommen abwerfen, solange Louella und ich hier sind, um es auszugeben. Länger muss das Geschäft nicht bestehen. Aldens Begeisterung ist ungebrochen, und er ist weiterhin fest entschlossen, Tierarzt zu werden, und um zu sagen, welchen Weg Kristin beruflich einmal einschlagen wird, ist es noch zu früh, obwohl ich sie mir manchmal als Standup-Comedian vorstellen kann oder als jemand, der hinter der Bühne Gags für andere Leute schreibt.

Keiner von beiden wird den braven Leuten von Lima – oder Penderville – Hämmer und Nägel, Töpfe und Pfannen verkaufen. Thompson Dawes wird vielleicht mit einem oder zwei neuen Inhabern – und bestimmt mit einem neuen Namen – weiter bestehen.

Oder die Geschäfte werden einfach schließen. Ich hatte kein Interesse daran, ein betriebliches Erbe zu hinterlassen. Weder mein Name noch der von Porter Dawes brauchte einen Platz in Limas Einzelhändlerpantheon.

Dinge, über die ich nachdachte, wenn ich nicht über Mord und Selbstmord nachdachte.

ICH GING ZU meinem Treffen, hörte mir ein paar Geschichten an und erzählte die über den Schotten und den Mantel, bis jemand anders laut darüber nachdachte, ob er seinen Zweitwagen gegen einen neuen tauschen oder ihn noch ein Jahr fahren sollte.

»Jedenfalls hoffe ich, dass er mich nicht überlebt«, sagte er. »Aber ich schätze mal, dass er mich noch ein Jahr begleitet, bis das neue Modell rauskommt.«

Ich bekam verschiedene Neuigkeiten zu hören, unter

anderem, dass sich der Zustand eines gewissen Charles Kittredge so weit verschlechtert hatte, dass sich seine Angehörigen für eine Hospizbetreuung bei ihnen zu Hause entschieden hatten. Ich kannte Charles wesentlich länger als das Wort *Hospiz*. Er war schon aktiver Rotarier gewesen, als ich zu ihrem ersten Treffen gekommen war, und wenn das Ende auch schon fast ein Jahr vorhersehbar gewesen war, hatte ich nicht damit gerechnet, dass es so früh käme.

Charles und ich – und es war immer Charles, nie Charlie oder Chuck – waren nie besonders eng miteinander, sahen uns aber oft genug, und immer unter erfreulichen Umständen, um uns zu festen Bestandteilen unseres gesellschaftlichen Umfelds zu machen.

Würde ich ihn vermissen?

Ich würde zu seiner Beerdigung gehen. Ich hatte die Möglichkeit, ihn vorher noch zu besuchen, ich hätte bei ihm vorbeischauen können, aber ich wusste, dass ich das nicht tun würde. Dafür standen wir uns nicht nah genug. Ich würde warten, bis er starb, und seiner Witwe Blumen und eine Beileidskarte schicken.

Und Anzug und Krawatte anziehen und zu seiner Beerdigung gehen. Und danach hin und wieder an ihn denken. Wenn überhaupt.

DINGE, MIT DENEN ich mich beschäftigte, während ich vor allem das Für und Wider abwog, meine Familie und mich umzubringen.

»DAD? HAST DU kurz Zeit?«

Ich hatte diesen letzten Absatz geschrieben und vielleicht fünf Minuten an meinem Schreibtisch gesessen und darauf geschaut. Mir war nichts eingefallen, was ich noch hätte hinzufügen – oder entfernen – sollen, weshalb ich den Computer ausgemacht hatte und wieder nach unten gegangen war, um es mir in meinen Sessel bequem zu machen und mir einen Roman vorzunehmen, den mir Louella empfohlen hatte. Da ich bisher noch nicht weit gekommen war, kam mir die Störung nicht ungelegen.

Louella war in der Küche, Kristin vor dem Fernseher. Alden und ich gingen auf die Veranda hinaus. Er wollte etwas sagen, brach aber mitten im Satz ab, als jemand auf einem Motorrad vorbeiröhrte. Als das Geräusch verstummte, sagte er, dass er gern wüsste, wie es wäre, so eine Maschine zu fahren. Ich sagte, das hätte ich mich auch oft gefragt.

»Aber nicht genug, um es herausfinden zu wollen«, fügte ich hinzu.

»Ich käme mir komisch vor«, sagte Alden. »Einen solchen Lärm zu machen und ständig Unterhaltungen zu stören.«

»Daran kann man sich wahrscheinlich gewöhnen.«

»Ja, wahrscheinlich. Dad? Eben ist wieder so eine Mail eingegangen. Eigentlich ist sie für Kristin, aber sie ist an mich adressiert.«

181

»Eine weitere Übereinstimmung.«

Er nickte. »Ein Mann in Scottsdale, Arizona, und bei ihm ist die Übereinstimmung größer als bei den anderen. So groß, dass er ein Onkel oder eine Tante sein könnte. Außer dass er natürlich keine Tante sein kann ...«

»Weil er ein Mann ist.«

»Äh, ja.«

»Seinen Namen haben sie dir aber wahrscheinlich nicht gesagt.«

»Doch, haben sie.«

»Tatsächlich?«

»Ja, er heißt Henry Elmont Borden.«

Mein Bruder Hank. Hatte ich je seinen Mittelnamen gewusst? Müsste ich eigentlich, aber bekannt kam er mir nicht vor. *Elmont.* Ein Familienname wahrscheinlich, und er hob einen ein bisschen aus der Masse heraus. Henry Bordens gab es vermutlich Hunderte, aber mit Sicherheit deutlich weniger mit Elmont als Mittelnamen.

»Und diese E-Mail hast du heute bekommen?«

»Eigentlich schon gestern. Ich wollte es gestern Abend schon ansprechen, aber ...«

»Aber es bestand keine Eile.«

»Wahrscheinlich. War das okay?«

»Absolut«, sagte ich. »Hast du Lust, ein bisschen durch die Gegend zu fahren?«

ALS ICH DEN Motor startete, ging auch das Radio an. Es war auf einen Oldiessender gestellt. Ich machte es aus und fuhr ohne bestimmtes Ziel los. Sollte der Wagen selbst seinen Weg durch die Vororte finden.

Eine Weile fuhren wir schweigend dahin. Dann sagte ich: »Scottsdale ist ein Vorort von Phoenix. Eher eine bessere Gegend, glaube ich. Es gibt einen Einzelhandelsverband, in dem Porter Dawes lange Mitglied war, und die Beiträge waren so niedrig, dass ich die Mitgliedschaft nie gekündigt habe. Sie haben ihre Versammlungen immer in Scottsdale abgehalten. Ich bin nie zu einer gefahren, hatte es auch nie vor, aber das ist, was mir einfällt, wenn ich Scottsdale höre.«

»Und dieser Mann ...«

»Lebt dort offensichtlich.«

Alden wartete.

»Mein Bruder«, sagte ich. »Henry, aber die meisten Leute nannten ihn Hank. Vielleicht läuft er inzwischen unter Henry, vielleicht nennt er sich H. Elmont Borden. War das der Mittelname? Elmont?«

»Stand jedenfalls in der Mail.«

»Henry Elmont Borden. Ja, wir waren zehn Geschwister, ganz schön viele Kinder. Manchmal frage ich mich, wie viele von ihnen noch leben. Aber das werden wir wahrscheinlich früher oder später herausfinden, dank der Wunder der Genanalyse.«

»Dad, das habe ich nicht gewollt. Hätte ich gewusst ...«

»Mach dir deswegen mal keine Vorwürfe. Woher hättest du auch wissen sollen, wohin das führen würde?«

183

»Ich habe einfach nicht überlegt.«

Und was ging jetzt in ihm vor? Dachte er, dass es etwas in meiner Vergangenheit gab, das ich nicht ans Licht kommen lassen wollte? Hatte er schon eine Ahnung, was das sein könnte?

Ich hielt nach einer Stelle Ausschau, wo ich anhalten konnte, und entschied mich für ein Einkaufszentrum mit einer Handvoll bereits geschlossener Geschäfte. Auf dem Parkplatz waren nur zwei Fahrzeuge, ein Lieferwagen und ein SUV, die Seite an Seite vor einem Geschäft für Autoersatzteile standen. Ich parkte im hinteren Teil und machte den Motor aus.

»Bevor ich hier hängengeblieben bin«, begann ich, »war ich viel unterwegs. Ich bin drüben an der Westküste aufgewachsen.«

»Ich glaube, das weiß ich bereits.«

»Was weißt du sonst noch?«

»Häh?«

»Oder was vermutest du? Irgendwas treibt dich doch um.«

Er hatte die Hände im Schoß liegen, auf dem Sicherheitsgurt, und sein Blick war auf sie gerichtet. »Ich glaube«, begann er schließlich, »dass es in deiner Vergangenheit etwas gibt, was ein Problem werden könnte, wenn es ans Licht kommt.«

»Und kannst du dir denken, was das sein könnte?«

»Eigentlich nicht.« Er wandte sich mir zu und sah mich an. »Es spielt auch nicht wirklich eine Rolle, was das

184

ist, weißt du? Was du getan hast, oder was jemand glaubt, dass du getan hast, oder was auch immer. Es war die ganze Zeit unter Verschluss, und das soll es auch weiter bleiben, und wenn ich nicht so blöd gewesen wäre, diesen blöden DNA-Abstrich zur Analyse einzuschicken ...«

»Wären wir auf einem anderen Weg an denselben Punkt gekommen«, sagte ich. »Es hat also keinen Sinn, dir weiter Vorwürfe zu machen.«

»Wenn du meinst. Aber ...«

»Ich war einmal ein völlig anderer Mensch«, sagte ich. »Entwurzelt, ohne Ziel. Ohne Gefühl für so etwas wie eine Gesellschaftsordnung, ohne Gefühl für meinen Platz darin. Ohne Gespür dafür, wie ich meine Gedanken einordnen, wie ich mein Verhalten von ihnen bestimmen lassen sollte. Ich hatte damals meine Impulse nämlich nicht im Griff.«

Er saß schweigend da. Mit gesenktem Blick.

»Weißt du, was ein Soziopath ist?«

»So in etwa.«

»Da gibt es unterschiedliche Definitionen, je nachdem, in welchem Lexikon du nachsiehst. Aber wenn du in einem Bildwörterbuch nachschlagen würdest, fändest du dort ein Bild von Buddy.«

»Buddy? War das, wie sie dich damals genannt haben?«

»Nur wenn sie den auf meine Hemdtasche gestickten Namen gelesen haben. Bei einem meiner Jobs damals. Ich war ein paar Jahre älter, als du jetzt bist, ich habe in Southern California als Tankwart gearbeitet.«

185

»Du hast noch zu Hause gewohnt.«

Ich schüttelte den Kopf. »Nein, ich nahm irgendeinen Job an, schlief in meinem Auto, bis ich ein Zimmer fand, blieb eine Weile, zog dann weiter. Ich jobbte als Tankwart – das war, bevor sie auf den Tankstellen merkten, dass sich die Leute selbst Benzin in den Tank füllen und die Scheiben putzen konnten. Deshalb haben sie an Typen wie mich das absolute Minimum an Lohn gezahlt. Jemand, der vor mir auf der Tankstelle gearbeitet hat, hat sein Hemd zurückgelassen, und auf seine Brusttasche war *Buddy* gestickt, und weil es mir gepasst hat, habe ich es gewaschen und dann getragen.« Ich runzelte die Stirn. »Ich glaube, ich habe es waschen lassen«, korrigierte ich mich, »aber vielleicht auch nicht. So was war mir damals eher egal.«

Er saß da, nahm alles auf.

»Einmal hatte ich einen Job, da habe ich die Registrierkasse ausgeräumt, bevor ich abgehauen bin. Aber das war nur, weil ich den Geschäftsführer nicht mochte. Schon komisch, das Gesicht des Mannes kann ich mir noch vorstellen, aber ich weiß nicht mehr, was er getan oder gesagt hat, was mir nicht gepasst hat.«

»Ist ja auch schon eine Weile her.«

»Allerdings, und man könnte auch sagen, dass ich damals ein anderer Mensch war. Und vielleicht war ich das auch, aber vielleicht auch nicht.«

Alden sagte nichts, und deshalb ließ ich das erst mal so stehen.

186

»Aber um zur Sache zu kommen«, fuhr ich schließlich fort. »Deine Mutter trägt wahrscheinlich schon das Essen auf. Eines Abends, nach der Arbeit, ich hatte noch das Buddy-Hemd an, bin ich in eine Bar gegangen, um ein Bier zu trinken, und habe was getan. Und jetzt fällt es mir schwer, damit herauszurücken und zu sagen, was ich getan habe.«

»Du musst nichts sagen, Dad.«

»Ich habe jemand umgebracht«, sagte ich.

Noch etwas, was ich erst mal einfach so stehen ließ, nur dass diesmal die Wörter im Wageninnern herum-schossen, vom Armaturenbrett zurückprallten, nachhall-ten und in der Stille irgendwie lauter wurden. Ich ließ ein Fenster runter, weniger, um ein bisschen frische Luft hereinzulassen, als um die Wörter hinauszulassen.

»Eine Frau«, fuhr ich fort. »Sie hieß Cindy Raschmann, aber das habe ich erst später erfahren. Was meinen Namen anging, wusste sie nur, was auf meiner Brusttasche stand. ›Ah, Buddy.‹ Ich kann mich noch genau erinnern, dass das das Erste war, was sie gesagt hat. An alles andere, was sie sonst noch gesagt hat, kann ich mich nicht mehr erinnern.«

Mit Ausnahme von dem, was sie viele Jahre später gesagt hatte, in diesem Traum, der mir so viel realer er-schien ist als alle anderen Träume, die ich bis dahin ge-habt hatte. Sie hatte genau dieselben Worte wieder ge-sagt, *Ah, Buddy*, und ein paar weitere Sätze hinzugefügt. Ich habe sie mir damals aufgeschrieben, als ich sie noch

187

frisch in Erinnerung hatte, aber ich habe keine Lust, sie jetzt nachzusehen.

Und zum Schluss sagte sie *Ich vergebe dir*.

»Ich habe sie umgebracht«, sagte ich.

»Bestimmt aus Versehen.«

Was für ein guter Sohn er war. Was für ein anständiger und loyaler und nachsichtiger junger Mann. Konnte ich das Geschenk annehmen, das er mir machte?

Auf keinen Fall.

»Es war kein Versehen«, sagte ich. »Und betrunken war ich auch nicht. Ich hatte ein Glas Bier getrunken, und ich glaube nicht, dass ich es ganz ausgetrunken habe. Wir sind zusammen aus der Bar gegangen.«

Erinnerungen brachen über mich herein, aber ich hatte nicht das Bedürfnis, sie in Worte zu kleiden. Ich übersprang sie einfach.

»Am Ende hatte ich meine Hände um ihren Hals gelegt«, sagte ich. »Ich ließ ihn erst los, als sie tot war.«

***

»*UND DANN HABE ich ihre Leiche gefickt.*«

Nein, das habe ich nicht gesagt.

***

DAS NÄCHSTE, WAS ich sagte und womit ich ein längeres Schweigen beendete, war eine Entschuldigung. Nicht für meine Tat, sondern dafür, dass ich sie erzählt hatte.

»Ich habe nie damit gerechnet, dass ich dir das

alles mal erzählen würde«, sagte ich. »Ich hätte nie gedacht, dass dafür ein Grund bestehen könnte. Ich bin davon ausgegangen, dass die Vergangenheit in der Vergangenheit bleiben würde.«

»Wenn ich nicht damit angefangen hätte …«

Ich ließ ihn nicht ausreden. »Wenn du schon jemand einen Vorwurf machen willst«, sagte ich, »dann Crick und Watson. Sobald die wissenschaftliche Erkenntnis in der Welt war, ließ die Technologie nicht lange auf sich warten. Und dann mussten sie sich nur noch überlegen, was sich damit alles anfangen ließe, und eins ergab das andere. Und eins ergibt immer noch das andere, weil ständig was Neues entdeckt wird. Nimm zum Beispiel Kontaktspuren-DNA. Anfangs brauchten sie noch Körperflüssigkeiten, um genügend Zellen für ein DNA-Profil zu bekommen. Inzwischen wird bei jeder Berührung von zwei Menschen genügend DNA übertragen, um was damit anfangen zu können.«

»Ich habe zwar keine Ahnung, wie es funktioniert«, sagte Alden, »aber offensichtlich funktioniert es.«

»Angenommen, unsere Hände berühren sich«, sagte ich, »und etwas von dem, was auf meinen Händen ist, gerät auf deine Hände. Dieser Fall kürzlich in *48 Hours*, dieser Sexualverbrecher, der seinen Opfern von einem Walmart nach Hause gefolgt ist.«

»Ich glaube, es war ein Target – aber das macht in diesem Zusammenhang wohl keinen großen Unterschied.«

189

»Für den Täter hat es bestimmt einen gemacht. Ich könnte mir vorstellen, dass man in einem Target einen attraktiveren Frauentyp findet. Er hat Kondome benutzt.«

»Ich erinnere mich.«

»Das war aber nicht, weil er Angst hatte, sich eine Geschlechtskrankheit zu fangen.«

»Oder jemand zu schwängern.«

»Er wusste über Sperma und DNA Bescheid«, sagte ich, »und er dachte, mit dem Kondom auf der sicheren Seite zu sein. Nun ist die Frage, was er gemacht hätte, wenn er von Kontaktspuren-DNA gewusst hätte? Hätte er sich Handschuhe übergezogen?«

»Oder noch besser, einen von diesen Gefahrgutschutzanzügen.«

Das stellte ich mir vor – oder versuchte es zumindest –, als Alden fragte: »Dad? Als du ...«

»Als ich sie umgebracht habe«, ergänzte ich für ihn.

Ich erwartete, er würde bei den Worten zusammenzucken, aber weit gefehlt. »Was ist dann passiert? Bist du einfach abgehauen?«

»Eine Weile bin ich einfach ziellos durch die Gegend gefahren. Bis ich ein Motel gefunden habe. Ich habe mich damals einfach treiben lassen. Heute scheint es mir so, als hätte ich die ganze Zeit nur darauf gewartet, dass sie mich fassen. Haben sie aber nicht, und ich habe keine Ahnung, wie dicht sie mir schon auf den Fersen waren oder wie viel sie am Tatort oder bei ihren Ermittlungen herausgefunden haben. Aber dann kam Sirhan Sirhan.«

»Wer?«

»Der Typ, der Bobby Kennedy ermordet hat.«

»Ach ja, stimmt«, sagte er. »Irgendwie war mir der Name bekannt, ich wusste bloß nicht, woher. Aber willst du wissen, was ich als Erstes gedacht habe? Dass es der Name einer Band ist.«

»Oder ein Rapper.«

»Li'l Sirhan. Das ist aber schon ziemlich lange her, oder?« Er holte tief Luft und richtete sich in seinem Sitz auf. Das fasste ich als Wink auf, wenn es einer war. Ich drehte den Zündschlüssel, und wir fuhren nach Hause.

IRGENDWO ZWISCHEN DEM Einkaufszentrum und zu Hause fand er eine gute Möglichkeit, mich zu fragen, ob es in meinem Lebenslauf noch weitere Einträge gab, die Cindy Raschmann Gesellschaft leisteten.

Ich versicherte ihm, dass ich davor nie etwas Derartiges getan hatte, gab aber zu, mit diesem Gedanken gespielt zu haben. Es war eine Fantasie, die mich viele Jahre begleitet hatte, sagte ich ihm, aber dass ich glaubte, dass sie das auch bleiben würde.

»Und du hast so etwas nie ...«

»Nie mehr getan? Nein, nie wieder.«

Erleichtert über diese Zusicherung, nickte er, aber irgendetwas hinderte mich daran, es dabei zu belassen. »Mit dem Gedanken habe ich allerdings schon gespielt«, sagte ich.

»Oh.«

»Es gab Zeiten, da hätte ich mich vielleicht dazu hinreißen lassen.«

»Was du aber nicht hast.«

»Nein, kein einziges Mal. Und der Drang ...«

»Ging weg?«

»Er wurde schwächer«, sagte ich.

BEIM ABENDESSEN WAR es, als hätten wir das Gespräch nie geführt. Louella hatte Lammeintopf gemacht, eins ihrer Standardgerichte, das sie diesmal mit Kreuzkümmel und Cayennepfeffer aufgepeppt hatte.

»Und statt des Schnellkochtopfs habe ich diesmal einen normalen Topf genommen«, sagte sie. »Und ich muss gestehen, dass ich mir dabei ein bisschen untreu vorgekommen bin.«

Die Kinder sahen sie an.

»Das erste Gespräch, das ich mit eurem Vater geführt habe, war im Geschäft«, sagte sie. »Über einen Schnellkochtopf.«

»Wir haben uns über Rhabarber unterhalten«, sagte ich.

»Und ich habe diesen Schnellkochtopf gekauft, und er hat die ganze Zeit hervorragend gehalten.«

»Besser als ich«, sagte ich.

»Ihr habt euch beide hervorragend gehalten«, sagte sie, »und ich habe Rhabarber nie in was anderem gekocht.«

Wie ich euren Vater kennengelernt habe. Louella gab verschiedene Anekdoten zum Besten, und ich steuerte auch ein paar bei. Das war nicht die erste Reise in die Vergangenheit, die wir zu viert unternahmen, und Alden und Kristin schienen an diesen Momentaufnahmen aus den Jugendzeiten ihrer Eltern Spaß zu haben.

Allerdings fragte ich mich schon, wie Alden die Sache jetzt sah, nachdem mich unser Gespräch auf dem Parkplatz des Einkaufszentrums in ein anderes Licht gerückt hatte. Oder konnte er das einfach ausblenden und von Rhabarber und Schnellkochtöpfen trennen?

ALS WIR VOM Tisch aufstanden, sagte ich Alden, dass ich nach oben in mein Arbeitszimmer ginge. »Vielleicht in einer halben Stunde? Fünfundvierzig Minuten?«

Ich setzte mich an meinen Schreibtisch und machte mich sofort daran, unser Gespräch, wie Sie es oben gelesen haben, schriftlich festzuhalten. Ich tippte den letzten Satz und blickte lange darauf. Hatte ich dem Geschriebenen noch etwas hinzuzufügen? Ich fand nicht und hatte die Datei gerade geschlossen, als es klopfte.

Ich schaute auf die Uhr. Er hatte mir eine ganze Stunde Zeit gelassen.

Ich bat ihn herein und deutete auf einen Sessel. Es ist ein bequemer Sessel, aber besonders wohl schien er sich darin nicht zu fühlen. Was ich gut verstehen konnte. Ich hatte bereits ein ungebetenes Mordgeständnis abgelegt. Wer konnte da schon sagen, was als Nächstes käme?

193

»Wahrscheinlich hast du jetzt ein paar Fragen«, begann ich.

Er zuckte mit den Achseln.

»Warum ich zum Beispiel beschlossen habe, dir das alles zu erzählen.«

»Ja, das habe ich mich schon irgendwie gefragt.«

»Ich hatte es eigentlich nicht vor. Als ich damals anfing, immer weiter nach Osten zu fahren, kam ich an einen Punkt, an dem es so aussah, als käme ich ungestraft davon. Als ich schließlich in Ohio ankam, hatte ich einen neuen Namen und den entsprechenden Ausweis dazu. Ich begann mir ein neues Leben aufzubauen und dachte, die Vergangenheit würde genau das bleiben: Vergangenheit.«

»Aber dann ging das mit DNA los ...«

»Nicht nur DNA. Die ganzen Cold-Case-Ermittlungen. Von dem Tempo, mit dem die Welt sich ändert, könnte einem schwindlig werden, und eine der einschneidendsten Veränderungen ist, dass man der Vergangenheit nicht mehr entrinnen kann. Sie ist mitten in der Gegenwart.«

»Wie meinst du das?«

»Na ja, gehen wir einfach mal hundert Jahre zurück. Nein, etwas weiter. Hundertfünfzig Jahre. In die Zeit des Wilden Westens. Denk zum Beispiel an die ganzen Filme und Fernsehserien, die damit losgehen, dass ein Typ auf einem Pferd durch die Prärie reitet und in eine kleine Stadt kommt. Egal, was für eine Vergangenheit er hatte, konnte er sie einfach hinter sich lassen – in einer anderen Stadt.

»Sein Name war der, den er sich selbst gegeben hat. Niemand konnte sich von jemand einen Ausweis zeigen lassen, weil es so etwas damals noch gar nicht gab. Deine Geschichte war das, was du als solche ausgegeben hast, und wenn nicht gerade jemand aus deiner Vergangenheit in die Stadt geritten gekommen ist, konntest du dein neues Leben leben und dein altes vergessen.«

Er nickte. Langsam verstand er, worauf ich hinauswollte. »Keine Überwachungskameras«, sagte er.

»Die waren sogar bis vor zwanzig Jahren noch ziemlich selten. Getränkemärkte und bestimmte Einzelhandelsgeschäfte in Problemvierteln hatten als Erste welche, aber sie funktionierten noch nicht besonders gut, und die Leute vergaßen oft, sie zu warten. Bei Porter Dawes hatten wir eine, eine einzige Kamera, die auf die Kasse gerichtet war, und eine meiner Aufgaben bestand darin, das Tape nach Ladenschluss zurückzuspulen und die Kamera für den nächsten Tag betriebsbereit zu machen. Inzwischen haben wir vier Kameras im Laden und eine für den Außenbereich, und sie sind digital und funktionieren praktisch von selbst. Und das in einem Geschäft, das bisher kein einziges Mal überfallen worden ist.«

Wir sprachen über die Kameras und welchen Abschreckungseffekt sie möglicherweise auf potenzielle Ladendiebe hatten. Was Raubüberfälle anging, waren wir ein wenig aussichtsreicher Kandidat und wurden es von Jahr zu Jahr weniger, da der Anteil der bargeldlosen Käufe ständig zunahm.

Wir waren vom Thema abgekommen, aber das machte nichts. Vater und Sohn, die das Hin und Her einer Unterhaltung genossen. Als sie ihren Gang genommen hatte, oder zumindest so weit wie nötig vorangeschritten war, sagte ich: »Damit hast du sicher nicht gerechnet, als du mir von meinem Bruder Hank erzählt hast.«

»Ehrlich gesagt, weiß ich nicht, womit ich gerechnet habe, Dad.«

»Jedenfalls nicht mit so einem Gespräch.«

»Nein, wahrscheinlich nicht.«

»Ich auch nicht. Ich wollte diesen Teil meines Lebens in Bakersfield zurücklassen.«

»Ist das, wo es passiert ist?«

»Und es ist auch, wo ich es zurückgelassen zu haben dachte. Wie dieser Cowboy, der in die Stadt geritten kommt und ein neues Leben anfängt. Ich habe dieses neue Leben all die Jahre gelebt, bis zu einem Punkt, an dem ich mich selbst kaum mehr an mein altes Leben, und wer ich einmal war, erinnern konnte.«

»Buddy«, sagte er.

»Buddy gibt es nicht mehr«, sagte ich, »und es fällt mir nicht schwer zu glauben, dass es ihn nie wirklich gegeben hat. Ich konnte mir nicht vorstellen, dass es jemand gelingen könnte, seiner Spur bis nach Ohio zu folgen. Und ich fand auch, dass nie jemand erfahren müsste, was damals passiert ist.«

Er dachte darüber nach, verdaute es, nickte.

»Als die forensischen Methoden immer besser wurden, als die Cold-Case-Ermittlungen in den Medien immer stärker in den Vordergrund gerückt sind, war es nicht die Möglichkeit eines Prozesses und einer Haftstrafe, die mir am meisten Sorgen gemacht hat. Nein, meine größte Sorge war, dass du – und deine Mutter – erfahren könntet, wer ich war und was ich getan habe.«

»Mom weiß also nichts.«

»Nein. Aber ihr würdet es beide schnell erfahren, wenn sie plötzlich bei uns klingeln. Und deine Schwester auch, und das ist ein Gedanke, den ich noch nicht mal an mich ranlassen will.«

»Mhm.«

Ich schloss kurz die Augen, wählte meine Worte mit Bedacht. »Es ist mir schwer gefallen, dieses Gespräch zu führen. Aber zugleich ist es mir immer schwerer gefallen, es *nicht* zu führen.«

»Ich glaube, ich weiß, was du meinst.«

»Das war etwas, das mich enorm belastet hat, wobei ich nicht einmal weiß, wie deutlich ich mir dessen bewusst war – jedenfalls, um mein Geheimnis nicht an den Tag kommen zu lassen, musste ich meine ganze Vergangenheit unter Verschluss halten. Es gab so Vieles über mich, was ich euch nicht wissen lassen durfte. Allein, dass ich neun Brüder und Schwestern habe! Das sind neun Tanten und Onkel, von denen ihr nie etwas erfahren hättet. Ich kann nicht behaupten, dass wir uns

197

nahe standen, aber es gab sie, und ihr hattet ein Recht, von ihnen zu erfahren, aber ich konnte euch nichts von ihnen erzählen. Natürlich sind sie mit dir nicht blutsverwandt, aber ...«

»Sie könnten es aber sein«, sagte er. »Du bist mein Dad, sie sind deine Brüder und Schwestern, was sie zu meinen Onkeln und Tanten macht. Und ich weiß auch gar nicht, ob das Blut so eine große Rolle spielt. Tatsache ist allerdings, dass sie mit Kristy blutsverwandt sind.«

»Ja, das sind sie.«

»DNA und alles«, sagte er.

DNA und alles.

Nach unserem Gespräch fühlte ich mich besser, sagte ich ihm. Mein innerer Druck hatte etwas nachgelassen. Wir unterhielten uns noch ein bisschen, und dann ging er seine Hausaufgaben machen, und ich setzte mich an den Schreibtisch und schrieb unser Gespräch auf.

DU BIST MEIN DAD. Vier Wörter, ohne besondere Betonung gesprochen. Trotzdem bekam ich einen Kloß im Hals, und sie ließen mich nicht mehr los.

Und ich bin tatsächlich sein Dad. Und der von Kristin ebenfalls, und Louellas Mann. Ich bin J.J. Thompson, Einzelhandelskaufmann, Mitglied mehrerer wohltätiger Organisationen. Gelegentlicher Kirchgänger, wöchentlicher Bowler. Familienvater. Ein Mann mit einem geregelten Leben, was ich aber, glaube ich, bereits gesagt habe.

Das alles bin ich. Aber ich bin auch Buddy und davor Roger.

»Du bist mein Dad.«

Ich tippe die Wörter, und ich kann hören, wie er sie sagt, und sie rühren mich auch jetzt noch. Und sie erinnern mich an einen anderen, ähnlich kurzen Satz, der in ihnen nachzuhallen scheint.

»Ich vergebe dir.«

Und ich merke, dass mir die Tränen kommen. Aber ich muss sie nicht zurückhalten. Sie halten sich selbst zurück.

DER EINTRAG DAVOR lag vier Tage zurück. Ich schaltete den Computer aus, ging nach unten und fuhr mit meinem Leben fort. Am nächsten Tag war ich nicht in meinem Arbeitszimmer, und am Tag darauf kam mir der Gedanke, dass dieses Tagebuch (eine Bezeichnung, die ich für durchaus zutreffend halte) seinen Zweck erfüllt hat und ein wichtiges Ventil war. Aber jetzt war seine Zeit vorüber, und ich konnte damit abschließen.

Sollte ich die Datei löschen? Oder sollte ich, weil das mit dem Löschen so eine Sache ist, die Festplatte zerstören und den Computer verschwinden lassen?

An sich ist es sowieso Zeit, mir einen neuen zuzulegen. Ich weiß nicht, wie viele Jahre ich ihn schon habe, aber mit Sicherheit zwei, drei Jahre länger als mein Auto. Alle zwei, drei Jahre gibt man Geld für einen Wagen aus, der sich nicht nennenswert von dem unterscheidet, den man gegen ihn eingetauscht hat. Computer verbessern sich inzwischen in wesentlich größerem Tempo, und doch behalten wir sie, so lang wir können.

Dieser Gedanken ist mir schon des Öfteren gekommen und wird mir bestimmt immer wieder kommen, und doch werde ich diesen Laptop (der nicht im Traum daran dächte, sich zu beschweren, während ich auf seine Tasten einhacke) behalten, bis er kaputt geht und mir die Entscheidung abnimmt.

Wie gesagt, das ist jetzt vier Tage her. Und so genau kann ich das nur deshalb sagen, weil heute Abend dieser Beitrag in *Dateline* gekommen ist.

Ein gelöster Cold Case. Eine Frau aus der Nähe von Knoxville, Tennessee, die vor achtzehn Jahre in ihre Nikes schlüpfte und joggen ging.

Und nicht mehr nach Hause kam.

Es hatte die üblichen Hinweise aus der Bevölkerung gegeben, Sichtungen bis im fernen Denver, aber nichts davon hatte zu etwas geführt. Aller Wahrscheinlichkeit nach war sie tot und irgendwo vergraben, wo sie nie gefunden würde.

Die Polizei war ziemlich sicher, dass es der Ehemann war, zu dessen Entlastung auch nicht gerade beitrug, dass er bei seinem Lügendetektortest durchfiel. Aber er war nicht von seiner Darstellung abgewichen – sie ist aus dem Haus gegangen, sie ist nicht zurückgekommen, ich habe keine Ahnung, wo sie geblieben ist –, und vor Gericht sind Polygraphenergebnisse nicht als Beweismittel zulässig. Der zuständige Staatsanwalt fand, dass sie nicht genügend vorliegen hatten, um Anklage gegen ihn zu erheben, und wenn sie es trotzdem versuchten, konnte ein Strafverteidiger geltend machen, dass sie eine Art Freund gehabt hatte, der ab und zu mit ihr laufen gegangen war, und wenn ihn auch sein Alibi und die Ergebnisse seines Lügendetektortests in den Augen der Polizei entlasteten, reichte seine Rolle in ihrem Leben den Geschworenen vielleicht aus, um einen alternativen Tathergang für möglich zu halten und somit berechtigte Zweifel geltend zu machen.

Außerdem gab es keine Leiche. Und wenn man keine Leiche vorzuweisen hatte, waren für einen Schuldspruch grundsätzlich wesentlich stichhaltigere Beweise erforderlich.

Deshalb wurde der Ehemann nie angeklagt, geschweige denn verurteilt. Aber alle, seine Kinder eingeschlossen, glaubten, dass er es gewesen war, worauf er binnen eines Jahres alles verkaufte und sich in Baton Rouge niederließ. Im Lauf der nächsten Jahre zog er noch ein paarmal um, und als sie die Leiche endlich fanden, wohnte er nach einem Entzug in einem Rehabilitationszentrum in Medford, Oregon, und arbeitete in einer Autowaschanlage.

Gefunden hatte sie ein alter Mann mit einem Metalldetektor. Nachdem er sein Leben lang an der University of Tennessee Geschichte gelehrt hatte, war er dazu über-

201

gegangen, sich seinen Ruhestand mit zwei Hobbys zu versüßen. Er sammelte essbare Wildpflanzen und förderte, wenn er dabei den Boden mit einem Metalldetektor absuchte, Musketenkugeln, Münzen und jede Menge Bierdosenringe zutage.

Die Frau – ich könnte Google ihren Namen suchen lassen, aber täte er etwas zur Sache? Sie war zwar mit ihrem Ehering verscharrt worden, aber ich halte es für unwahrscheinlich, dass er ausgereicht hätte, sein Gerät zum Ausschlagen zu bringen. Aber ein paar Jahre vor ihrem Tod hatte sie sich den Oberschenkel gebrochen, worauf ihr zur Stabilisierung des Knochens ein Metallstab eingesetzt worden war, na ja, und den Rest können Sie sich bestimmt selbst denken.

Er fing an zu graben, und als er auf die ersten Knochen stieß, holte er sein Handy heraus und meldete es.

Sie flogen nach Oregon, um den Ehemann festzunehmen, der eine Weile brauchte, um draufzukommen, von welcher Ehefrau sie redeten; er war in der Zwischenzeit zwei weitere Male verheiratet gewesen und wieder geschieden worden, und außerdem hatten von seinem reichlichen Opioidkonsum seine geistigen Fähigkeiten etwas gelitten. Ja, bestätigte er, sie hatten ihr einen Metallstab eingesetzt, als sie ihr Bein zusammengeflickt hatten, und wenn er aus Titan war, war er wahrscheinlich ein bisschen was wert, und er fand es schön, dass sie sie gefunden hatten, wenn er auch nichts mit der ganzen Sache zu tun hatte. Er hatte sie jedenfalls nicht umgebracht oder ein Loch ausgehoben und sie darin verscharrt.

Und erstaunlicherweise hatte er damit sogar recht. Als sie ihre DNA analysierten, um sicherzugehen, dass sie tatsächlich die vermisste Joggerin gefunden hatten, stießen sie auf die DNA einer anderen Person und gingen davon aus, dass es die des Ehemanns wäre, womit sie endlich genügend gegen ihn vorliegen gehabt hätten, um ihn unter Anklage zu stellen.

Aber von wegen. Es war die DNA ihres Freunds. Seine Frau hatte sich schon früh von ihm scheiden lassen, worauf er ihr das Haus und die Kinder überließ und nach East Texas zog. Dort heiratete er wieder und hatte zwei weitere Kinder, eröffnete wieder einen Brillenladen, mähte den Rasen und hielt den Garten in Schuss, trainierte die Fußballmannschaft seiner jüngeren Tochter – und wirkte nicht sonderlich überrascht, als sie bei ihm klingelten. Die Beweislage gegen ihn war alles andere als erdrückend, aber er bat die Ermittler ins Haus, stellte ihnen zwei Gläser mit Eistee hin und erzählte ihnen alles. Erhob keinen Einspruch gegen seine Auslieferung, begleitete sie freiwillig nach Knox County, um dort auf sein Gerichtsverfahren zu warten, bei dem er sein ursprüngliches Geständnis auf Anraten seines Anwalts widerrief und seine Schuldanerkenntnis zurückzog und schließlich mit einer lebenslangen Haftstrafe davonkam.

Während ich dieses Verfahren verfolgte, wartete ich ständig darauf, dass die an *23andMe* eingeschickte DNA-Probe eines Verwandten den Cold Case ins Rollen brachte, denn das war, worauf ich neuerdings ständig wartete. Aber das war gar nicht nötig, weil sie die DNA der beiden Männer – die des unschuldigen Ehemanns und die des schuldigen Freunds – längst in ihren Akten hatten, sodass sie nichts weiter tun mussten, als die üblichen Untersuchungen vorzunehmen. Das taten sie, und damit hatte sich die Sache.

Allerdings hallte dieser Fall noch auf ganz andere Weise bei mir nach. Er zeigte, dass Gott, falls es ihn gibt, der ultimative Witzbold ist. Da sind zwei Männer, der Ehemann und der Freund, und beider Leben schlägt exakt die Richtung ein, die man in so einem Fall vermuten würde. Der Ehemann, trotz aller Unschuldsvermutung eindeutig schuldig, stürzt rapide ab und gerät fast zwangsläufig in Alkohol- und Opioidabhängigkeit – mit den besten Aussichten, an einer Überdosis zu sterben, nachdem sich sein letzter Entzug als ebenso wenig nachhaltig erwiesen hat als der vorhergehende. Vielleicht nicht vom Gesetz bestraft, aber vom Leben.

Dagegen schüttelt der Freund, nicht nur von der Justiz, sondern auch von allen Beteiligten für unschuldig gehalten, das Ende seiner Ehe locker ab und beginnt ein vorbildhaftes neues Leben. Er ist in jeder Hinsicht erfolgreich, nicht nur im Beruf, sondern auch als Ehemann und Vater. Man mag davon halten, was man will, aber die Fußballmannschaft seiner Tochter hat die ganze Saison über kein einziges Spiel verloren.

Und er ist derjenige, der schuldig ist und den Rest seines Lebens im Gefängnis verbringen wird – und seine neue Frau und seine Kinder dürfen allein versuchen, mit der abrupten Wende klarzukommen, die ihr Leben genommen hat.

Tatsache ist, die Sache konnte meiner uneingeschränkten Aufmerksamkeit gewiss sein.

Ich bin nach hier oben gekommen, um darüber zu schreiben, und ich frage mich ständig, warum ich das Bedürfnis danach habe. Nichts von dem, was *Dateline* zu berichten hatte, ändert auf erkennbare Weise etwas an meiner Situation. Aber die Berichterstattung ist, was nicht weiter überraschend sein dürfte, nicht ohne Wirkung auf mich geblieben, und hier zu sitzen und zu tippen und auf dem Bildschirm Wörter und Sätze zu bilden, scheint für mich die beste Möglichkeit geworden zu sein, die Gedanken in meinem Kopf und die Ereignisse in meinem Leben zu verarbeiten. Ich weiß nicht, ob es mir wirklich hilft, die Dinge für mich zu klären, aber es ist das, was ich mir zu tun angewöhnt habe – und ich habe den Verdacht, dass ich es nicht ohne Grund tue.

Ich frage mich, wie Alden alles verarbeitet.

Wir hatten alle vier vor dem Fernseher gesessen, um die Sendung zu schauen, aber nach fünfzehn Minuten gähnte Kristin theatralisch und zog sich auf ihr Zimmer zurück, um ein Videospiel zu spielen. Louella verschwand ab und zu in die Küche. Sie hatte etwas im Rohr, was hin und wieder ihre Aufmerksamkeit erforderte, aber Alden und ich blieben die ganze Zeit sitzen.

Ab und zu schaute ich zu ihm hinüber, und ein paarmal trafen sich unsere Blicke. Ich weiß nicht, was in ihm vorging, aber ich konnte es mir vorstellen.

Alden Wade Shipley Thompson.

Er war ein junger Mann, aber er war auch noch ein Junge, und was für eine Last hatte ich ihm da aufgebürdet. War es richtig oder falsch von mir gewesen, mein Geheimnis mit ihm zu teilen?

Diese Frage wäre leichter zu beantworten, wenn ich sicher wüsste, wie viel jemals über Cindy Raschmanns Tod bekannt würde. Würden eines Tages zwei Cops aus Kalifornien bei uns klingeln?

Es war eine Sache, wenn sie es taten, eine andere, wenn nicht.

Und vielleicht würden sie es tatsächlich nicht tun. Ermittlungen schliefen ein. Ein Fall, der so viele Jahre so kalt gewesen war, würde vielleicht nie mehr so warm, dass er zu irgendetwas führte. Es ließ sich nicht sagen, wie gut ihre DNA-Probe gewesen war oder wie stark sie sich im Lauf der Jahre zersetzt hatte. Oder ob sie das blöde Zeug verlegt und dann aufgegeben hatten, danach zu suchen.

Zudem wurden staatliche und kommunale Behörden verstärkt durch Budgetkürzungen eingeschränkt, und es war anzunehmen, dass sie bei Cold-Case-Ermittlungen nach dem Triage-Prinzip vorgehen mussten – die vorhandenen Mittel denen zukommen lassen, bei denen die Chancen auf Aufklärung am größten waren oder die Dringlichkeit höher war oder die nächsten Verwandten des Opfers größeren Druck machten, damit sie endlich mit der Sache abschließen konnten.

Das war etwas, was man in letzter Zeit immer häufiger einen besonders hartnäckigen Gesetzeshüter in die Kamera sagen hören konnte: »Dieser Fall hat mir einfach keine Ruhe gelassen. Ich habe es als meine Pflicht angesehen, diesen braven Leuten dabei zu helfen, endlich mit der Sache abschließen zu können.«

Und wenn es dann so weit ist, wenn der Schuldspruch gefällt und das Urteil verlesen ist und der Mörder aus dem Saal geführt wird, um den Rest seines Lebens im Gefängnis zu verbringen? Hilft das den Angehörigen, mit der Sache abzuschließen? Abgesehen von einem gewissen Maß an kleinlicher Genugtuung ist es für Freunde und Verwandte des Opfers meistens nur mit einer gewissen Enttäuschung verbunden.

Sie ist nach wie vor tot. Das Leben geht weiter, und das tut auch der Tod, und jetzt? Ist das wirklich alles?

WENN SIE MICH jetzt abholen kämen, würde das Gespräch mit Alden seinen Schock und seine Bestürzung etwas abmildern. Er wäre besser in der Lage, seine Mutter zu trösten und seiner Schwester beizustehen.

Und wenn sie nicht auftauchten?

AN DIESEM PUNKT machte ich Schluss, überschlief die Frage, wachte mit etwas auf, was sich wie die Antwort anfühlte. Vielleicht hat die Nachtruhe für etwas mehr Klarheit in meinem Kopf gesorgt.

Ich fühle mich Alden näher, seit ich mit ihm gesprochen habe, seit er die schreckliche Wahrheit über den Mann kennt, der sein Vater geworden ist. Und selbst wenn der Fall Cindy Raschmann für immer kalt bleibt und die besorgniserregendsten Besucher, die je bei uns klingeln werden, Zeugen Jehovas und mit Keksen hausierende Pfadfinderinnen sind, hat es mehr positive als negative Seiten, dass ich mich meinem Sohn anvertraut habe.

Aber abschließen können wir mit der Sache nicht, fürchte ich. Ich habe es zwar geschafft, eine Frage zu beantworten, aber damit eine andere aufgeworfen.

DER LETZTE EINTRAG ist von vorgestern, rasch hingeworfen, bevor ich zum Frühstück nach unten gegangen bin.

Im Wetterbericht hatten sie Regen angesagt, weshalb ich mit dem Auto zur Arbeit fuhr und unterwegs Nachrichten hörte. Als ich parkte, kam eine Meldung, die mich aufhorchen ließ. Ich blieb im Auto sitzen, um sie mir bis zu Ende anzuhören.

Es ging um einen Mann aus Missouri, der wegen des Mordes an einer Frau zu einer Gefängnisstrafe von zwanzig Jahren bis lebenslänglich verurteilt worden war. Neue Beweise gab es nicht, konnte es auch nicht geben; die Tat war von einem Zeugen beobachtet worden, die Sachbeweise stützten die Anklage, und der Täter hatte die Tat sofort gestanden und sein Geständnis nie zu widerrufen versucht.

Vor sechs Monaten hatte schließlich ein Richter die Freilassung des Mannes angeordnet. Der Häftling war inzwischen 76 Jahre alt und hatte fast sein halbes Leben in einer Gefängniszelle verbracht und ein Alter erreicht, in dem er mit Sicherheit keine Bedrohung mehr für die Menschheit war.

Also ließen sie ihn frei, und keine sechs Monate später schlug dieser Dreckskerl erneut zu. Besorgte sich ein Jagdmesser, wie man es zum Häuten von Rotwild verwendet, und tötete eine Frau mittleren Alters mit einem Stich ins Herz. Soweit das jemand sagen konnte, hatte er sein Opfer nicht gekannt, und falls er ein Motiv gehabt hatte, behielt er es für sich.

Ich musste den ganzen Morgen an die einzelnen Betroffenen denken – an den Mann selbst, an die zwei Frauen, die er im Abstand von vierzig Jahren getötet hatte, und an den Richter, dessen Wiederwahl jetzt fraglich schien.

Was bedeutete es? Und warum schien es auch für mich eine gewisse Bedeutung zu haben, die mir ärgerlicherweise noch immer unklar war.

Es hat den ganzen Tag nicht geregnet.

DAS WAR GESTERN.

Es war ein klarer Tag, als ich am Morgen aufwachte, kühl, aber nicht kalt. Diesmal nahm ich das Auto, weil ich mittags zu einer Besprechung fahren musste. Aber ich hatte mehr oder weniger schon entschieden, sie sausen zu lassen, und als ich mittags ins Auto stieg, dachte ich nicht im Traum daran, in die Stadt zu fahren.

Ich war mir nicht bewusst gewesen, dass ich eine Entscheidung getroffen hatte, hatte mich nicht schlafen gelegt, um mit einer Antwort aufzuwachen. Vielmehr hatte sich eine Entscheidung selbst getroffen, und eine nicht gestellte Frage war beantwortet worden.

Ich fuhr nach Hause. Die Garage war leer. Louella war also irgendwohin gefahren.

In den Supermarkt? Wahrscheinlich.

Ich ging ins Wohnzimmer, machte den Fernseher an und wieder aus, griff nach einer Zeitschrift. Ich blätterte darin, und es dauerte nicht lang, bis ich ihren Wagen in der Einfahrt hörte. Als ich nach draußen kam, war sie gerade dabei, eine Tüte mit Einkäufen aus dem Kofferraum zu heben. Ich nahm sie ihr ab, sie nahm eine zweite Tüte aus dem Kofferraum, und ich folgte ihr ins Haus.

»Das ist ja eine Überraschung«, sagte sie. »Hast du heute nicht dein Kiwanis-Treffen?«

»Die kommen auch ohne mich zurecht.«

»Was ich von mir nicht behaupten könnte«, sagte sie.

Wir küssten uns, und sie machte einen Schritt zurück

und sah mich an. Ihr leicht verwunderter Gesichtsausdruck war verständlich. Ich war ein ausgesprochenes Gewohnheitstier, und mittags unangekündigt und ohne Grund nach Hause zu kommen, gehörte nicht zu meinen Gewohnheiten.

Aber sie war nicht alarmiert. Egal, warum ich nach Hause gekommen war, sie konnte warten, bis es sich von selbst herausstellte.

»Ich habe mir ein bisschen Sorgen um dich gemacht«, sagte ich.

»Um mich?«

»Heute Morgen, bevor ich aus dem Haus gegangen bin.«

»Beim Frühstück?«

»Dein Energielevel«, sagte ich. »Hast du dich nicht irgendwie komisch gefühlt?«

»Nein, wieso? Jedenfalls dachte ich, bei mir wäre alles in Ordnung, bis du es angesprochen hast. Was genau ...«

»Du wirkst nur so müde auf mich«, sagte ich. »Geradezu erschöpft.«

»Erschöpft.«

»Als ob du gestern Nacht nicht genug Schlaf bekommen hättest. Und jetzt kannst du kaum mehr die Augen offen halten.«

Ihre Züge wurden weicher, ihre Augen strahlten. »Jetzt, wo du's sagst ...«

»Du bist doch müde, oder?«

»Fix und fertig«, sagte sie. »Wirklich komisch, dass ich es selbst gar nicht gemerkt habe.«

»Manchmal sieht so was jemand anders einfach besser.«

»Muss wohl so sein.«

»Vor allem wenn es jemand ist, der einen sehr gut kennt.«

»Fast besser, als ich mich selbst kenne«, sagte sie. »Meine Güte, ich bin heute aber auch wirklich müde. Eigentlich gehöre ich nur noch ins Bett.«

»Genau da gehörst du hin.«

»Und dann kommst du auch noch genau zum Mittagessen nach Hause.« Sie ging zur Treppe.

»Schon komisch, wie sich alles ergibt.«

»Allerdings«, sagte sie. »Wirklich komisch.«

***

»MMM«, SEUFZTE SIE eine Weile später.

»Besser jetzt?«

Ihre Antwort war ein leises Glucksen.

»Dieses Mittagsschläfchen hast du wohl dringend nötig gehabt.«

»Und dein Mittagessen war es anscheinend wert, nach Hause zu kommen. Oder bist du zu Fuß gegangen? Nein, du hast das Auto genommen.«

»Ich bin mit dem Auto hier«, sagte ich, »aber es hätte sich auch gelohnt, wenn ich zu Fuß gegangen wäre – oder wie ein Reptil auf allen Vieren gekrochen wäre.«

Das brachte sie auf Raupen und ihre seltsame Art, sich fortzubewegen, worauf wir beide an eine Fernsehsendung über einen asiatischen Büßermönch denken mussten, der sich auf eine Art und Weise, auf die ihn nur eine Raupe gebracht haben konnte, auf den Weg zu einem heiligen Schrein gemacht hatte. Wir überlegten, welche Art von Sünde ihn zu einem solchen Unterfangen veranlasst haben könnte, und warum ihm das als eine angemessene Möglichkeit erschienen war, dafür zu büßen. Und dann wanderte unsere Unterhaltung hierhin und dahin, auf jeden Fall auf eine weniger stringente Weise, als sie der Mönch oder die Raupe gewählt hätte.

Unter anderem sagte ich ihr, dass ich sie liebte, und sie sagte, dass sie mich liebte. Und sie gähnte und streckte sich und sagte, wie das im Lauf der Jahre jeder von uns immer wieder mal fallen gelassen hatte, wie viel Glück wir gehabt hatten, einander gefunden zu haben.

»Hoffentlich findest du das auch noch, wenn dieser Tag zu Ende geht«, sagte ich.

»Wahrscheinlich bin ich immer noch ganz angetan von dir«, sagte sie. Doch dann begann meine Bemerkung Wirkung zu zeigen, und sie sah mich besorgt an.

»Da ist etwas, worüber wir reden müssen«, sagte ich.

Sie setzte sich auf. »Ist irgendwas, Schatz? Soll ich einen Arzt rufen?«

Einen Arzt nicht, dachte ich. Eher einen Anwalt.

Was ich sagte, war: »Nein, mir fehlt nichts. Aber es gibt etwas, was ich dir sagen muss. Bloß weiß ich nicht, wo ich anfangen soll.«

213

UND SO BEGANN es dann. Indem ich ihr gestand, dass ich nicht wusste, wo ich anfangen sollte oder wie. Das war vielleicht nicht die schlechteste Art. Es brachte die Wörter in Gang.

Es ist nicht wichtig, welche Worte ich fand oder in welcher Reihenfolge ich sie sagte. Zunächst hörte ich sie zuerst in meinem Kopf, sodass ich entscheiden konnte, was ich sagte und was ich unausgesprochen ließ. Aber es dauerte nicht lang, bis dieses kleine Voraus-Echo verstummte und ich einfach loslegte und sagte, was ich zu sagen hatte.

Ich redete lange, obwohl ich nicht sagen könnte, wie lange. Ich passte nicht auf, wann ich anfing, und achtete auch grundsätzlich nicht auf die Zeit. Nachdem ich mich im Bett neben ihr aufgesetzt hatte, veränderte ich kein einziges Mal mehr meine Haltung. Ebenso wenig wie sie, die neben mir auf der Seite lag. Hin und wieder schaute ich zu ihr, aber meistens war mein Blick, auf nichts Spezielles fokussiert, auf das Fußende des Betts gerichtet.

Wo Cindy Raschmann gestanden hatte, als sie sagte, dass sie mir vergab.

Wenn ich Louella ansah, konnte ich nicht viel aus ihrem Gesichtsausdruck herauslesen. Sie wirkte die ganze Zeit aufmerksam, und wenn ich innehielt, damit sie einen Kommentar abgeben oder eine Frage stellen konnte, tat sie weder das eine noch das andere, sondern wartete lediglich, dass ich weiterredete.

Das erstaunte mich. Im Lauf der Jahre bin ich ein

paarmal aufgefordert worden, in einer meiner Gruppen eine Rede zu halten, und ich habe gelernt, Energie aus meinem Publikum zu ziehen, indem ich nach den sichtlich empfänglichen Zuhörern Ausschau hielt, die mich mit ihrem Nicken und ihren aufmunternden Mienen wie eine Kirchengemeinde mit ihren Amenrufen anfeuerten. Von all dem erhielt ich jetzt nichts, als ich das Verständnis und die Zustimmung des wichtigsten Publikums suchte, zu dem ich jemals gesprochen hatte.

Inzwischen ist mir jedoch klar geworden, dass sie mir während meines ganzen Auftritts genau die Reaktion zeigte, die ich brauchte. Sie war sehr konzentriert, sie hörte aufmerksam zu, sie nahm alles auf – und sie ließ mir den Raum, um weiterzumachen.

Und was sagte ich? Was behielt ich für mich?

Sie denken wahrscheinlich, dass ich mich Wort für Wort an alles erinnere, zumindest fast. Aber das ist nicht der Fall, und ich kann mir nur schwer erklären, warum.

Das Entscheidende ist wahrscheinlich, dass ich die Worte aussprach, und nicht, dass meine Erinnerung an sie lückenlos ist.

Ich weiß, dass ich wesentlich mehr, als ich erwartet hatte, über meine Kindheit und meine Familie gesprochen habe. Es war ungewöhnlich für mich, so ausführlich an diese Jahre zurückzudenken, auch wenn Aldens Berichte über Kristins lang verschollene Cousins und Cousinen Erinnerungen in mir wachgerufen hatten. Zwei meiner älteren Brüder, einer, der den anderen wegen eines Mädchens aufzog. Eine Schwester, die seltsamerweise nicht in der Lage war, auf einem zweirädrigen Fahrrad fahren zu lernen, und dann, nicht weniger seltsam, in wenigen Stunden den Dreh herausbekam.

Dies und das ...

***

JETZT HABE ICH gerade eine Pause eingelegt und scrolle ein Stück hoch, um die Schilderung des Mordes zu lesen, den ich begangen habe, und über die Lust, die ich aus ihm und dem darauf folgenden Sexualakt gewonnen habe. Heute Nachmittag ist meine Beschreibung nicht so detailliert gewesen.

Ich glaube, das ist verständlich. Einerseits will man offen und ehrlich sein, andererseits schreckt man davor zurück, sich als Monster bloßzustellen.

***

ALS ICH ZUM Ende kam, als mir schließlich die Worte ausgingen, bestätigte sie, dass genug gesagt war, indem sie ihre Hand behutsam auf meine legte. Die zarte Berührung ihrer warmen Finger auf meinem Handrücken rührte mich unbeschreiblich.

»Ich bin froh, dass du es mir erzählt hast«, sagte sie, »und nicht im Rotary Club.«

Bei Kiwanis, dachte ich.

»Ich meine natürlich, bei Kiwanis«, verbesserte sie sich, als hätte ich es laut gesagt. »Du bist nach Hause gekommen, um es mir erzählen zu können.«

»Ja.«

»Aber erst hast du mit mir geschlafen.«

»Ja.«

Sie sagte nichts weiter, weshalb ich die Frage beant-wortete, die sie nicht gestellt hatte.

»Ich dachte, es könnte unser letztes Mal sein«, sagte ich. »Wenn du mal die Wahrheit gewusst hättest, wärst du wahrscheinlich ...«

»Entsetzt gewesen? Angewidert?«

»Bist du's?«

Sie ließ sich Zeit, um darüber nachzudenken. »Ich wusste, dass da etwas ist«, begann sie schließlich. »Jeder von uns hatte ein eigenes Leben, bevor wir zusammen-gefunden haben, und das ist gut so, niemand muss bis in Kleinste alles über den anderen wissen. Ich hatte einen Onkel, der mich belästigt hat. Das habe ich dir nie er-zählt.«

»Nein.«

»Ich war noch sehr klein. Fünf oder sechs. Kannst du dir vorstellen, mit jemand in diesem Alter Sex haben zu wollen? Mit einem kleinen Kind?«

»Nein.«

»Es kam zweimal dazu. Er hat gesagt, er müsste mir was zeigen und dass es mir gefallen würde, und dann hat er mir das Höschen runtergezogen und mich geleckt. Ich weiß nicht wie lange, ein paar Minuten vielleicht. Dann hat er aufgehört und mir das Höschen wieder hoch gezogen und den Rock runter und mir gesagt, dass ich ein bezauberndes und wunderschönes kleines Mädchen bin und nie jemand auch nur ein Wort darüber erzählen dürfte, was er gerade getan hatte. Und das habe ich auch nie.«

»Bis jetzt.«

»Bis jetzt. Und das Schlimmste daran habe ich dir noch gar nicht erzählt. *Es hat mir gefallen.*«

»Hattest du keine Angst?«

»Wahrscheinlich hätte ich welche haben sollen, aber der Gedanke ist mir nie gekommen. Ich fand einfach klasse, wie es sich angefühlt hat. Ich war total weg. Was ist?«

»Was soll sein?«

»Dein Gesicht.«

»Ach so«, sagte ich. »Ich habe gerade gedacht ...«

»Ich weiß, was du gedacht hast. ›Du magst es immer noch.‹«

»So ist es doch, oder?«

Sie holte tief Luft. »Das zweite Mal«, fuhr sie fort, »muss zwei, drei Wochen später gewesen sein. Vielleicht auch länger. Ich wüsste gern, warum er so lang gewartet hat.«

»Vielleicht hatte er ein schlechtes Gewissen«, schlug ich vor. »Oder Angst oder eine Mischung aus beidem. Er hatte etwas Schlimmes getan, und solange du den Mund hieltst, hatte er nichts zu befürchten, und jetzt musste er dafür sorgen, dass es nie wieder vorkam.«

»Und dann hat er mich angesehen und mich total unwiderstehlich gefunden?«

»Etwas in der Art.«

»Wäre interessant zu wissen. Wie auch immer, wir beide waren allein, und er hat mich gefragt, ob ich Lust auf ein bisschen Spaß hätte. Und mir war natürlich klar, was er meinte. Ich setzte mich neben ihn auf die Couch, und mein Rock wanderte hoch und mein Höschen runter, und diesmal musste ich mich nicht groß fragen, was da vor sich ging, oder mir klar darüber werden, was ich davon halten sollte.«

»Und es hat dir immer noch gefallen?«

»Und wie! Ich war total weg. Ich glaube nicht, dass ich einen Orgasmus bekommen habe. Kann ein Mädchen in diesem Alter einen Orgasmus bekommen?«

»Das entzieht sich leider meiner Kenntnis.«

»Ich halte es für möglich, denn ich glaube, dass ich einen bekommen hätte, wenn er noch ein paar Minuten weitergemacht hätte. Aber ich glaube, er hatte selber einen, denn er hat angefangen zu zittern und so ein komisches Stöhnen von sich gegeben, und auf einmal hatte ich mein Höschen wieder an, und er hat mir wieder das Gleiche gesagt wie beim ersten Mal. Wie wundervoll ich wäre und dass das unser kleines Geheimnis bleiben müsste.«

»Und zu einem dritten Mal ist es nicht mehr gekommen?«

»Nein, aber ich habe darauf gewartet. Nach dem ersten Mal habe ich nicht groß darüber nachgedacht. Es ist passiert, und es hat mir gefallen, aber ich habe nicht

219

mal so viel darüber nachgedacht, dass ich mich gefragt habe, ob es noch einmal dazu käme. Aber nach dem zweiten Mal, also nach dem zweiten Mal habe ich viel daran gedacht. Ich habe mich sogar selber gestreichelt, wenn ich daran gedacht habe.«

»Und dir vorgestellt, dass dein Finger Onkel Don war?«

»Onkel Howie. Er hieß Howard Desmond, er war mit meiner Tante Pauline verheiratet. Mein Vater hatte zwei Schwestern, beide jünger als er, und Tante Pauline war die jüngere der beiden. Ich weiß nicht, woran ich gedacht habe, als ich mich selbst gestreichelt habe. Es hat sich nur gut angefühlt, und es hat mir gefallen, mir dieses gute Gefühl zu verschaffen.«

»Und Onkel Howie ...«

»Ist gestorben.«

»Oh.«

»Er war im Auto unterwegs und hat die Kontrolle über den Wagen verloren. Ich war zu klein, um zur Beerdigung mitzukommen. Da fragt man sich schon, wie alt ein Kind sein muss, um auf eine Beerdigung mitzukommen. Das ist wahrscheinlich von Familie zu Familie verschieden, und vermutlich hängt es auch davon ab, wie nah man dem Toten gestanden hat.«

»Und du hast ihm näher gestanden, als irgendjemand ahnen konnte.«

»Wäre interessant zu wissen«, sagte sie, »ob jemand etwas geahnt hat. Vielleicht war ich das erste kleine Mädchen, das Onkel Howie mit einer Tüte Eis verwechselt hat. Und weißt du, was ich noch gern wüsste? Es ist nur ein paar Jahre her, dass sie im Fernsehen was über Autounfälle gebracht haben, für die es keine Zeugen gibt und an denen nur ein Auto beteiligt ist, und dass sie eine Möglichkeit sind, Selbstmord zu begehen, ohne dass jemand merkt, dass es einer war.«

»Was soll einen das noch groß interessieren, wenn man sowieso tot ist?«

»Das Stigma. Oder wegen der Versicherung. Sie zahlt doch nichts, wenn sie nachweisen können, dass es Selbstmord war.«

»Das denken die Leute nur«, sagte ich. »Dass bei Selbstmord der Anspruch auf eine Lebensversicherung erlischt. Aber wenn der Abschluss der Versicherung eine gewisse Zeit zurückliegt, hat es normalerweise keine Auswirkung. Nach ein, zwei Jahren können sie sich nicht mehr davor drücken zu zahlen.«

»Das habe ich nicht gewusst.«

»Aber du glaubst, dein Onkel hat Selbstmord begangen.«

»Als er angeblich die Kontrolle über seinen Wagen verloren hat«, sagte sie, »ist er gegen einen der Betonpfeiler der Überführung über die Lyons Avenue gekracht. ›Hier hatte Onkel Howie den Unfall.‹ Das habe ich mehr als einmal gehört, wenn wir im Auto unterwegs waren und an der Stelle, wo es passiert ist, vorbeigefahren sind. Vielleicht war es ja tatsächlich ein Unfall, denn es kommt immer wieder vor, dass Leute die Kontrolle über ihr Auto verlieren und gegen Brückenpfeiler oder sonst was fahren, aber wenn niemand da war, um zu sehen, wie es passiert ist, dann ist es wie mit diesem Baum im Wald.«

»Dem, der umgefallen ist, ohne ein Geräusch zu machen.«

»Genau den meine ich. Und sobald mir diese Möglichkeit in den Sinn gekommen ist – und das war Jahre, nachdem es passiert ist ...«

»Als du im Fernsehen was darüber gehört hast.«

»Genau. Die Frage ist, haben sich das die Erwachsenen in der Familie schon die ganze Zeit gedacht? Es lebt keiner mehr, um sie fragen zu können. Sie sind alle schon lange tot. Es lässt sich also nicht mehr feststellen, ob es wirklich ein Unfall war. Oder ob es nur halb ein Unfall war, wenn er ein bisschen was getrunken hatte und zu schnell gefahren ist und aus einem plötzlichen Impuls heraus das Lenkrad nach rechts gerissen hat.«

»Und statt auf die Bremse aufs Gas gestiegen ist.«

»Nach dem Motto: ›Ich habe keine Lust mehr auf den ganzen Scheiß hier.‹«

»Aber vor allem beschäftigt dich dabei wahrscheinlich«, sagte ich, »ob es, wenn überhaupt, etwas mit dir zu tun hatte.«

»Wenn er es absichtlich gemacht hat, könnte es an allem Möglichem gelegen haben. Angst vor Entdeckung. Angst vor dem, was er als Nächstes tun könnte. Selbsthass, weil er war, wie er war. Ich glaube jedenfalls nicht, dass wir das jemals erfahren werden.«

»Nein.«

»Leute haben Depressionen. Sie müssen nicht unbedingt mit etwas zu tun haben, was in ihrem Leben passiert. Jedenfalls habe ich deswegen keine Schuldgefühle, denn ich habe ja auch nichts getan. Ich mache mir wirklich keine Vorwürfe.«

»Gut, denn das solltest du auch nicht.«

»Aber ich wüsste natürlich schon gern«, sagte sie, »was passiert wäre, wenn er nicht gegen diesen Pfeiler gefahren wäre. Ich kann dir nur eine Sache sagen, die passiert ist. Ich habe aufgehört, an das zu denken, was wir getan haben. Oder was er getan hat, sollte ich vielleicht sagen. Du weißt schon, Rock hoch, Höschen runter.«

»Zunge raus.«

Sie verdrehte die Augen. »Ich habe einfach nicht mehr daran gedacht. Es hatte mit Onkel Howie zu tun, und er würde nicht mehr zurückkommen, und ich würde ihn nie wieder sehen. Und das war traurig, weshalb mir nur eins blieb: nicht mehr an ihn zu denken. Ich habe es irgendwie vergessen, ich habe sogar vergessen, mich selbst zu streicheln, zumindest eine Weile. Das, äh, habe ich erst später wiederentdeckt.«

»Du musst ein ganz schön heißer kleiner Feger gewesen sein.«

»Nein, nicht wirklich. Soll ich dir was sagen? Niemand hat das je wieder mit mir getan, bis …«

223

»Bis wann? Bis du geheiratet hast? Bis du in dieser Bar in der Railroad Avenue Martina Navratilova begegnet bist?«

»Blöder Idiot. Bis ich losgezogen bin, um einen Schnellkochtopf zu kaufen, und meinen Traummann kennengelernt habe.«

»Aber du warst doch verheiratet.«

»Und es war bestimmt keine schlechte Ehe, und es war absolut okay mit Duane und mir im Bett, aber zu Oralsex ist es nie gekommen. Er hat nie damit angefangen, und ich habe nicht daran gedacht.«

»Du hast nicht daran gedacht?«

»Ja, ehrlich nicht. Ich war ein kleines Mädchen, als es passiert ist, und ich habe es einfach in meinen Gedanken abgekapselt und vergessen. Mir kam jedenfalls nie der Gedanke: *Oh, jetzt, wo ich verheiratet bin, kann ich machen, was ich mit Onkel Howie gemacht habe.*« Sie runzelte die Stirn. »Ich kann mir vorstellen, dass es traumatisch gewesen sein könnte, aber es hat sich nie so angefühlt.«

»Und du hast es nie jemand erzählt.«

»Er hat doch gesagt, dass ich das nicht tun soll. Und bei dir ist es doch auch nicht anders? Du hast nie was gesagt.«

»Bis jetzt.«

»Alden hast du es erzählt. Schon komisch, als ihr beide neulich nach Hause gekommen seid, war mir sofort klar, dass was passiert ist. Ich dachte, ihr hättet eins dieser Gespräche geführt, wo du ihm sagst, dass er sich immer ein Kondom überziehen soll. Du weißt schon, väterliche Ratschläge. Männerkram.«

»Nicht ganz.«

Und ich fügte hinzu, dass ich Alden eine zensierte Version meiner Geschichte erzählt hatte, kürzer und nicht so detailliert. Aber war nicht auch das, was sie gerade gehört hatte, eine zensierte Fassung? Ich hatte nicht jeden Gedanken erwähnt, der mir durch den Kopf gegangen war, nicht jeden Impuls, den ich verspürt hatte. Ich hatte einen Großteil dessen erzählt, was ich in diesem nicht endenden elektronischen Dokument festgehalten habe, aber beileibe nicht alles.

Und unterliegt nicht sogar dieses Dokument einem inneren, aber immer präsenten Zensor? Entscheide ich nicht ständig darüber, was ich niederschreibe und was ich auslasse?

WIR UNTERHIELTEN UNS lange. Irgendwann stand sie auf und duschte, und als sie aus der Dusche kam, nahm ich ihren Platz dort ein. Wir zogen uns an und gingen in die Küche hinunter und aßen Sandwiches und tranken Kaffee und unterhielten uns weiter.

Viel davon war Spekulation. Was passieren könnte, und wie wahrscheinlich es war, und wie wir auf das eine oder andere Szenario reagieren könnten. Uns kamen alle möglichen Gedanken, und wir gingen ihnen nach und spielten sie durch.

Wir kamen auch immer wieder an einen Punkt, an dem die Unterhaltung zum Erliegen kam. Geteilte Momente des Schweigens.

»Ich wusste gar nicht, dass du einen Revolver hast«, sagte sie.

»Woher hättest du es auch wissen sollen? Er ist in einer Schublade eingeschlossen.«

»Versprich mir, dass du nie Gebrauch davon machst.«

Ich erzählte ihr, dass ich ihn als allerletzten Notausstieg in Erwägung gezogen hatte, als einen Ausweg, wenn es keinen anderen Ausweg mehr gab. Wenn die Männer aus Bakersfield auf die Veranda kamen und klingelten, konnte ich mir den Revolver an den Kopf halten und mir das Kommende ersparen.

ICH HATTE IHR nicht von der anderen Möglichkeit erzählt, den Revolver zu verwenden – von Zimmer zu Zimmer zu gehen und uns allen die Peinlichkeit der Bloßstellung zu ersparen, nicht nur mir selbst, sondern auch ihr und Alden und Kristin. Der innere Zensor war am Werk gewesen, und dafür war ich dankbar. Jetzt, wo wir bei einer Tasse Kaffee beisammensaßen, war es mir fast unmöglich, mir vorzustellen, dass ich so etwas jemals in Erwägung gezogen hatte. Es war ein Gedanke, den ich unter allen Umständen für mich behalten wollte.

»Ich werde nie Gebrauch davon machen«, sagte ich. »Er kann bleiben, wo er ist, in seiner Schublade weggeschlossen, wo er niemand ein Leid zufügen kann. Und Tschechow kann mich mal.«

MIT DEM VERWEIS auf Tschechow konnte sie zunächst nichts anfangen. Doch als ich ihr den Zusammenhang erklärte, stimmte sie mir zu, dass der Revolver für immer weggeschlossen bleiben konnte und nicht vor dem letzten Vorhang abgefeuert werden musste.

»DEIN RICHTIGER NAME war also ...« Sie brach mitten im Satz ab und hob die Hand. »Nein, sag ihn mir nicht, weil ich sonst bloß versuchen müsste, ihn wieder zu vergessen. Es ist nicht dein Name. Dein Name ist John James Thompson, und das ist der Mann, der du bist. Es ist der Name des Mannes, in den ich mich verliebt, den ich geheiratet und mit dem ich ein Kind bekommen habe, und ich bin Louella Thompson, *Mrs.* John James Thompson, und das ist alles, was wir in Sachen Namen wissen müssen. John, ich liebe dich mehr denn je.«

»Und ich dich.«

»Und ich bin so froh, dass wir dieses Gespräch geführt haben. Ich hatte immer den Eindruck, dass wir uns alles sagen könnten und dass es okay wäre. Und es ist mehr als okay, oder nicht? Ich fühle mich dir näher als je zuvor.« Sie wandte kurz den Blick ab. »Früher oder später«, fuhr sie fort, »werden wir es Kristin erzählen müssen.«

»Aber nicht sofort.«

»Nein, im Moment könnte sie das noch nicht verarbeiten. Zumindest glaube ich das. Oder sie verdreht nur die Augen. ›Hab ich doch schon *längst* gewusst, Mom.‹«

»Du hast recht, ich kann sie es richtig sagen hören. Aber mit einem Fragezeichen am Ende.«

»Nur eine Spur von Valley Girl.« Louella holte tief Luft. »Wir werden es merken, wenn der richtige Zeitpunkt gekommen ist und wie wir es ihr beibringen und wie viel sie genau wissen muss.«

»Ja.«

»Und egal, was passiert«, fügte sie hinzu. »Wir werden es durchstehen.«

ICH HABE MICH im vergangenen Monat ein paarmal an den Computer gesetzt, aber das Bedürfnis, diesem Dokument Wörter und Sätze hinzuzufügen, scheint sich gelegt zu haben.

Das ist sicher eine Folge dieser zwei Gespräche, dem mit Alden und dann dem mit Louella. Ich habe mehrere Monate lang Geheimnisse niedergeschrieben, Dinge, die ich gedacht, mir vorgestellt und getan habe und die ich niemand hatte erzählen können. Und jetzt, wo ich meine Geheimnisse mit den zwei wichtigsten Menschen in meinem Leben geteilt habe, habe ich nicht mehr das Bedürfnis, sie mit meiner Festplatte zu teilen.

Trotzdem, Gewohnheiten wollen weiterbestehen. Hin und wieder zieht es mich doch an den Schreibtisch, und ich schreibe ein, zwei Sätze, um sie dann wieder zu löschen – nicht, weil sie gelöscht werden müssen, sondern weil sie erst gar nicht geschrieben werden mussten. Dann lange Momente, in denen ich zum Teil lese, was ich geschrieben habe, oder gar nichts tue und dann ein paar Wörter oder ein, zwei Sätze hinzufüge, die ich aber wieder lösche, um schließlich die Datei zu schließen, den Computer auszumachen und wieder nach unten zu gehen.

Aber ich habe das Gefühl, dass ich festhalten sollte, was an diesem Abend passiert ist. Ich war im Wohnzimmer und las Zeitung; wir hatten *Jeopardy* geschaut, und nachdem wir alle die letzte *Jeopardy*-Frage beantwortet (oder einen Vorschlag für die letzte Frage gemacht hatten), sahen sich Louella und Kristin an, was auf HGTV kam. Alden warf mir einen vielsagenden Blick zu, worauf ich meine Zeitschrift beiseitelegte und ihm auf die Veranda folgte, wo er mir erzählte, dass er zwar nicht hundert Prozent sicher sei, aber glaube, dass es ihm gelungen war, die DNA seiner Schwester aus der Datenbank der Firma zu entfernen.

»Entfernt habe ich sie vielleicht nicht«, sagte er, »weil heutzutage niemand mehr irgendetwas entfernen kann. Wahrscheinlich bekommen Computer demnächst gar keine Löschtaste mehr. Aber ich glaube, ich habe es hingekriegt, dass niemand mehr Zugang dazu erhält. Wenn jetzt jemand seine DNA bei ihnen einreicht und sie nach Übereinstimmungen und Fast-Übereinstimmungen suchen, dann können sie nicht mehr feststellen, welche Gene des Betreffenden mit denen von Kristin übereinstimmen.«

Wie hatte er das angestellt?

»Ich bin nicht sicher, ob es wirklich hinhaut«, sagte er. »Um nämlich das rauszufinden, müsste ich mir eine Möglichkeit einfallen lassen, es auszuprobieren, aber wie soll ich das anstellen, ohne sie möglicherweise auf mich aufmerksam zu machen? Deshalb habe ich Folgendes gemacht: Ich habe einen Anwalt damit beauftragt, bei ihnen anzurufen und zu sagen, dass Kristin minderjährig war und ihre DNA ohne ihre Zustimmung oder die Zustimmung ihrer Erziehungsberechtigten eingereicht wurde. Sie sind also jetzt in Kenntnis davon gesetzt, dass sie sich in keiner Weise mit ihr in Verbindung setzen, keinerlei Informationen über ihr DNA-Profil herausgeben und nicht einmal ihre genetischen Daten weiter speichern dürfen. Was hast du denn?«

»Der Anwalt«, sagte ich. »An wen hast du dich gewandt?«

»Edward P. Hammerschmidt.«

»Wie viel musstest du ihm erzählen?«

»Wieso? Ich habe ihm gar nichts erzählt.«

»Aber wie soll das gehen?«, sagte ich. »Du hast ihm doch wohl kaum ein Skript vorgelegt. Woher hätte er wissen sollen, was er sagen soll? Und jetzt fragt er sich doch bestimmt, was das wohl für ein Geheimnis ist, das auf keinen Fall herauskommen soll? Und ...«

»Dad.«

»Und wie bist du überhaupt auf ihn gekommen? Ich möchte zwar nicht behaupten, jeden Anwalt in Allen County zu kennen, aber Hammerschmidt ist ein Name, an den ich mich erinnern könnte, wenn er mir je untergekommen wäre. Aber das ist nicht der Fall, also ...«

»Dad?«

Ich blickte auf.

»Ich habe ihn erfunden, Dad. Ich bekam diesen DNA-Typen am Telefon dran, seinen Namen weiß ich nicht mehr, und ich habe gesagt, ich wäre Edward P. Hammerschmidt, Bevollmächtigter des Erziehungsberechtigten einer Minderjährigen, na ja, und dann habe ich eben den ganzen Sermon runtergerattert.«

»Und er hat es dir abgenommen?« Ich dachte darüber nach. »Klar, warum eigentlich nicht?«

»Genau das fand ich auch.«

»Es war ja nicht schwer, deinem Ersuchen nachzukommen und auf diese Weise jegliche rechtliche Konsequenzen zu vermeiden. Es heißt aber nicht, dass die Daten total aus ihrem System verschwunden sind.«

»Das dürfte wohl kaum hinzukriegen sein. Ich meine, selbst wenn sie es versucht haben sollten, wäre das überhaupt möglich? Hundert Prozent?«

»Halte ich für eher unwahrscheinlich.«

231

»Es wäre etwa so, wie wenn dir jemand sagt, du sollst vergessen, dass etwas passiert ist. Das sagen die Leute zwar ständig, aber niemand erwartet von dir, dass du etwas aus deinem Gedächtnis löscht, denn wie soll das gehen? ›Also gut, ich vergesse, dass ich gesehen habe, wie Mommy Santa Claus geküsst hat.‹ Aber wenn niemand Zugang zu Kristys Daten erhält und wenn niemand E-Mails erhält, dass es ein junges Mädchen in Ohio gibt, die wahrscheinlich eine Cousine von …«

»Dann ist es so gut wie gelöscht.«

»Wahrscheinlich«, sagte er. »Jedenfalls fand ich, es wäre einen Versuch wert.«

ER IST, WIE ich früher schon bemerkt habe, ein findiger junger Mann, und niemand könnte sich einen besseren Sohn wünschen. Es ist unmöglich, meine Chancen exakt zu berechnen, aber ich bin sicher, dass sie sich dank seines fünfminütigen Telefonats deutlich verbessert haben.

Ich fühle mich jetzt sicherer, wollte ich schon schreiben (und habe es sogar geschrieben, in eben diesem Satz, aber egal). Bloß, ist es so? Mir ist klar, dass die Wahrscheinlichkeit, dass ich meiner Entdeckung entgehe, höher ist als vor dem Zeitpunkt, zu dem sich Alden als Edward P. Hammerschmidt, Esq., ausgegeben hat. Aber wissen ist nicht dasselbe wie das Gefühl haben. Deshalb stellt sich mir die Frage: Habe ich jetzt das Gefühl, sicherer zu sein?

Und das ist, was mir gerade klar geworden ist: Ich fühle mich keinen Deut sicherer, weil ich kein verstärktes Bedürfnis nach Sicherheit habe – und das liegt daran, dass ich mich nie wirklich in Gefahr gefühlt habe, seit ich diese zwei Gespräche mit Alden und Louella geführt habe.

Sie haben mir nicht zu mehr Sicherheit verholfen. Sie haben nicht die Wahrscheinlichkeit verringert, dass in Bakersfield ein kalter Fall aufgewärmt wird und seine Finger bis nach Lima ausstreckt.

Was sie aber geschafft haben, ist, mir ein *Gefühl* von Sicherheit zu vermitteln. Inzwischen habe ich den Eindruck, dass mir nichts mehr etwas anhaben kann, dass die Menschen, die mir wirklich wichtig sind – und die mir so wichtig sind, wie ich mir das bis vor Kurzem nicht hätte vorstellen können –, dass diese Menschen alle meine Geheimnisse kennen und mich deshalb keinen Deut weniger lieben.

Keinen Deut weniger? Möglicherweise sogar mehr. Der Ehemann und Vater, den sie kennen, ist nicht mehr so gepanzert, nicht mehr so undurchschaubar.

Und wenn das Geheimnis, das sie jetzt kennen, auch monströs ist, hat es nicht den Anschein, als betrachteten sie deshalb jetzt mich als ein Monster. Ich mag etwas Monströses getan haben, man könnte sogar sagen, dass ich eine Monsterphase durchlaufen habe, aber ...

»Aber das war in einem anderen Land. Und außerdem, die Hure ist tot.«

233

Diese Zeile stammt aus *Der Jude von Malta* von Christopher Marlowe, einem Stück, das ich nie gesehen oder gelesen habe. Ich habe keine Ahnung, wo ich darauf gestoßen bin, obwohl unschwer zu erraten sein dürfte, warum sie mir so gut im Gedächtnis haften geblieben ist, dass ich sie jetzt google. Das Verbrechen des Sprechers war Unzucht, gewiss ein geringfügigeres Vergehen als Mord, aber die Ähnlichkeiten lassen sich nicht leugnen. Ich war tatsächlich in einem anderen Bundesstaat, wenn auch nicht in einem anderen Land. Und ja, Gott sei ihrer Seele gnädig – die Hure ist tot.

Ich hatte Louella gesagt, dass ich vor unserem Gespräch mit ihr geschlafen hatte, weil ich dachte, es könnte das letzte Mal sein. Selbst wenn sie akzeptierte, was ich ihr erzählte, selbst wenn wir als Mann und Frau zusammenhielten und weiterhin das Schlafzimmer teilten, schien es mir denkbar, dass ihr neues Wissen körperliche Intimität ausschloss.

Aber schon ein, zwei Tage nach unserem Gespräch gähnte sie theatralisch und verkündete, sie könne kaum mehr die Augen offen halten. Bei dieser Gelegenheit, und bei den zwei weiteren Malen, minderte das, was sie inzwischen wusste, nicht ihre Bereitwilligkeit und Leidenschaft.

Und wer kann schon sagen, was sie sonst noch ins Schlafgemach mitbringt? Sie weiß, dass ich eine Frau getötet habe, und um sich in meiner Umarmung wohlzufühlen, muss sie dieses Wissen in einer Kammer ihrer Erinnerung abkapseln.

Aber wie undurchlässig ist die Wand dieser Erinnerung? Vielleicht hat sie eine Öffnung darin gelassen, vielleicht gestattet sie sich ab und zu, sich an dem zu reiben, was sie weiß. Vielleicht steigert es ihre Lust, sich vorzustellen, was ich tun könnte – während sie gleichzeitig weiß, dass ich es nicht tun werde?

Ist das nicht der Grund, weshalb sich Leute Horrorfilme ansehen? Damit sie in einer unbedrohlichen Umgebung den Kitzel der Angst genießen können? Was sich auf der Leinwand abspielt, macht ihnen Angst, aber auf eine unbedenkliche Art. Es ist nur eine Illusion, was auf der Leinwand passiert, und sie sitzen mit einer Tüte Popcorn in einem Kinosaal oder zu Hause mit der Fernbedienung auf der Couch.

Erklärt das nicht die Beliebtheit von True-Crime-Sendungen? Es gibt allein zwei Privatsender, die nichts anderes bringen, und die großen Sender locken ihre Zuschauer mit *Dateline* und *48 Hours*. In der überwältigenden Mehrheit der Fälle sind die Opfer Frauen, was vielleicht nicht überraschend ist, aber erst vor Kurzem habe ich etwas gelesen, was ich überraschend finde: Diese Sendungen schauen auch vorwiegend Frauen.

Auf dem Bildschirm ist es eine Frau, die erschossen oder erstochen oder erwürgt wird. Und es ist ein Mann, der sie tötet, und der Ehemann oder Freund zählt fast immer zu den Verdächtigen und ist in der Mehrheit der Fälle der Täter.

Und die Zuschauerin kann schwerlich umhin, an ihren eigenen Mann zu denken. Er ist in seiner Werkstatt im Keller und bastelt ein Modellflugzeug, oder er beschäftigt sich in seinem Zimmer mit seiner Briefmarkensammlung. Oder er geht mit dem Hund spazieren oder mit seinen Kumpeln ein Bier trinken.

Und er würde nie so etwas tun wie der Ehemann im Fernsehen.

Oder etwa doch?

Vielleicht gehört das dazu. Und wenn es so ist, was geht es dann mich an?

Ich kann nicht alles wissen, was in ihrem Kopf, in ihrem Herz, in ihrem tiefsten Innern vorgeht. Ebenso wenig kann sie alle meine innersten Geheimnisse kennen, die tiefsten, die ich, da bin ich ganz sicher, nicht einmal selbst kenne.

»Ich bin furchtbar müde«, wird sie sagen, und ihre Augen werden dabei kaum merklich aufleuchten. »Dann solltest du dich vielleicht ein bisschen hinlegen«, werde ich sagen.

Und wenn wir einander dann so nahe sind, wie sich zwei Menschen nur nahekommen können, ist jeder von uns irgendwo anders und lauscht einer persönlichen Musik, die niemand anders hören kann.

ALDEN HAT HEUTE Nachmittag, nicht unerwartet, eine Entscheidung getroffen. Er wird im September auf dem Lima-Campus der Ohio State University zu studieren anfangen. Das heißt, er kann zu Hause wohnen. Das ist sogar eine unerlässliche Voraussetzung, denn die OSU-Lima hat keine Studentenunterkünfte.

Er hatte sich auf das Drängen seines Berufsberaters bei fünf Colleges beworben und war in allen angenommen worden. Der einzige ernsthafte Konkurrent für OSU-Lima war der Hauptcampus der Universität in Columbus. Dorthin wird er höchstwahrscheinlich zum Tiermedizinstudium gehen, und dort hätte er auch das übliche Studentenleben mit Footballspielen und Studentenverbindungen und Pep Rallys und Saufgelagen oder was es davon heute noch gibt.

Ich dachte, dass er das vielleicht gern hätte, dachte auch, dass er in Columbus eine bessere Ausbildung erhielte als am örtlichen College. Und auf jeden Fall hätte er dort ein reichhaltigeres Kursangebot und eine renommiertere Fakultät, aber er ist sich sicher, dass er es von der OSU-Lima auf jeden Fall in die Graduate School in Columbus schaffen wird, und mehr will er gar nicht.

Ich müsste dann pro Jahr ein paar tausend Dollar Studiengebühren weniger zahlen, erklärte er mir, und vor allem könnte ich die Kosten für Unterbringung und Essen sparen – und er käme weiter in den Genuss der Kochkünste seiner Mutter, anstatt sich von irgendwelchen dubiosen Fleischgerichten ernähren zu müssen, die sie in der Mensa auftischten.

Der maßgeblichste Faktor war jedoch sein Berufspraktikum bei Ralph, das er in den nächsten vier Studienjahren fortsetzen konnte. »Wenn ich das durchgezogen habe«, sagte er, »bin ich wahrscheinlich besser qualifiziert als die meisten Hochschulabsolventen. Ralph meint sogar, ich sollte mich für richtige Forschungsprojekte bewerben, wenn ich in Columbus bin. Das brauche ich zwar nicht in meinem Lebenslauf, um Tollwutspritzen geben zu können, aber cool wäre es irgendwie schon.«

Machte er sich denn keine Sorgen, dass er etwas versäumen könnte?

»Meinst du, diesen ganzen Quatsch wie in *Ich glaub, mich tritt ein Pferd*? Also, hör mal.«

Er wird also hier sein, unter unserem Dach, und das Geld, das mir seine Entscheidung spart, ist, wenn wir es auch bestimmt gut gebrauchen können, nichts im Vergleich zu dem Vergnügen, ihn die nächsten vier Jahre bei uns zu haben.

Das Beste daran ist allerdings, dass er das auch wirklich will, dass er lieber in Lima bleibt, als in die hundert Meilen entfernte Hauptstaat des Bundesstaats zu ziehen. Dass er lieber zu Hause wohnt. Bei seiner Mutter und seiner Schwester. Und mir.

Und es war nicht schwer, mir etwas einfallen zu lassen, was wir ihm im Juni schenken können.

»Außerdem«, hatte er einmal fallen gelassen, »würde ich bestimmt ein, zwei Wochenenden im Monat nach Hause kommen, wenn ich in Columbus studieren würde. Das wären pro Fahrt ein paar vergeudete Stunden, von den Spritkosten – und vom Verschleiß des Subaru – erst gar nicht zu reden. Jedenfalls, ich finde es völlig okay hier in Lima, obwohl ich natürlich nicht weiß, wie lange das noch so bleibt.«

Ich freue mich bereits darauf, mit ihm loszuziehen, um sein Abschlussgeschenk auszusuchen.

ICH HABE MIR gerade den letzten Eintrag angesehen. Bevor ich schreibe, was zu schreiben ich vorhabe, möchte ich unbedingt festhalten, dass Alden und ich die lokalen Autohändler abgeklappert haben, kurz bevor ihm der Schuldirektor sein Abschlusszeugnis ausgehändigt hat, und jetzt fährt er einen stahlblauen Hyundai Elantra.

»Bist du dir da echt sicher, Dad? Nagelneu? Ich habe eigentlich eher an einen gebrauchten gedacht.«

Ich sagte ihm, dass er ihn wohl oder übel für denjenigen einfahren müsste, der ihn kaufte, wenn er ihn einmal eintauschte.

»Von wegen«, sagte er und tätschelte den Kotflügel. »Den gebe ich nicht mehr her.«

UND VOR ETWA einer Stunde hat er gesagt: »Keine Ahnung, wer das sein soll. Jedenfalls sieht der Typ nicht aus wie jemand, den ich schon mal gesehen habe.«

Damit bezog er sich auf zwei Schwarzweißfotos derselben Person. Das erste zeigte einen Teenager, der ein starres Halblächeln aufgesetzt hatte und sich sichtlich unwohl fühlte in seinem karierten Sakko und der gestreiften Krawatte. Der Mann auf dem zweiten Foto sah aus wie der Vater des Jungen, aber in Wirklichkeit war es der Junge selbst, der mit einer Mischung aus künstlerischer Freiheit und Photoshop in einen Mann mittleren Alters verwandelt worden war.

Er trug immer noch das Sakko und die Krawatte, aber beide Kleidungsstücke waren verändert worden – aktualisiert vermutlich. Sie waren um ihre Muster gebracht worden, sodass der Mann jetzt einen einfarbigen Blazer und eine dunkle Krawatte zu tragen schien. Die Fantasie kolorierte das neue Bild – ein dunkelblauer Blazer und eine weinrote Krawatte.

Sein Haaransatz war höher, seine Stirn faltiger, und in seinen Gesichtszügen hatten die Jahre ihre Spuren hinterlassen. Was sich nicht geändert hatte, war sein Gesichtsausdruck. Er wirkte immer noch verkrampft und unbehaglich, als ob er überall lieber gestanden hätte als vor dieser Kamera. Dieser Ausdruck und diese Haltung passten besser zu einem Heranwachsenden als zu einem gestandenen Mann, aber wahrscheinlich lässt sich ein Computer noch nicht so programmieren, dass er der Person auf einem manipulierten Foto Anweisung erteilen kann: »*Reiß dich zusammen, Junge. Werd' endlich erwachsen.*«

»Und jetzt zu den neuesten Nachrichten des Tages«, hatte Lester Holt gesagt, wie er es fast immer tut, wenn er die nächste Meldung ankündigt. Dank neuer technologischer Fortschritte auf dem Gebiet der genetischen Forensik (vielleicht sagte er auch »forensische Genetik«) hatten Cold-Case-Ermittler in Bakersfield, Kalifornien, die Identität eines Mannes festgestellt, der vor einem halben Jahrhundert mutmaßlich eine Frau vergewaltigt und ermordet hatte.

Wir hatten es uns alle vier auf dem Sofa im Wohnzimmer gemütlich gemacht. Während wir beim Abendessen gesessen hatten, hatte TiVo lautlos die *NBC Nightly News* aufgezeichnet, und als der Tisch abgeräumt und die Teller in die Spülmaschine gestellt waren, hatten wir sie uns angesehen, wie wir das abends meistens machen. Weil wir die Werbung überspringen können, dauert es nie viel länger als zwanzig Minuten; trotzdem hält Kristin kaum einmal länger als bis zur Hälfte durch.

Aber an diesem Abend saß sie noch neben ihrer Mutter, als sie die zwei Fotos zeigten, das Original und die abgeänderte Version, zuerst jedes einzeln, dann nebeneinander. Wir bekamen auch das Foto zu sehen, das vermutlich das einzige existierende Bild Cindy Raschmanns ist. Allerdings erkannte ich sie darauf nicht deshalb, weil es mit meinen Erinnerungen an sie übereinstimmte, sondern weil ich es in einer früheren Meldung über den Fall schon einmal gesehen hatte.

Sie gaben den Namen des Mannes, den sie immer nur als den *mutmaßlichen* Mörder bezeichneten, mit Roger E. Borden an. Allem Anschein nach war er spurlos verschwunden, nachdem er kurz nach seinem Highschoolabschluss, mehrere Jahre vor der Vergewaltigung und Ermordung Ms. Raschmanns, zu Hause ausgezogen war. Wo er sich in dieser Zeit aufgehalten hatte und was ihn nach Bakersfield verschlagen hatte, schien ebenso wenig bekannt zu sein wie der Verlauf, den sein Leben nach dem Vorfall genommen hatte.

Aktuell ließ sich nicht feststellen, ob Borden noch lebte oder tot war; in ersterem Fall konnte er praktisch überall sein, obwohl beinahe alle Personen, deren DNA Ähnlichkeit mit seiner aufwies, westlich der Rocky Mountains ansässig waren. Der atemlose Reporter vor Ort betonte jedoch, dass es sich dabei um ein laufendes Verfahren handelte und die Behörden zuversichtlich waren, bald genauere Angaben machen zu können. Außerdem wies er auf eine Nummer hin, unter der Zuschauer anrufen konnten, wenn sie sachdienliche Hinweise auf Roger Bordens Leben vor oder nach dem Mord geben konnten. Oder wenn sie den Mann auf den Fotos erkannten und Angaben zu seinem gegenwärtigen Aufenthaltsort machen konnten.

Wir saßen schweigend vor dem Fernseher und schauten. Sie blendeten Werbung ein, und es dauerte einen Moment, bis Alden nach der Fernbedienung griff und auf die Schnellvorlauftaste drückte. Diese Unterbrechung nutzte Kristin, um sich auf ihr Zimmer zurückzuziehen, und sobald sie sich außer Hörweite befand, hätte jemand von uns etwas sagen können, aber keiner tat es.

Dem Rest der Nachrichten schenkte ich wenig Beachtung. Meine Augen sahen, was sie auf dem Bildschirm zeigten, meine Ohren nahmen auf, was sie sagten, aber nichts drang wirklich zu mir durch. Ich wartete, ob sie die zwei Fotos noch einmal zeigen würden, mein altes Jahrbuchfoto und seine gealterte Fassung, aber so dringend war die Sache nicht, und einmal genügte.

Alden machte den Fernseher aus und brach das darauf eintretende Schweigen mit der Feststellung, dass der Mann auf dem Bildschirm niemand war, den er schon einmal gesehen hatte.

Ich hatte das Jahrbuchfoto sofort erkannt. Sogar an das Sakko und an die Krawatte erinnerte ich mich. Ich hatte nur zwei oder drei Krawatten besessen und selten eine tragen müssen. Wenn ich mich recht erinnerte, war die auf dem Foto rot-blau gestreift gewesen. Aber beschwören hätte ich es nicht können.

Was die ältere Version angeht, könnte ich nicht behaupten, dass sie dem Gesicht ähnlich sieht, das mir jeden Morgen aus dem Spiegel entgegenblickt. Aber ich erkannte mich darin, möglicherweise weil ich mir den jungen Roger Borden aus den Augen des älteren Roger Borden entgegenstarren sah.

Aber sah dieses Gesicht wie der Mann aus, der ich im Lauf der Jahre geworden war?

Schwer zu sagen.

Was ich sagen konnte, war, dass NBC dem Fall höchstwahrscheinlich mehr Aufmerksamkeit geschenkt hatte, als er auf den anderen Sendern erhielte. Zwei Jahre zuvor hatten sie den Mord an Cindy Raschmann in einer *Dateline*-Folge über drei Cold Cases behandelt. Das verschaffte ihnen keine Eigentumsrechte an dem Fall, aber es hatte ihnen neben Bild- und Videomaterial zu einer Gelegenheit verholfen, für *Dateline* Werbung zu machen.

»Vielleicht bekommen wir diese Fotos wieder zu sehen«, sagte ich. »Vielleicht aber auch nicht. Das hängt davon ab, wie die Resonanz darauf ist.«

»Die Zahl der Anrufe unter dieser Nummer«, sagte Louella.

»Leute, die mit mir zur Schule gegangen sind oder das zumindest glauben. Leute, die mich erst letzte Woche auf der Greyhound-Station in Spokane oder auf einer Parkbank in Oakland gesehen haben. Leute, die eine Ähnlichkeit zwischen dem zweiten Foto und dem griesgrämigen Nachbarn feststellen, den sie noch nie mochten und immer schon ein wenig zwielichtig fanden.«

»Macht euch bloß von meinem Rasen, ihr verdammten Rotzlöffel«, flocht Alden ein.

»Im Idealfall bekommen sie ein paar Dutzend Anrufe, alle von der Westküste. Und schon lange bevor sie alle überprüft haben, hat jeder die heutigen Nachrichten vergessen.«

»DIESES FOTO? KRISTY hat nicht mal ein zweites Mal hingesehen.«

»Nein.«

»Sie hätte zum Beispiel sagen können: ›Wisst ihr, wie der Typ aussieht?‹ Ihr wisst schon, wie sie es manchmal tut, wenn sich der Hund der *Simpsons* wie Chester verhält. Aber sie hat es nicht getan.«

Nein, hatte sie nicht.

»Demnach hast du vielleicht mal so ausgesehen. Aber jetzt nicht mehr.«

Und so versicherten wir uns gegenseitig, dass es nichts zu befürchten gab. Und jetzt sitze ich an meinem Schreibtisch und frage mich, ob ich das glaube.

SCHWER ZU SAGEN. Schwer zu entscheiden, was ich glauben und wie viel Sorgen ich mir machen soll.

Eben habe ich die oberste Schublade meines Schreibtisches geöffnet und nach dem Schlüssel für die abgeschlossen Schublade gesucht und ihn schnell gefunden. Aber ich habe ihn nicht genommen, ihn nicht einmal angerührt. Nur kurz angesehen habe ich ihn, bevor ich die Schublade wieder zugemacht habe.

Um mich zu vergewissern, dass er da war? Und dass ich die abgeschlossene Schublade jederzeit aufschließen konnte?

Vielleicht.

Ich habe immer gewusst, dass es dazu kommen könnte. Ich habe gehofft, dass es nicht dazu käme, mich aber zugleich nie darüber hinweggetäuscht, dass es möglich war. Ich könnte nicht sagen, geahnt zu haben, dass ich mein junges Selbst auf dem Bildschirm zu sehen bekäme. Ebenso wenig ist mir der Gedanke gekommen, sie könnten eine computergenerierte ältere Version meiner selbst zeigen.

Aber ich hatte Verwandte, die ihre DNA eingeschickt hatten, und wenn die richtige Person an der richtigen Stelle nachsah, würde eine Übereinstimmung auftauchen. Und eins würde zum andern führen, und über kurz oder lang hätten sie den Namen des Bruders, der spurlos verschwunden ist.

Liefe *America's Most Wanted* immer noch, würden sie in der nächsten Folge bestimmt diese Fotos und was sie sonst noch finden konnten zeigen. Aber die Sendung war schon vor mehreren Jahren abgesetzt worden.

Immerhin hat sie sich fast fünfundzwanzig Jahre lang gehalten. Das ist schon mal nicht übel. Und ich habe mich sogar noch länger gehalten, oder?

Ich weiß nicht, wohin das führt. Ich kann nicht ausschließen, dass hier in Lima jemand etwas in diesen Fotos gesehen hat. Jemand, der mich aus einem meiner Clubs kennt, jemand, der mich im Geschäft gesehen hat. Oder wie ich in unserem Viertel spaziergegangen bin oder im Lebensmittelladen an der Kasse angestanden habe.

Jemand, der nur sagen kann, dass ihm der Mann auf dem Foto vage bekannt vorkommt. Und dann, einen Tag oder eine Woche später, sieht er mich zufällig irgendwo, und ihm geht ein Licht auf, oder der Groschen fällt, je nachdem, wie Sie es ausdrücken wollen, und ihm wird alles klar.

Soll er zum Telefon greifen und unter dieser Nummer anrufen? Man will nicht in etwas hineingezogen werden, und schon gar nicht möchte man einem unschuldigen Menschen Schwierigkeiten machen. Andererseits, wie oft erhält man schon eine Gelegenheit, ein schreckliches Verbrechen aufzuklären und einen brutalen Mörder seiner gerechten Strafe zuzuführen. Dieser Verantwortung kann man sich doch schwerlich entziehen?

Aber man hat sich natürlich die Telefonnummer gar nicht aufgeschrieben, deshalb sollte man es vielleicht lieber sein lassen. Falls tatsächlich ein Zusammenhang besteht, ist man bestimmt nicht der Einzige, dem er aufgefallen ist. Soll jemand anders zum Telefon greifen.

Andererseits, wie schwer kann es schon sein, die Nummer über Google rauszufinden?

Und so weiter und so fort.

Mir bleibt nichts anderes übrig, als zu warten. Das mag vielleicht nicht einfach sein, aber unmöglich ist es auch nicht, und Gott weiß, es ist etwas, was ich kann.

Ich warte schon seit Jahren.

SEIT MEINEM LETZTEN Eintrag sind drei Wochen vergangen.

Nicht ganz. Es ist genau neunzehn Tage her, dass Lester Holt seinen zahlreichen und übers ganze Land verteilten Zuschauern mein Jahrbuchfoto gezeigt hat. Es könnte auch anderswo zu sehen gewesen sein – in anderen Nachrichtensendungen oder auf einem der True-Crime-Kanäle. Die einzige Zeitung, die ich regelmäßig lese, ist die *Lima News*, und es wäre alles andere als wünschenswert, wenn dort mein Foto auftauchte. Dazu käme es normalerweise jedoch nur, wenn ich verhaftet und angeklagt würde.

Hin und wieder werfe ich einen Blick in die *New York Times* und manchmal auch in *USA Today*, aber in den letzten drei Wochen war das nicht der Fall. Ich habe sogar ganz bewusst nicht reingeschaut oder ihre online-Ausgaben aufgerufen. Ich bin sicher, dass die Meldung in und um Bakersfield für einiges Aufsehen gesorgt hat, und die Berichterstattung in der dortigen Lokalzeitung ist bestimmt so ausführlich wie bei NBC, aber ich habe nicht das Bedürfnis, sie zu sehen. Und dass der Bakersfielder *Californian* in Ohio viele Stammleser hat, wage ich zu bezweifeln.

Es ist also ganz einfach, *Roger Borden* zu googeln und zu sehen, was dabei herauskommt.

Noch einfacher ist es, sich nicht darum zu kümmern.

Unmittelbar nachdem ich mich auf NBC gesehen hatte, überkam mich der Impuls, alles zu tun, um weniger sichtbar zu sein. Zu diesem Zweck konnte ich mich weniger häufig im Laden aufhalten und mehr Zeit in meinem Büro verbringen. Ich konnte Rückenschmerzen als Ausrede anführen, um ein paar Bowlingabende ausfallen zu lassen; alle meine Teamkollegen müssen hin und wieder wegen Rückenschmerzen oder Knieproblemen oder sonstigen altersbedingten Zipperlein passen.

Ich konnte ein paar meiner Clubtreffen und Vereinssitzungen schwänzen und mich seltener mit jemand zum Mittagessen treffen. Ich konnte mir sogar einen Vorwand einfallen lassen, um ein, zwei Wochen zu verreisen – ein Haushaltswarenhändlerkongress oder die Beerdigung eines imaginären Verwandten.

Das alles entbehrte keineswegs einer gewissen Logik. Warum mein Gesicht zur Schau stellen, bevor die Leute Zeit gehabt hatten zu vergessen, was sie im Fernsehen gesehen hatten? War es nicht besser, mich in der Öffentlichkeit möglichst wenig blicken zu lassen?

Ich sprach mit Louella über diese Möglichkeit, und sie dachte darüber nach. »Wo würdest du hinfahren?«, fragte sie. »Und was würdest du tun, wenn du dort wärst?«

»In irgendein Motel«, sagte ich. »An einer Interstate-Ausfahrt in Indiana oder Kentucky.«

»Mit anderen Worten, irgendwo außerhalb von Ohio.«

»Wahrscheinlich schon, obwohl ich jetzt, wo du's sagst, nicht mehr sicher bin, ob das einen Unterschied macht. Und was die Frage angeht, was ich dort täte: wahrscheinlich so wenig wie möglich. In meinem

Zimmer sitzen, ein Buch lesen, im Fernsehen einen Film ansehen. Zum Essen in den nächsten Diner gehen.«

»Jedes Mal in denselben?«

»Wahrscheinlich lieber nicht. Vielleicht sollte ich mir in einem Drive-in was holen. Oder mir was liefern lassen.«

»Irgendwann würden dir die ewigen Pizzen zu den Ohren rauskommen.«

»Das tun sie schon, wenn ich bloß daran denke. Weißt du was? Das ist keine gute Idee.«

»Nein.«

»Ich wäre der Typ, der nie sein Zimmer verlässt und sich alle Mahlzeiten liefern lässt – und auch noch bar zahlt, was eigentlich nur eins heißen kann. Und wenn ich dann doch mal rausgehe, bin ich für jeden, der mich sieht, ein Fremder, und jeder fragt sich fast zwangsläufig, ob ich ihm irgendwie bekannt vorkomme und ob er mich schon mal irgendwo gesehen hat.«

»Während jeder, der dich im Geschäft oder beim Bowlen sieht, nur denkt: *Ah, da ist ja John.*«

»Der gute, alte John. Echt netter Typ.«

»Sie wüssten sofort, wer du bist, und kämen erst gar nicht auf die Idee, sich irgendwelche Gedanken über dich zu machen.«

»Wobei sich über mich Gedanken zu machen, noch nie was gebracht hätte«, sagte ich. Aber du hast vollkommen recht. Besser, ich werde von Leuten gesehen, die sich keine Gedanken machen, wen sie da gerade vor sich haben.«

UND SO LEBE ich mein Leben weiter, tue, was ich immer tue, gehe dahin, wohin ich immer gehe. Mir scheint, die beste Möglichkeit, unerwünschte Aufmerksamkeit auf sich zu lenken, ist, ihr bewusst aus dem Weg zu gehen. Zieht man sich ins Dunkel zurück, wollen einen die Leute fast zwangsläufig genauer sehen. Tut man so, als hätte man etwas zu verbergen, können die Leute gar nicht anders, als sich zu fragen, was das sein könnte.

Das heißt umgekehrt nicht, dass ich mich jetzt erst recht ins Scheinwerferlicht zu drängen versuche und bei jeder Unterhaltung meine Meinung herausstreiche. Die Lösung liegt irgendwo dazwischen: »Sei einfach du selbst.«

Wer auch immer das ist.

ES IST EIN eigenartiges Gefühl.

Seit dem letzten Eintrag ist fast ein Jahr vergangen. Ich lasse selten mehr als ein paar Tage zwischen den Besuchen in meinem Arbeitszimmer verstreichen, und normalerweise fahre ich den Laptop hoch und mache die Dinge, die man auf seinem Computer eben macht. Ich erledige die Mail, ich besuche Internetseiten, die ich interessant finde, gelegentlich mache ich sogar Einträge in ein rudimentäres Tagebuch, das ich zu führen angefangen habe.

Aber es ist nicht wie dieses Dokument, in dem ich mir laut zu denken gestattet habe.

Laut natürlich nicht. Wie soll ich es sonst ausdrücken? In Buchstaben – oder in Pixels? – sinnieren? Auf dem Bildschirm denken?

Ich notiere mir Dinge, führe über alles Mögliche buch. Mein Gewicht, auf das ich auf Anraten meines Arzts achten soll. Mein Blutdruck, für den ich jeden Morgen eine Tablette nehme.

Der alljährliche Gesundheitscheck, der zu diesen Maßnahmen geführt hat, hat Alden und Kristin veranlasst, mir zum Geburtstag eine Armbanduhr zu schenken, die ich tagtäglich und rund um die Uhr tragen und nur zum Aufladen abnehmen soll. Sie sagte mir nicht nur, wie spät es ist, sondern überwacht meinen Puls und registriert alle meine körperlichen Aktivitäten.

Ließe ich diesem Ding seinen Willen, würde ich jeden Tag mehr als zehntausend Schritte tun. Das würde vermutlich meinen Arzt glücklich machen, während es gleichzeitig dazu führen würde, dass meine Schuhe schneller abgenutzt würden, wohingegen ich mir keineswegs sicher bin, ob es eine erkennbare Auswirkung auf mein Gewicht oder meinen Blutdruck hätte. Es gibt Tage, an denen ich es auf zehntausend Schritte bringe, und es gibt welche, an denen mir das nicht gelingt, und ich mache mir deswegen in beiden Fällen keine allzu großen Gedanken.

Trotzdem fängt man fast zwangsläufig an, dem blöden

Ding ein gewisses Maß an Aufmerksamkeit zu schenken. Ich schaue zum Beispiel drauf und sehe, dass ich keine tausend Schritte mehr von meinem Tagespensum entfernt bin, und nicht gerade selten schnappe ich mir die Hundeleine und pfeife Chester, um eine Runde mit ihm zu drehen. Manchmal sage ich mir natürlich auch, zum Teufel damit, und mache mir stattdessen ein Sandwich, aber alles in allem bekommt unser braver Rottweiler mehr Auslauf als früher und somit, muss ich zugeben, auch ich.

Und wenn ich daran denke, trage ich mein tägliches Schrittpensum in mein Tagebuch ein, zusammen mit meinem Gewicht und meinem Blutdruck und allem, was ich sonst gerade festhalten will.

Bowlingergebnisse. Bücher, die ich lese.

Alles Mögliche.

Tagebuch zu führen habe ich mir angewöhnt, ohne groß darüber nachzudenken, und erst jetzt wird mir klar, dass ich es nicht ausschließlich auf mein Geburtstagsgeschenk zurückführen kann. Erst jetzt, wo ich diese Datei geöffnet habe, die damit begonnen hat, dass ich mich an wichtige Bestandteile meiner Vergangenheit erinnert habe, und die dazu geführt hat, dass ich meine täglichen Fortschritte aufzeichne, wird mir bewusst, wie sehr dieses Tagebuch zu einem Teil meines Lebens geworden ist.

Es war der Ort, an dem ich mir selbst sagen konnte, was ich mir vorher nie gesagt hatte, ein Ort für all die Dinge, über die ich mit keinem anderen Menschen sprechen konnte. Ich habe es mir nicht einfach gemacht, ich ließ mir Sätze mehrmals durch den Kopf gehen, bevor ich sie niederschrieb, aber das meiste von dem, was in mir vor sich ging, fand in der einen oder anderen Form seinen Weg auf den Computerbildschirm.

Und selbst wenn ich beschloss, etwas nicht festzuhalten oder dies nur zu tun, um es wieder zu löschen, erhielt es mehr Aufmerksamkeit, als es sonst bekommen hätte. An diesem Schreibtisch, an diesem Computer, die Augen auf den Bildschirm geheftet, die Finger über der Tastatur verharrend, hatte ich gar keine andere Wahl, als mich selbst und mein Leben etwas anders zu betrachten.

Ich glaube, das liegt auf der Hand.

Vielleicht wird es Zeit, dass ich lese, was ich geschrieben habe. Alles, von Anfang bis Ende.

UND HIER BIN ich jetzt, und nachdem ich den letzten Satz getippt habe, habe ich den letzten Eintrag von vor einem Jahr gelesen und dann an den Anfang zurückgescrollt und alles gelesen, was ich geschrieben habe. Von *Ein Mann kommt in eine Bar* bis *Sei einfach du selbst, wer auch immer das ist.*

Eine eigenartige Erfahrung. Es gibt Abschnitte, die ich fast auf einen Blick erfassen konnte, Abschnitte, die mir so vertraut, die so fest in meinem Bewusstsein verankert waren, dass ich sie wahrscheinlich wortwörtlich aus dem Gedächtnis hätte wiedergeben können. Aber es gibt auch Passagen, an die ich mich kaum erinnern konnte, fast so, als ob ich in einem Traum auf sie gestoßen wäre.

Es ist erstaunlich, wie sich mein Ton im Lauf der Zeit verändert hat. Als ob die Geschichte von verschiedenen Männern erzählt worden wäre. Zuerst hören wir Buddy, und irgendwann reicht er das Mikrofon an Mr. Thompson weiter. Und jetzt ist es in den Händen von Old Man Thompson, der, immer noch relativ gesund und munter, im Lauf der Jahre milder und nachdenklicher geworden ist.

Und sich immer noch auf freiem Fuß befindet. Es gab tatsächlich eine Handvoll Leute, die glaubten, den Mann auf den zwei Fotos von Roger Borden wiederzuerkennen, den Mann, der er einmal gewesen war, und den, der er möglicherweise geworden war. In ein paar Fällen war dies auch durchaus zutreffend; sie waren mit Roger zur Schule gegangen oder konnten sich aus ihrem alten Viertel an ihn erinnern. Das hatte genügte, um sie unter der angegebenen Nummer anrufen zu lassen, ohne dass sie jedoch etwas Brauchbares zu berichten gehabt hatten. *Ja, ich erinnere mich an Roger. Der letzte Mensch, dem man so etwas zugetraut hätte.* Oder nicht weniger wahrscheinlich: *Ja, das ist Roger, eindeutig. Wissen Sie, irgendwas war immer schon komisch an dem Kerl. Deshalb könnte ich nicht behaupten, dass mich das überrascht.* Genau.

Andere Anrufe dürften vielversprechender erschienen sein – und sich auf lange Sicht als entsprechend

ärgerlicher entpuppt haben. Sie kamen von Fernsehzu-
schauern, die ziemlich sicher waren, den Gesuchten zu
kennen: er war der stellvertretende Verkaufsleiter eines
Supermarkts in Bend, Oregon, oder der Nachtportier eines etwas zwielichtigen Motels am Stadtrand von Boise
oder der Nachbar ein Haus weiter, der sein wahres Wesen verraten hatte, als ein Hund aus der Nachbarschaft
sein Geschäft auf seinem Rasen verrichtete.

Und so weiter.

Vielversprechend insofern, als es Hinweise waren, die
die Polizei nicht ignorieren durfte. Und ärgerlich, weil
sie zu nichts führten.

Meldete sich jemand, der glaubte, der junge Kerl in
dem karierten Sakko könnte ihm, wenn man ihn in andere Kleider steckte, vor langer Zeit mal das Auto aufge-
tankt haben? Erinnerte sich jemand, Buddy hinter dem
Ladentisch eines Getränkemarkts oder in einem Denny's
beim Verdrücken eines Burgers gesehen zu haben?

Wenn ja, habe ich es nicht mitbekommen.

Soweit ich das sagen kann, hat sich der lange Arm
des Gesetzes nie über die Rockies gestreckt, geschweige
denn über den Mississippi oder die Grenze von Ohio.
Wenn Sie mich fragen, haben sich die staatlichen und
lokalen Behörden auf die Schultern geklopft, dass sie es
überhaupt so weit gebracht und zur Prime Time in eine
landesweit ausgestrahlte Nachrichtensendung geschafft
haben. Die Resonanz darauf hat ihnen das Gefühl vermittelt, dass ihre Bemühungen nicht völlig umsonst wa-

ren, und vermutlich haben sie sogar ein gewisses Maß an Befriedigung aus dem weitgehend nutzlosen Umstand gezogen, dass ihnen einige meiner ehemaligen Schulkameraden und Nachbarn bestätigt haben, dass auf dem ersten Foto tatsächlich der junge Roger zu sehen ist. Das hatten sie zwar bereits gewusst, aber gefreut haben dürfte es sie trotzdem.

Und ich glaube, auch schon zu wissen, wie die gängige Meinung lauten wird, wenn sich irgendwann zeigt, dass keine Spur zu etwas geführt hat. Wäre ich an den Ermittlungen beteiligt, hielte ich mir zuallererst ein paar unwiderlegbare Fakten hinsichtlich Roger Bordens vor Augen. Das wäre zum einen, dass er vor langer Zeit einen allem Anschein nach willkürlichen und impulsiven Mord begangen hat – und seitdem nie verhaftet worden ist, und sei es auch nur wegen des geringfügigsten Gesetzesverstoßes.

Nach so langer Zeit? Ein Herumtreiber, der zwar eines Mordes fähig ist, aber nie verhaftet und wegen irgendetwas angeklagt wird?

Das wäre etwas, was ich mir vor Augen halten würde, und ich würde mir auch vor Augen halten, wie lange das alles schon her ist und wie alt der Mann jetzt sein müsste. Und dann das Leben, das er geführt haben muss, höchstwahrscheinlich drogen- und alkoholabhängig, mit einem ausgeprägten Hang zur Gewalt, fast hundertprozentig ein unbeherrschter, triebgesteuerter Soziopath.

Und noch etwas. Er hatte so viele Geschwister und

soll sich nach all diesen Jahren nie mit einem von ihnen in Verbindung gesetzt haben? Keine nächtlichen Anrufe im Suff? Keine dringenden Bitten um etwas Geld oder ein Bett für die Nacht? Nichts dergleichen? Sie haben mit allen Kontakt aufgenommen, auch mit jedem noch lebenden Verwandten und jedem Klassenkameraden, den sie finden konnten, und nicht einer von ihnen hat auch nur ein Wort von ihm gehört, seit er dieses Mädchen getötet hat.

Deshalb, ich bitte euch, zählt doch mal zwei und zwei zusammen. Dieser Dreckskerl muss längst tot sein, oder etwa nicht? Ich meine, wie hoch ist die Wahrscheinlichkeit schon, dass er noch lebt?

ICH BIN SICHER, der Fall ist noch immer nicht zu den Akten gelegt. Und ich bin sicher, die Kabelsender mit ihrem unstillbaren Hunger nach True Crime, werden alles in ihrer Macht Stehende tun, um zu verhindern, dass Cindy Raschmann – und Roger Borden – vollends in Vergessenheit geraten. Denn es gibt immer jemand, der mit einer neuen Lösung des Rätsels um die Identität von Jack the Ripper aufwarten kann oder gerade eindeutige Beweise für die tatsächliche Autorschaft von Shakespeares Stücken gefunden hat. Das genügt, um etwas Medienaufmerksamkeit auf sich zu lenken, auch wenn nie etwas dabei herauszukommen scheint.

Deshalb sieht es wirklich so aus, als wäre ich davongekommen.

Heute Nacht – und im Moment ist es früh morgens, kurz vor Tagesanbruch – heute Nacht, nachdem ich alles noch einmal gelesen habe, hat sich mir die Frage gestellt, ob jemals jemand mit etwas davonkommt. Wer ich bin, was ich geworden bin, das Leben, das ich geführt habe und jetzt führe, das alles ist Teil einer Entwicklung, die begann, als ein Mann in eine Bar kam.

Ich hatte, wie sich herausgestellt hat, ein interessantes und erfülltes Leben. Ich bin sicher, aus der Ferne betrachtet erscheint es beneidenswert – ein gut situierter Geschäftsmann, aktiv am Leben seiner Gemeinde beteiligt, noch relativ gesund, ein treusorgender Ehemann, von seiner Frau und seinen Kindern aufrichtig geliebt.

Nicht wenige Männer würden bestimmt gern mit mir tauschen.

Und auch aus meiner Sicht ist es ein erfülltes Leben. Das ist mehr, als ich je hätte erwarten können. Ich hatte nie von einem solchen Leben geträumt, mir auch nie eines gewünscht oder es für erreichbar gehalten.

Und dennoch bin ich so in dieses Leben hineingewachsen, dass es mir als das erscheint, das zu führen ich geboren worden bin.

Aber, bevor ich es vergesse, trotzdem könnte schon morgen alles zu Ende sein. Plötzlich könnte irgendjemand irgendwo eine blitzartige Erkenntnis kommen. *Ich glaub's nicht, dieses Foto! Weißt du, wer das sein muss?*

Und dann ein Anruf.

Das kann nach wie vor passieren, und es wird eine

Möglichkeit bleiben, solange ich lebe. Der sich bewegende Finger schreibt. Oder auch nicht. Und niemand kann sagen, was der Fall sein wird.

Und wenn es dazu kommt?

Ich bin sicher, der Revolver ist immer noch in der abgeschlossenen Schublade. Und ich bin mindestens genauso sicher, dass er dort bleiben wird, ob nun jemand auf unserer Veranda auftaucht oder nicht. Ich kann nicht sagen, ob das der einfache oder der schwierige Ausweg wäre, aber es ist keiner, für den ich mich entscheiden werde.

Im Moment ist alles, was ich weiß, dass es höchste Zeit ist, ins Bett zu gehen, denn ich möchte mir noch ein paar Stunden Schlaf gönnen, bevor ich einen neuen Tag in Angriff nehme.

Egal, was passiert, ich habe das Gefühl, dass ich damit klar kommen werde.

Wenn Sie über zukünftige Veröffentlichungen meiner Bücher auf Deutsch informiert werden möchten, schicken Sie einfach eine E-Mail mit dem Betreff »German mailing list« an lawbloc@ gmail.com. (Ich versende auch einen Newsletter auf Englisch und würde Sie mit Freude auch auf diese Liste setzen; falls gewünscht, fügen Sie einfach »English also« hinzu.)

LAWRENCE BLOCK schreibt seit einem halben Jahrhundert preisgekrönte Kriminalromane und Spannungsliteratur. In seinem neuesten Buch, einer Fortsetzung seiner erfolgreichen Hopper-Anthologie *In Sunlight or in Shadow*, finden sich unter dem Titel *Alive in Shape and Color* 17 von einem bekannten Gemälde inspirierte Kurzgeschichten von Autoren wie Lee Child, Joyce Carol Oates, Michael Connelly, Joe Lansdale, Jeffery Deaver und David Morrell.

Blocks zuletzt erschienener Roman ist *The Girl with the Deep Blue Eyes*, von seinem Hollywood-Agenten als »James M. Cain auf Viagra« gerühmt. Zu seinen neueren Romanen zählen außerdem *The Burglar Who Counted the Spoons*, in dem Bernie Rhodenbarr im Mittelpunkt steht, *Hit Me* mit dem Briefmarkensammler und Auftragsmörder Keller sowie *A Drop of the Hard Stuff* mit Matthew Scudder. 2014 wurde Scudder von Liam Neeson in der Verfilmung von *Ruhet in Frieden – A Walk Among the Tombstones* brillant auf der Leinwand verkörpert. Auch andere Romane Blocks wurden verfilmt, allerdings mit geringerem Erfolg.

Block erhielt auch für seine Bücher für Autoren große Anerkennung, darunter Klassiker wie *Telling Lies for Fun & Profit* und *Write for Your Life*. Zuletzt hat er mit *The Crime of Our Lives* eine Sammlung von Aufsätzen über das Genre des Kriminalromans und dessen Vertreter veröffentlicht.

Neben seinen Prosawerken hat Block auch Drehbücher für die Fernsehserie *Tilt* und den Film *My Blueberry Nights* von Wong Kar-wai geschrieben. Block soll ein zurückhaltender und bescheidener Mann sein, auch wenn man das aufgrund dieser autobiographischen Skizze keinesfalls erwarten würde.

Email: lawbloc@gmail.com
Twitter: @LawrenceBlock
Facebook: lawrence.block
Homepage: lawrenceblock.com

ÜBER DEN ÜBERSETZER

SEPP LEEB hat Amerikanistik und Germanistik studiert und lebt als Übersetzer in München. Neben Lawrence Block hat er auch Thomas Harris und Michael Connelly ins Deutsche übersetzt.

DIE KELLER-ROMANE:

Kellers Metier (Hit Man)
Kellers Konkurrent (Hit List)
Kellers Hitparade (Hit Parade)

DIE MATTHEW-SCUDDER-ROMANE:

#1 *Die Sünden der Väter (The Sins of the Fathers)*
#2 *Drei am Haken (Time to Murder and Create)*
#3 *Mitten im Tod (In the Midst of Death)*
#4 *Tief bei den ersten Toten (A Stab in the Dark)*
#5 *Acht Millionen Wege zu sterben*
        (Eight Million Ways to Die)
#6 *Nach der Sperrstunde (When the Sacred Ginmill Closes)*
#7 *Am Rand des Abgrunds (Out on the Cutting Edge)*
#8 *Ein Ticket für den Friedhof (A Ticket to the Boneyard)*
#9 *Tanz im Schlachthof (A Dance at the Slaughterhouse)*
#10 *Ruhet in Frieden (A Walk Among the Tombstones)*
#11 *In Teufels Küche (The Devil Knows You're Dead)*
#12 *Der Club der Toten (A Long Line of Dead Men)*
#13 *Im Namen des Volkes (Even the Wicked)*
#14 *Alle sterben (Everybody Dies)*
#15 *Der zweite Tod (Hope to Die)*
#16 *Die Blumen, sie sterben alle (All the Flowers are Dying)*
#17 *Ein Schluck vom harten Stoff*
        (A Drop of the Hard Stuff)
#18 *Die Nacht und die Musik (The Night and the Music –*
        the complete short stories)
#19 *Das letzte Licht des Tages (A Time to Scatter Stones)*

WEITERE BÜCHER VON LAWRENCE BLOCK:

Mit leichtem Gepäck (Resume Speed)

www.ingramcontent.com/pod-product-compliance
Lightning Source LLC
Chambersburg PA
CBHW050402260626
47156CB00003B/831